后浪电影学院 086

开发
故事创意

Developing
Story
Ideas, 2e

[美] 迈克尔·拉毕格（Michael Rabiger）著
胡晓钰 毕侃明 译

前　言

　　如果你热爱写作，却苦于塑造的人物形象不够鲜活、情节不够充实、故事创意老套，那么《开发故事创意》会让你耳目一新。它将以同行的身份，运用最少的术语直接和你交流，并提供大量建议和习题，激发你找到属于自己的故事创意，体会到其中的乐趣。这本书虽然是为有志于成为编剧的人所写的，但是它的内容是基础性、普适性的，可以很容易运用到小说、戏剧、广播、新闻写作等当中。

　　本书涉及的故事都以大纲的形式呈现，并对其进行评论和深入加工。作为一本培养构思能力的训练指南，这样的练习是非常奏效的。它能帮助你找到核心的创意，开发出对应的人物关系，以此支撑起所有好故事并使之产生效果。

　　写作这样一本书也是非常必要的。在我们年纪尚幼的时候，讲起故事来容易而又自然。但是随着一天天长大，我们开始有了自觉意识，有了自我评判，讲故事变得越来越困难。更糟糕的是，学校教育把我们圈养在一个大型机构里，那里充满竞争，却严重缺乏人情味。而且大多数学校教育只关注事实、客观和机械的死记硬背，这让自我探索看起来成了放任的、不切实际的。但是只有在情绪上、想象上、精神上与他人产生联系时，我们才能真正地拥有自我。人类一向通过讲故事、听故事来实现与他人的联系。故事是文明的氧气，是理智和智慧的灵丹妙药。如果我们想要生存发展，我们就必须听故事、讲故事。

　　在我半个世纪的职业生涯里，我不断和故事以及故事讲述者打交道。这让我相信每个人都有独特的经历,每个人都有动人的故事可讲。要想讲出动人的故事,首先要自我审视。要想开发出你的创造力和个体"声音",你需要重视自身的经历,真正理解它并在此基础上建构故事。这本书是帮助你实现这些目标的助产剂。书中提到的所有概念性工具和习题都会随时通过类比和最容易理解的术语来向读者解释。你还会从中学到每位故事讲述者的表演和展示能力,因为一个成功的电影剧作家必须能随时在各种角色之间进行切换,从主观到客观,从推销自己的创意到作为一位观众、批评家、分析者倾听和反馈他人的创意阐述,然而已经出版的书籍里鲜有讲述作家创意工作这一重要内容的。

大部分人能通过实践达到最好的学习效果。所以本书准备了50多个练习题,以激发读者调动自己的观察力、想象力、记忆力和其他创意手段。首先是一些有趣的自我评估习题,这些习题会帮助你勾勒出一幅自画像,暂时决定你要讲什么故事。其他习题则告诉你如何从一系列可观测的、画面的、文字的资源中开发故事创意。你需要观察眼下的生活情景,做一个有趣的即兴创作游戏,以锻炼直觉,增加信心。书中提供的习题是多种多样的,有基于童年和家庭的习题、关于口述历史或传统故事的习题以及关于梦想的习题等。你也会练习到改编短篇小说和基于真实故事的改编。终极挑战则是创作完整的剧情长片和纪录片的习题。这些习题的长度和复杂性都会逐步增加,需要读者在不同阶段使用不同的方式来处理它们。

这些习题集练习、理论和讨论为一体,要求你充分利用自己的"未竟事务"(unfinished business)——一种理想化的私人事务,我们只有在自己无意识的情况下才会去追寻它。通过亲身实践,以及身处学习型环境中(如果可能的话),你可以充分发挥自身潜力,开发出许多重要的创意作品,并且和你的伙伴建立起一种合作关系,让艺术创作和生活充满乐趣。

书中的每个创意习题后面都附有一个学生作品案例。通过我对这些案例的评论,你将会学到如何处理观众反馈的想法、态度和客气的措辞。同时,你将会看到本书提出的戏剧性原则是怎样出现在具体的语境中的。此外,每一章结尾处附有一个精选的名为"深入探索"(Going Farther)的参考书目,它会对你的学习有所帮助。

本书最后一章告诉读者如何对故事进行修订,怎样运用戏剧套路(dramatic conventions)加强你的故事,怎样把一个故事大纲扩展成一个完整的剧情长片或者纪录片剧本。这些案例和指南能帮助你把你最喜欢的故事大纲扩展成短篇小说、长篇小说、舞台剧本或者电影剧本。

本次新修订的《开发故事创意》扩充了一些重要的内容。书的第7章到第10章阐释了一个"工具箱"(tool kit)的概念,它可以应用在任何媒介、任何故事的任何部分。其中包括下列方法:

- 在参与开发一个故事时,需要你分别扮演不同的角色。就是说,你要依次扮演作者、故事修订者、故事讲述者、听众以及批评者的角色。
- 创造一个角色,理解刻板化形象和典型形象的区别,以及"扁平"的人物和"立体"人物的不同。
- 辨别一场戏的有效组成部分。
- 把一个复杂的作品分解成一个三幕的、实用的结构。
- 评估一件作品或者其中一场戏,画出曲线图,用戏剧性弧线(dramatic arc)表现它不同强度的戏剧张力。
- 用任意方式分析某一故事的效果、意义和目的。
- 找到一种办法,通过它可以最有效地把握一个故事的视点。

此外,第15章也包含了非常实用的新内容,提供了拆解文学作品、分析内容、评估其改编成银幕作品可行性的综合策略。

许多热心朋友对本书的写作提供了帮助。其中，纽约大学电影学院同仁对本书相关案例的讨论，以及他们给予的真挚友谊，都让我受益良多，特别是洛拉·海斯（Lora Hays）、乔治·斯托尼（George Stoney）、肯·丹西格（Ken Dancyger）、马尔凯塔·金布雷尔（Marketa Kimbrell）以及尼克·塔尼斯（Nick Tanis）。我要感谢教务长玛丽·施密特·坎贝尔（Mary Schmidt Campbell）当初热情邀我到纽约大学进行为期一年的讲学。

非常感谢我在纽约大学的学生，他们慷慨地允许我使用他们的作品。他们刻苦的工作和富有感染力的热情让我们的课堂充满欢乐，没有他们就没有这本书。他们来自法国、韩国、挪威、墨西哥、英国、加拿大，当然还有美国。感谢米歇尔·阿诺夫（Michelle Arnove）、布莱恩·比斯利（Bryan Beasley）、利娅·丘（Leah Cho）、克里斯·达恩利（Chris Darnley）、保罗·弗拉纳根（Paul Flanagan）、安杰拉·加莱安（Angela Galean）、迈克尔·汉图拉（Michael Hanttula）、玛格丽特·哈里斯（Margaret Harris）、李坤东（Kundong Lee）、路易斯·勒泰里耶（Louis Leterrier）、阿曼达·麦考密克（Amanda McCormick）、亚历克斯·梅利耶（Alex Meilleur）、辛西娅·梅尔沃斯（Cynthia Merwath）、大野达代（Tatsuyo Ohno）、乔伊·帕克（Joy Park）、彼得·赖利（Peter Riley）、翠西·罗森（Trish Rosen）、维尔卡·楚拉斯（Vilka Tzouras）、沙尔曼·韦布（Sharmaine Webb）以及朱莉·韦伦肖尔（Julie Werenskiold）。

感谢焦点出版社（Focal Press）的埃莉诺·阿克提披斯（Elinor Actipis）、卡拉·安德森（Cara Anderson）、玛丽·李（Marie Lee）、卡伦·斯皮尔斯特拉（Karen Speerstra）、克里斯蒂娜·特里登特（Christine Tridente）和其他人员的诚挚友谊、长期支持和温暖鼓励。特别感谢我在芝加哥哥伦比亚学院（Columbia College Chicago）的几位同事——工作认真、让人尊敬的多琳·巴尔托尼（Doreen Bartoni）、卡里·卡利斯（Cari Callis）以及乔·施泰夫（Joe Steiff）。他们评阅了本书初版的全部手稿，提供了大量建议和修改意见。对于本次修订版，罗斯·默里（Ross Murray）、托马斯·奥康纳（Thomas O'Connor）、金伯利·赛哈默尔（Kimberly Seilhamer）以及罗伯·萨巴尔（Rob Sabal）提供了无价的反馈，乔·施泰夫再次慷慨地阅读了新的稿件，提供了更多出色的建议。同样要感谢保罗·拉多克（Paul Ruddock）一贯的支持和帮助。本书在众多友人的帮助之下，若仍有纰漏，实属本人之责。

最后，我最挑剔的批评者是我的妻子南希·马泰（Nancy Mattei）。我由衷地感谢她对我工作的帮助，感谢她容忍我作为一个作家的怪异的工作习惯。

迈克尔·拉毕格
2005年于芝加哥

目 录
Contents

前 言 ………………………………………………………………… 1

第一部分 概 览

第1章 本书、本书的目标，准备开始 ………………………… 3
 角色扮演 ……………………………………………………… 5
 你和你的资源 ………………………………………………… 7
 为什么要写出故事大纲 ……………………………………… 7
 构思过程和原创性 …………………………………………… 8
 主角认同 ……………………………………………………… 9
 激活想象力 …………………………………………………… 9
 习 题 ………………………………………………………… 10
 享受乐趣 ……………………………………………………… 10
 本书的结构和目标 …………………………………………… 11
 准备开始 ……………………………………………………… 12
 卡片游戏 ……………………………………………………… 16

第2章　你和创意过程 ········· 19

　　自我的旅程 ········· 19
　　想把故事讲出来 ········· 20
　　自我展现和给予支持 ········· 21
　　什么是治疗，什么是艺术？········· 21
　　故事的意义 ········· 22
　　主题和变奏 ········· 23
　　只管去做 ········· 24
　　大纲和扩展 ········· 24
　　协　作 ········· 24

第二部分　观照自身、观察生活与即兴创作习题

第3章　你的艺术个性 ········· 29

　　置　换 ········· 31
　　习　题 ········· 32
　　深入探索 ········· 35

第4章　创作概述和CLOSAT游戏 ········· 37

　　即兴创作 ········· 37
　　保持注意力 ········· 39
　　推销故事 ········· 39
　　习　题 ········· 40
　　综合讨论 ········· 42

第5章　自传和影响 ········· 47

　　习　题 ········· 48

第 6 章　观察生活 ·· 51
　　习　题 ·· 53
　　深入探索 I ·· 57
　　深入探索 II ··· 58

第三部分　运用戏剧工具

第 7 章　开发人物和戏剧家工具 ································· 63
　　开发人物清单 ··· 63
　　戏剧家工具 ··· 66

第 8 章　分析一场戏 ··· 73
　　运用工具 5——调查问卷 ······································· 73
　　运用工具 6——潜水镜 ··· 75
　　运用工具 7——钥匙 ··· 77
　　运用工具 8——压力表 ··· 77
　　运用工具 9——代表时间进程的秒表 ···························· 77
　　戏剧类比 ··· 80
　　运用工具 10——蛋糕刀 ·· 81
　　习　题 ·· 82

第 9 章　评估一部完整作品 ······································ 87
　　运用工具 11——结构盒子 ····································· 87
　　再次运用工具 8——压力表，以辨别压力来源与故事类型 ······· 90
　　习　题 ·· 94
　　深入探索 ··· 97

第 10 章　检验故事创意、确定视点 …… 99
　　检验故事效果 …… 99
　　探讨故事的意义和目标 …… 100
　　故事修订工具概述 …… 101
　　习　题 …… 103

第四部分　创意写作习题

第 11 章　童年故事 …… 107
　　开展讨论 …… 108
　　习　题 …… 109
　　针对习题 11-1 的示例 …… 111
　　讨　论 …… 119
　　深入探索 …… 121

第 12 章　家庭故事 …… 123
　　习　题 …… 124
　　针对习题 12-1 的示例 …… 126
　　深入探索 …… 137

第 13 章　重述神话、传奇和民间故事 …… 139
　　对口传故事的说明 …… 141
　　改编的问题 …… 141
　　习　题 …… 142
　　讨　论 …… 143
　　针对习题 13-1 的示例 …… 144

　　　　讨　论 ·· 155
　　　　深入探索 ·· 157

第 14 章　梦的故事 ································· 159
　　　　习　题 ·· 161
　　　　讨　论 ·· 162
　　　　针对习题 14-1 的示例 ························ 163
　　　　深入探索 ·· 172

第 15 章　改编短篇小说 ···························· 173
　　　　故事改编成电影的可行性评估 ············ 174
　　　　习　题 ·· 180
　　　　讨　论 ·· 181
　　　　示　例 ·· 182
　　　　综　述 ·· 188
　　　　深入探索 ·· 188

第 16 章　基于新闻事件改编的十分钟故事 ··· 191
　　　　制定"工作假说" ······························· 193
　　　　习　题 ·· 195
　　　　讨　论 ·· 199
　　　　深入探索 ·· 199

第 17 章　纪录片主题 ······························· 201
　　　　习　题 ·· 208
　　　　针对习题 17-1 的示例 ························ 210
　　　　深入探索 ·· 213

第18章　三十分钟原创故事短片 ················· 215
　　习　题 ························· 218
　　针对习题18-1的示例 ················· 218
　　关于喜剧 ······················ 229
　　深入探索 ······················ 231

第19章　剧情长片 ······················ 233
　　习　题 ························· 234
　　讨　论 ························· 234
　　示　例 ························· 235
　　关于写作过程和接受批评建议 ············· 246
　　深入探索 ······················ 247

第五部分　作家身份逐渐成形

第20章　再次回到你的艺术个性 ················ 251
　　创作方向 ······················ 252
　　习　题 ························· 254
　　讨论和回顾 ····················· 257

第六部分　把创意扩展成最终形式

第21章　修订故事大纲 ···················· 261
　　选择故事结构 ···················· 262
　　疑难解答 ······················ 267
　　遵守戏剧传统 ···················· 272

深入探索 ·· 275

第 22 章　扩展故事大纲 ································ 277
　　银幕电影写作 ·· 278
　　纪录片方案 ··· 284
　　戏　　剧 ··· 285
　　长篇小说与短篇小说的格式 ························ 288
　　深入探索 ·· 289

出版后记 ·· 296

第一部分

概 览

Chapter 1
本书、本书的目标,准备开始

This Book, Its Goal, and Getting Started

　　本书旨在发现并深入开发故事创意,也就是带领你走进作家的创意过程,帮助你开发出属于自己的一流故事创意。通过本书,你将学会如何找到一个故事的源头,然后以自身经历为基础,从内向外开发故事创意。

　　你可以单独使用这本书,按照自己的方式练习书里面的习题。特别是前几章里,很多习题允许你从不同的角度着手练习,你应该毫不犹豫地选择你最感兴趣的那一种。

　　想创作出原创故事,你需要承担风险。要积极工作、反复斟酌,不要闭门造车,要和别人一起创作故事、为别人创作故事。本书将告诉你怎样把别人发展成你的观众,怎样通过他们的反馈增进你对自己故事的理解。如果你想在一个团体内使用此书,或者想以本书作为教科书进行教学,请登录本书的官方网站[1]查看进一步的说明和帮助。官网上对教学过程有非常好的论述,还有很多对教学计划或者教学大纲的建议。

　　本书的习题为你提供:

---

[1] 本书英文版出版社的官方网址为:www.focalpress.com ——编注

> **工具栏**
>
> 如同本示例的工具栏将会贯穿全书。工具栏有时会包含相关建议和说明，但是大多时候用来解释术语或者概念。书中的关键词汇在工具栏或者正文中第一次出现时都用斜体[1]表示强调。如果你想查找某个关键词，请随时查看这些工具栏。

- 广泛适用于广播、新闻、电视、小说、戏剧和电影的写作方法。
- 帮助任何人寻找更多、更好故事的工作方法。
- 评估并运用你自身经历的方法。
- 私人的自我评估练习，帮助你建立起自己的艺术家身份，找到独特的工作方式。
- 对戏剧工具和专业术语清晰的、形象化的描述。一般在工具栏里展示。
- 一系列为创意工作做准备的方法。让你再也不受文思枯竭之苦。
- 通向任何作者可以利用的私人或公共资源的入口。
- 短篇故事习题。注重品质，而不是长度或者花哨的形式。
- 对创作虚构类和非虚构类作品同样适用的方法，在虚构和非虚构作品中都能找到对方的存在。
- 写作案例，附带评论，以展示如何对故事的戏剧性进行分析。
- 和其他人一起工作的办法，而不是和他们竞争。
- 提供和听取建设性意见的方法。
- 把你最喜欢的故事大纲扩展成短篇小说、长篇小说、戏剧或者电影剧本的方法。

如果你身处课堂或者写作团队，本书会有以下帮助：

---

[1] 本书在表示强调的文字下方用中圆点标注，英文原书斜体。——编注

- 帮助你的伙伴、团队领导或者老师把本书提供的方法应用到他们自己的爱好或经历中。
- 向团队的同事展示你的创意，从中获得宝贵的经验。
- 参与到一个没有偏见的团队，在互助、友好、热情的氛围下交流理论、投身实践、分享评论。
- 深入了解团队其他成员，同时也被他们了解和重视。
- 找到一个或者几个你想要和他们一起写作的伙伴，也许是职业性的合作。

角色扮演

作家的工作非常有趣，因为你必须在写作中扮演不同的角色。对于每个角色你需要运用不同的技巧和方法：

作者 作者是创造出故事原始材料的人，扮演好作者角色需要你挖掘本能、运用直觉、无拘无束地工作。当你写作时，要让你的所见、所闻、所思不假思索地倾注在你的草稿纸上。除非想象力需要，否则你不需要遵循任何程序。

分析者 当你审看自己或者别人写好的材料时，要转换到这个角色。就像纪录片的剪辑师面对从四处拍摄到的一大堆原始素材时，需要对它们进行分析并加以归类，然后构造到你的故事线中。在修改故事时，你储备的叙事传统和戏剧原则总会派上用场。

故事讲述者 当你推销一个故事创意时，不管听众是一个人还是一屋人，你就是一名演示者。根据个人的性格差别，故事讲述者分为两种类型：主动型和接受型。

- 主动型：讲故事的时候，你需要把听众想象成你电影（或者小说、戏剧、短篇小说、诗等等）的第一听众，从而吸引他们。通过他

> **推　销**
>
> 　　故事推销（pitching）指的是做一个3到5分钟的口头阐述，让听众了解故事的人物、情节以及意图。故事推销经常出现在好莱坞、各种电影节和电影会议中，在这些情况下，相关主管或其他团队成员以此来确定哪个项目能够入选。

们的面部和肢体反应，你会随时发现你的故事效果。听众的反应可以强有力地告诉你，故事哪些地方写得好，哪些地方还需要修改、扩展。当然，这也是喜剧演员修炼演技的办法。

- 接受型：阐述你的故事创意以后，仔细倾听你的听众告诉你的。切记不要争辩或者解释，只需要问一些开放式的问题，从你的师长、听众那里汲取营养。如果你不是故事的作者，而是故事的制片人之类，一定要把听众的全部意见都记下来，供作者参考。

听众/评论者

- 听众：一旦有人向你展示他们的作品，你就要试着去做一个认真的、恭敬的、感性的听众。保持开放的思想，记下作品给你带来的感受、思考和反应，然后如实地反馈给作者。

- 评论者：一旦你开始讲述一件作品的效果，你就成为了一位评论者，要向作者提供建设性的反馈。首先，讲述故事让你印象深刻的部分，然后有礼貌地指出你认为需要修改或者扩展的部分。优秀的评论家拒绝推理，他们仅仅分析故事讲述者想要通过故事阐述什么，从不假设自己会如何处理这个创意。

需要注意的是，你必须保持这几个角色相互独立。当你以作者模式写作时，你的分析者角色会冒出来命令你、到处抑制你。或者当你推销的故事被大家评论时，你内心的作者和分析者角色会站出来为它辩护，所以你必须掌控好这些冲动，否则你什么意见都听不进去。你需要表现得很专业，在适当时候扮演适当的角色，而做到这些需要大量的练习和强烈的自觉意识。一旦你能游刃有余地在这几个角色中自由转换，你就真正地掌握了这项技能。

你和你的资源

写作初学者经常会觉得那些值得写的东西从来没有在他们身上发生过，这让他们感觉没法开发故事创意、情节或者故事结构。这时，有人就会陷入误区，模仿一个自己欣赏的作家或者导演的风格，从外向内写起。但是我相信，如果你已经到了十来岁的年纪，你几乎会把生活的各个方面都看到了一遍——至少是看到了生活的一个镜像。你已经直接或者间接体会到了一切——胜利、失败、爱、恨、被逐出伊甸园、死亡等。所以一个年轻人缺乏的不是经历，而是怎样去辨别、珍视、塑造这些经历。问题的关键在于赫尔曼·梅尔维尔（Herman Melville）所说的"认知的冲击"（the shock of recognition），以及托马斯·哈代（Thomas Hardy）所说的"视觉的瞬间"（moments of vision）。两人讲的都是当你突然洞察一个特殊的真理或者意义时豁然开朗的瞬间。本书将告诉你怎样培养这样的洞察力，以及怎样运用洞察力。它们是从你本身的经历中开发各种动人故事的关键。本书的目的就是启动你的创意之泵。

为什么要写出故事大纲

你写的全部东西都要以大纲的形式呈现。大纲是一种完美的故事开发形式，因为它集中关注视觉化动作与阐释情节，而对话和其他细节则之后再写作。这样的大纲很容易修改，对故事的扩展能够很快、很清晰地表现出来。

大纲里的故事也应该被"推销"出来，也就是说，用简短的口头阐述形式表现出来。在戏剧、电影等以观众为导向的媒介中，观众对原始创意的反应能够提高创作者的自信心，这是对创意的重要检验。

写作大纲能够让你的基本创意保持简洁紧促，让所有重要问题显现出来，随时可以修改。一旦很多听众都认为你的大纲正确、完善了，就可以直接把它扩展成一个剧本、短篇小说或其他叙事性作品了。

构思过程和原创性

所有优秀的作家都一致认为，成为作家只有一项先决条件，就是在任何情况下都要笔耕不辍。保持原创性并不是去开发无人涉足的领域，而是要坚守自己选择的领域，直到做到最好。这需要良好的品位和矢志不移地耕耘，因为要深入开发一个故事创意意味着拒绝平庸。每个人的早期创意都是平庸而且相似的。大多数人错在太急于完成他们的"终极"版本。那样的话，改进基本的创意就像盖完大楼再去改造钢筋结构一样困难。

如果你想知道自己的创意开发得怎么样、到什么程度了，只需要把最新版本阐述给任何愿意听的人。在你阐述的过程中，你可以从自己的感觉、从观众的反应上，直观地了解到自己的创意还有多少工作要做。这听起来不可思议，但是如果你试一下，就知道我说的意思了。

构思过程

构思过程（ideation）是指找到并开发一个具有创造性的主意的过程。就像一处建筑的地基，一个好的故事创意必须非常适合它的上层建筑。

主角认同

很多写作初学者仅仅通过主角的年龄、性别和人生观来认同他们，所以他们常常从主角的想法、感觉和人生观写起。这很适合文学写作，但不适合电影。电影摄像机是一个旁观者，只有眼睛和耳朵，永远不会进入人物的内心，不会知道人物的思考或感受。但是旁观者必须通过角色的言行来阐释角色的感受和需求。

想一下，这就像生活。只有通过锻炼观察力，我们才能进入别人的真实世界。因此，电影剧本的写作还能帮助作家逃脱自我中心主义——我们自小养成的、仿佛整个世界都围绕着自己转的习惯。

激活想象力

想象力如同一辆老旧汽车，靠冷启动不能很好地运行。它更倾向于通过一些实例和联系然后突然启动。从本书的习题中你将会看到，观察生活和即兴创作的游戏是怎样自然而然地激发创作的。同时，你会快速地发现自己的深层次兴趣。通过自我评估练习，你会找到自己独特的艺术天分，发现它的与众不同。渐渐地，你会找到自己的艺术创作方法——就是按照你自己喜欢的方式做事情。

太多作家忽视的一件事情，就是与别人沟通——这是写作重要的一部分。在如今丰富的网络资源下，你可以通过电子邮件把自己的故事大纲发给全世界志趣相投的朋友，并且能在几分钟内获得反馈。从这样的反馈中，你会尽早获得重要的观众反应。与人沟通是艺术创作中的一个重要环节，是一件乐事，但是它在相当长一段时间里被独来独往的剧作家所忽略。

习 题

通过明确的需求、简单的方法，本书的习题给读者提供任何作家都会需要的丰富资源。即使是改编作品和纪录片，这些习题也能帮你找到真正属于自己的创意和方法。如果需要更深入的信息，大多数章节的结尾处都附有简要的参考书目。

关于写作案例

每个写作习题都附有我以前学生的写作案例。每个案例都是速写作品，所以它们并不完美，不需要模仿。和你的写作一样，它们也仅仅是种子，需要后期培育与发展。在此过程中，戏剧性原则会从案例的相关语境中展现出来。在这些案例旁边通常会有一些解释其定义的工具栏，你可以拿案例和定义结合起来学习。如果你在本书其他语境里遇到同样的内容，你可以很快找到它们的定义。

当评论者用这些戏剧性分析工具分析你的作品时，或者当你用同样的工具分析别人的作品时，你会熟练地把故事拆解成各个部分，并且找到各种途径把它们重组。这项技巧很重要，它能帮助你改进故事，找到故事最终的样子、效果、平衡性和主题意义。

享受乐趣

在开发故事创意的过程中，尤其是当你有幸成为一个团队或者课堂的一员时，你会产生一种难以平静的愉悦。一起工作，一起发现，还有什么比这更有乐趣？

本书的结构和目标

本书分为六个部分：

第一部分 阐释本书的目的、创意写作和克服写作障碍的方法。

第二部分 观察、即兴创作、自我评估等，帮助你发觉自己的创作潜力。初步确立你的创意风格。（有12个习题供选择练习。）

第三部分 戏剧工具，帮助你命名、分析戏剧的有效组成部分，改善任何失败的故事元素。本部分提供一整套概念性的工具，帮助你开发角色、分析场景、评估完成的作品，或者测试一个故事创意以及它的基本视点。不管你未来在哪里工作、做什么，这些评论和分析工具都能起到作用。（有8个习题供选择。）

第四部分 创意写作习题，教你使用大纲形式开始写作。这些习题鼓励你从多种资源中寻找创意，进行写作实验，比如：自传、家庭往事、梦境、神话、传奇、新闻媒体以及短篇小说等。前面的习题主要针对电影短片的大纲写作，但是切记，可视化的电影创意是其他诸如散文化小说、戏剧或者新闻写作等形式的重要基础。简洁、深刻的短片在电影节很受欢迎，同时也是创作出更长、更受欢迎的电影剧本的重要途径。在其后的习题里，你需要创作出一个标准长度的纪录片剧本以及两个原创故事片剧本。一个是短片剧本，采用单一视点；另外一个是剧情长片剧本，要求运用两个视点。（有32个习题供选择练习。）

从第四部分开始，每一章以一个名为"深入探索"的参考书目为结尾，给读者提供更深入、专业的信息。

第五部分 重新审视你的作品，巩固你的创意方向。然后看看你在完成大量作品后会出现哪些新的创意风格。（有4个习题供选择练习。）

第六部分 把你的作品扩展成最终的形式。本部分探讨为了把故事大纲扩展成电影剧本、纪录片、舞台剧或散文化小说片段，你还需要做些什么。同时，本部分还提供一系列故事写作的原则，涉及对话、结构设置以及剧本角色开发等。这些原则大多对散文化小说、戏剧和其他艺术形式同样适用。

如果你能完成本书四分之一以上的习题，你会最终开发出各种各样极具个人特色的故事，再也不需要模仿他人，或者苦觅灵感而不得。

准备开始

一旦开始写作，切记要随心所欲、不受任何拘束地创作，然后再做分析和修改。刚开始时，要想尽一切办法完全放松、自由地写作。

你可以坐着、站着、躺着或者泡在浴缸里。可以用电脑打字、在练习册上涂抹、用录音机录音或者在酒吧跟你奶奶唠叨。你需要想尽一切办法获得故事素材和创意。只有让脑子摆脱自我审查的束缚，它才能自由工作。

永远不要同时戴两顶帽子，也就是说要让你的作者角色和批评者角色严格分离，否则你自己那些不断出现的批评声音会淹没你的直觉和个人特色。你只需要无拘无束地进行即兴创作，即使写出来的东西一团糟也没有关系，因为此后你仍有大量时间转换到故事修订模式，重新组织、修改你的稿子。

放松地阅读这本书，看看它会指引你到何方，接下来会发生什么问题。每章都会有新的工作要做，所以你需要收集一些资料。如果你现在就想开始，你需要做这些：

图片档案　从杂志、报纸中剪下任何吸引你的图片，收藏起来。一个强有力的灵感可能来自于一张战地照片、个人肖像、一则傻傻的时尚广告或者一幅美妙的风景画。

梦境记事本　它是私人的，放在家里，用来记录你的梦境。在你的床头放一个记事本，一做梦就把它记下来。切记在回忆一个梦的时候，躺着不要动，直到你可以尽可能多地重建梦境。通常你只会记起梦境的一些碎片，但是通过静静地回忆、一点一点用笔记录，其他记忆会一点点重现，直到你有一个相当完整的记录。你可以试着在睡觉之前告诉自己："如果我做了一个好梦，我会醒来记下它。"这样你可以训练自己梦后醒来做记录的习惯。每天夜里都这样暗示自己，直到有一天养成习惯。

新闻档案　实施新闻故事记录计划，在一个文件夹里保存有意思的新闻故事留作备用。这些故事不必是眼下的新闻，你可以翻看旧的报刊杂志，因为在其中你可以发现很多没有人会用的旧材料。如果可能，你可以去旧物回收中心看看，那里有大量免费的报刊杂志。大多数小说创意来自现实生活，而且"旧闻"和新闻一样好。

作家随身记事本　随身携带一个小记事本，随时记录吸引你的想法、风景或者创意。这样的记录能教会你更加密切、敏锐地观察生活。随时记录、储存吸引你的任何东西是一个非常重要的写作习惯，它意味着你花在旅行、等待、吃饭、睡觉（如果你做梦了）上的时间随时都可以变成有用的记录。如果你在课堂上使用本书，你的老师可能在特定的时间要求查看你的作家随身记事本。

CLOSAT游戏

做一个名为"CLOSAT"的即兴创作游戏，把你记事本里的生活观察记录——也就是你用来写作的一堆创意——做成一张张卡片。为了便于检索，用"CLOSAT"的6个字母把这些创意卡片分类，每张卡片贴上一个或几个标签：

C=某个**人物**（Characters）以及对人物的描述。他/她有潜力成为某个故事的角色。

L=有趣的可视化**地点**（Location）。

O=让人好奇或者能够引起共鸣的**物件**（Object）。

S=充满矛盾或者揭示性的**情境**（Situation）。

A=不寻常或者揭示性的**行动**（Act）。

T=任何你感兴趣的**主题**（Theme）或者在你的生活中呈现的主题。

CLOSAT定义及示例

C（人物）是指其外表、言行举止、职业或从事的活动有潜力发展成某个故事角色的人。也许你会在街头偶遇一个人，过后对其念念不忘；也许你会坐下来，慢慢回想一个老熟人过往的点点滴滴。你收集来的人物会成为你的角色储备库。他们的潜力取决于你开始写作时与他们有多少共鸣。你可以决定他们是主角还是配角。也许有些人不同于你见过的任何人，但是大多数人可以归为某一类型。如果你对某个类型人物的描述能够引起听众的会心一笑，那么你的人物就是成功的。下面的示例是一些简要描述。

- 一个脸膛赤红的工厂维修工，总是带着一条小哈巴狗。
- 一个全神贯注读书、双唇微启的黑人小姑娘。
- 一对骑自行车的男女。男人和女人一样，也梳了相同的灰色马尾辫。
- 一位身着黄色跑步装束的女人，看起来像哑剧中的鸡。

L（地点）是预示着有事情发生的任何地点。通常人物和地点会同时出现，但是把事情重新洗牌会更有趣。比如让一个都市青年为了逃避法网躲进一家臭气熏天的养鸡场，或者把一个柔弱的银行职员放在一艘在劫难逃的俄罗斯渔船上，以证明自己并不软弱。

- 只有一个街灯的海港大桥。
- 破败的文具店。
- 一个阁楼，放着一张脏兮兮的还没做好的床。

- 一个乡村车库,在一捆风扇传动皮带旁边挂着一张泛黄的海报。

O(**物件**)是任何值得记录的东西。因为它让某一地点、时间、情境或者拥有者更具说服力。

- 储存小甜饼的陶瓷猪。
- 挂着红色、白色、蓝色缎带的破旧稻草帽。
- 播放着咿咿呀呀曲调的情人节卡片。
- 融化掉一半的塑料士兵。
- 落在公园长凳上的女人梳妆盒。
- 用鞋带挂在枯树树枝上来回摇摆的跑鞋。

S(**情境**)是同时发生的多种情况的结合,或是把角色推向一些特殊压力之下的困境。

- 穷人到富裕家庭做客。
- 晚上汽车抛锚,恰好停在凶恶的邻居家门外。
- 穿一件后背裂开的纸质长袍做X光透视。
- 在一家拥挤的电影院遇到邻居,发现他原来穷困潦倒,身上散发着刺鼻的味道。
- 邻居正在他的院子里挖掘一个坟墓状的坑穴,尺寸正好能容纳一个人。

A(**行动**)是任何可能含有意义或目的的行为或动作。

- 因为心烦意乱差点出车祸。
- 精心设计一个恶作剧,最终关头却放弃掉。
- 衣着整齐地跑进大海。
- 回避一位朋友。

- 劈柴。
- 临时做一张床，晚上睡觉用。
- 从一个自动取款机上取一大笔钱。
- 受到威胁时保持微笑。

T（**主题**）是故事的中心思想或者主要思想，但是很少直接表达出来，它是故事内容的基础，并且对故事内容进行评价。比如，如果要讲述一个无家可归的少年，故事的主题可能就是"关怀陌生人的重要性"。

- 打破界限。
- 复仇。
- 爱情克服一切。
- 嫉妒。
- 背叛。
- 手足竞争。
- 犯罪。
- 赎罪。
- 宽恕。

卡片游戏

对于第5章的习题，你需要走出家门，四处走走，仔细观察周边的人和环境，并做成高质量的"CLOSAT"索引卡片。然后你要用这些卡片玩一个即兴创作游戏。手写的卡片别人可能用不了，所以按照下面展示的机打标准格式制作你的卡片。如果想操作起来更加容易，可以先把材料打印出来，然后粘贴到索引卡片上。图1-1是一个叫罗尼的人物卡片示例。因为他是一个人物，所以用C来标记他。在第3章结尾处将会有更多示例。

| 你的名字缩写 | 描述性标签 | 卡片类别 |

P. P. R	罗尼，电影院经理	C（人物）
一个70多岁的老人，银白的头发齐刷刷地梳到后面，以盖住秃顶的部分。身穿廉价的西裤和衬衣，戴一副沉重的金丝镜框飞行眼镜，护住银色的眼睛。他像一个水手一样咒骂这家破败的电影院，哀悼好莱坞峥嵘的过往岁月和黑白电影时代。他微笑着欢迎任何65岁以上的顾客，却对其他所有人怒目相待。他不停地抽烟，不停地喝咖啡。		

图1-1　一个典型的CLOSAT卡片，此卡片是一张人物卡片。

Chapter 2
你和创意过程

You and the Creative Process

自我的旅程

发掘你的故事源头，找到你最有资格讲的故事，也就是说寻找你自己生活中点点滴滴的故事的因果关系，抓住让你印象最深刻的事情的本质。这项探索并不是马上就可以高效率做好的，它需要持久地坚持下去。然而，它常常能给你带来深刻的洞察力，让人物——包括现实中你身边的人和你创造出来的虚构人物——更有趣、更容易接近。

我自己也找到了这样的一个故事源头，它是一个真正的"视觉的瞬间"。不久前我在一堂课上向学生描述了我的生活和电影作品。讲到自己的简要经历时，我写道："我导演过20部左右纪录片，它们各不相同，没有共同点……"但是还没写完这句话我就惊觉到我恰恰是说反了。我所有的纪录片有一个共同的主题——监禁以及逃脱监禁的渴望。虽然它们有各种不同的话题和结局，但是我没有意识到这个主题贯穿了我的全部作品。

当我的脑子飞速运转试图解释这件事情的时候，答案很神奇地出现了。我发现了人们以前是怎么看待我的——开始时被视为一个孤僻的中产阶级家庭男孩，来自敌对的英国村庄；再长大一点，又被大家简单地定义为一个外国人的孩子。在学校、在家里、在战争中英国的一座孤城里，作为一名陆军应征士兵，我一直感觉格格不入。那段时间，我常常感觉自己像是一个俘虏，以至于不愿意去面对、去思考这些事情。但是正因为这样的经历，我以后自然而然就写了一堆关于俘虏和逃跑的电影。

至于我的学生，我曾指导他们把创意发展成实实在在的作品。我发现他们每个人都需要花费大量的时间才能找到自己的艺术创作核心。我们只能慢慢地、局部地抓住驱动我们的东西。但是肯定有一些内在的东西是我们一直都知道的。因为当你回顾过去时，你会发现自己是始终如一的。

这件事给我的启示是，如果我们主动地思考生活是怎样塑造了我们，就可以少走弯路，加速创作进程。在我们选定的艺术形式下任意运用艺术手段进行创作，总是可以让我们更深层次地提高自己的创作能力。如果敢于深入探索生活的本质，我们的艺术能力就会得到强化；反之亦然。二者相互依存，相互促进。

想把故事讲出来

我认为，我们之所以想把故事讲出来，是因为我们想要探索自身的情感冲突。任何新的发现都能够让我们获得满足感，因为我们能从中更加清晰地看到自己身处何方，以及为什么在这里。新的发现总能解放我们，把我们和志同道合的人联系起来。想想在《绿野仙踪》(*The Wizard of Oz*, 1939) 里，多萝西（Dorothy）伙同三个朋友走在黄砖路上（Yellow Brick Road）的故事。这部电影讲的是，勇气在自我实现的过程中能够发挥巨大的力量。电影的原著小说作者弗兰克·鲍姆（L. Frank Baum）显然知道这些。他的作品通过电影被人发觉，然后被数百万读者熟识。

自我展现和给予支持

要想实现本书讲述的"自我发现",你需要大胆地尝试。你需要向周围的人展示你是谁,因为这样做你会有所收获。使用本书时,你不可避免地要从别人的角度分析你生活中的点点滴滴,这可能会不太舒服。但是试着这样想:要想成为一名优秀的艺术家,你不能把自己隐藏起来。黄砖路上的冲突和危险像呼吸一样随处可见。面对恐惧和不快时,作家会承认它们,并且在故事中探索它们,从而更好地理解事物的本质。如果能像这样探索,你就能把普通的生活变成高贵的追求。

在一个创意开发团体中,如果你敢于冒险、敢于挑战,你就会成为一位天然的领导者。你树立的榜样甚至能鼓励最害羞的人展示他们的创意。大胆地让别人倾听并评论你的作品,这非常有助于探索和确认你的未来方向。反过来,当有人向你阐述他们的创意时,告诉他们你很欣赏他们的勇气。优秀的伙伴总是很慷慨地支持任何人去冒险和挑战。

什么是治疗,什么是艺术?

人们有时候会把艺术(art)和治疗(therapy)等量齐观。但是治疗旨在把一个人的病痛减轻到可控范围,恢复他的生存欲望。如果一个人的情感纠葛现实而且紧迫,以至于他的日常生活也变成战斗,他就不得不把艺术创作放到一边,寻求可靠的专业人员的帮助。就是说,如果你溺水了,你就没有必要也不可能进行艺术创作。

但是话说回来,很多人在一种强烈的救赎或者改变的冲动中写作。我曾经采访过普里莫·莱维(Primo Levi),他是一位工业化学家,毕生在意大利工作。他写的《活在奥斯维辛》(*Survival in Auschwitz*,1996,英国版名为《如果这是一个人》[*If This Is a Man*])最克制、最慈悲、最清晰地记录了残忍透顶的纳粹死亡集中营的生活。他在书里面讲到，集中营里许多人都有同一个梦想——用任何办法逃跑、回家，然后告诉挚爱的人自己身上到底发生了什么。但是当他们真正面对自己的家人、朋友时，却发现自己什么也讲不出来了，只好转身离开。莱维回家时也有这样的期望，他坐在母亲的房间里，不停地写作。但是他把自己写下的东西放到抽屉里，好几年不看。"它把我和我的经历分隔开了。"莱维说。他的记录讲述人性本身，让人印象深刻。后来手稿公诸于世，马上就成为了经典著作。

如果你需要依靠治疗以求生存，它必须是靠自己主导的。但是艺术却受他人支配，人们用艺术来克服对自身存在的疑惑。克服这种疑惑的办法是和别人分享真实事物的外在样式、内在意义和未知秘密。艺术能解释、质疑和祝福我们感受最深、内心最渴望和最想保护的东西，所以要让艺术创作植根于我们最永恒的关注中。它从你的内心一直向外扩展到世界万物，当然在此过程中你会产生变化、获得成长——这同样是有益的。莱维20岁的时候选择通过放下他的经历来减轻他身上可怕的压力，而本书最终要从人们在极端压力下的各种表现来唤起人文精神。

故事的意义

当你编造故事时，不能仅仅展示那些对所有人来说都是典型的、平淡无奇的事情，那只是现实生活的复制品。你必须发现只有你自己才能看到的、能够展示给别人的东西。法国现实主义作家埃米尔·左拉（Émile Zola）说："艺术是有气质的人才能看到的生活一角。"你运用自己鲜活而又独特的洞察力，仔细观察，向我们展示世界的因果、不公或者美好，它是属于你个人的独一无二的视角。而且你还可以彻底地拒绝肤浅、普通和平凡，独自一人达成上述目标。创作过程就是不断地否定和改进你的稿子，直到你对它完全满意。

　　不管是创作故事片还是纪录片，你都要从你的关注点上找到富有挑战的创意。在我已经完成的纪录片中，我总是运用一个独特的技巧来使创意成形。我会使用和小说作者相同的调查研究方法寻找创意。我需要进入特殊人群的特殊世界，这有时候容易，有时候也是困难的。但是随着你逐渐获得对方的信任，他们开始向你展示他们的生活，这时故事的本来面目就有线索可寻了。线索带来发现，发现导致突破，突破最终会给你带来更好的创意和更敏锐的洞察力。这样积累下去，你的发现就会取决于你敏锐的观察，取决于你越来越强的辨别是非的能力。你需要深入考虑别人的处境，把他/她的困境视作你自己的。真正这样去做的时候，你几乎变成那个人，如同陷入爱河。

　　你的作品不断地修改、变化，如同一只不断进化、从不放慢脚步的老虎，你骑着它完成整个拍摄和剪辑过程。整个过程中，你不断努力让你电影中的世界更加清晰，更有因果逻辑，更有戏剧性意义。

　　纪录片是戏剧的一个分支——它展示的世界是真实存在而不是虚构的。相比起来，故事片也不是那么与众不同。故事片和纪录片的区别在于，它需要从你大量的记忆和经历中编造故事。在任何形式的故事类型中，你都希望你的作品能够阐释特殊瞬间的人性意义，希望你的观众能够体验到强烈的情感。

　　一个故事的结束是另外一个故事的开始，一个新的故事总是来自尚未解答的问题。问题格局越大，作品就越崇高。想想伊丽莎白一世时期那个手套工匠的儿子威廉·莎士比亚（William Shakespeare），为什么他的作品风靡至今？

主题和变奏

　　许多作家写了大量成功的、富有表现力的作品，但是很可能只有一两个深入的主题贯穿始终。有限的主题并不能给他们造成限制，因为一个强大的主题如同一个有力的旋律，能够把作家解放出来，探索从中衍生出来的无数变奏。

只管去做

天才很少生来即是天才，他们只是等待着被激发。要想成为天才，你需要在你喜欢的事情上非常刻苦地钻研。伦敦艺术家、教师彼得·贝尔（Peter Baer）认为，任何人只要坚持画画20年都会成为一位不错的画家。作家们说的也都一样——只要你刻苦写作就能成为一个好作家。"只管去做"的方针对任何工作都适用。当你挣扎着、尝试着去写作那些最真实的存在——那些你既回答不了也放不下的内心问题——时，你最有力、最流畅的故事就产生了。接受你选择的套路和你的角色，不管其好坏或平庸，你总会有不期之遇。

大纲和扩展

本书的内容会带你快速地、深入地领略许多不同的领域。它不会要求你马上润色或者修改作品，因为那是在你决定超越创意阶段、把大纲扩展成更完整的作品之后的事情。虽然有关故事修改的内容大多会超出本书涉及的范围，但是切记最终版本的作品背后是无数遍的修改。写作实际上就是不断地修改。本书的最后一章会在这一部分帮助你。

协　作

任何有抱负的剧作家或者导演在创作的关键时刻，一定对自己的作品有强烈的认同感，否则有被动摇的可能。电影制作是一项协作，

协 作

当你尝试做一件事情时，与人协作（collaborate）能够有效增进沟通、激活能量。戏剧一度是完全依靠协同工作来运转的，因为数百年它都没有专门的导演。电影的高度重要性也源于它是艺术家协同工作的产物。

所以有时候你必须顶住来自其他人的极端压力。要么绝对坚持自己的观点，要么被强势的同事、演员或者其他工作人员左右你的观点。知道自己想要什么，即使他们不看好你，也要坚持到底，这样才能赢得尊重。

第二部分

观照自身、观察生活与即兴创作习题

Chapter 3
你的艺术个性

Artistic Identity

作为一名故事讲述者，你的目标是对听众施加影响。想要做到这些，你需要运用自己强烈的感受力，保持挑战性，引导听众用一种不寻常的方式思考、感受。当然，你自己首先要做到这些。搞艺术创作的人必须愿意面对自己的问题，要勇于开发属于自己的艺术形式，并把它转换成一种有效的探索工具。而你的口味将会引导你走向适合自己的活动领域。比如，它会引导你体验童年的恐惧和想象，就像M·奈特·希亚马兰（M. Night Shyamalan）执导的《第六感》（*The Sixth Sense*, 1999）；或者你喜欢有趣的、致命的政治幽默，比如迈克尔·摩尔（Michael Moore）执导的《华氏911》（*Fahrenheit 9/11*, 2004）。要想找到自己的方向，你需要保持好奇心，保持探索未知事物的欲望，勇于面对并解除重大事件留下的心理阴影和精神创伤。这是你的"未竟事务"，一些神秘的倾向，我们称之为你的艺术个性。

编造让大家满意的故事是非常有意义的。一些例行的准备工作会深刻影响到你的生活旅程，因为它自发地打开了你的记忆之门并梳理过往经历，这会改变你的未来行动和选择。通过成长和改变，你会获得更广阔的视野和价值观念。

> **艺术个性**
>
> 艺术个性（artistic identity）是你身上创造力的源泉，它由个人性格和成长环境塑造而成，促使你去寻找自己生活中"未竟事务"的答案。

首先要透过一双慧眼，寻找生活中的真实。作为一个有抱负的故事讲述者，你需要面对任何深刻影响过你的事情。你需要对自己的工作感到兴奋而不是恐惧。分享自己的经历是自由的，但是当众接受大家的质问有时候也会让人尴尬，因为每个人都有自己的隐私。所以事先讲明白：没有人有权利侵犯你的隐私。你总是可以自行决定打开哪一扇门、什么时候打开、向哪些人打开。在任何情况下，虚构文学都是意志坚定的人闯过自己禁忌的幌子。最重要的是找到最精确的词汇去描述一次经历，去点亮你所知的人类境况的某一部分。当你正确地做到这些时，你的观众会立刻产生认同，并为之感动。

有时候，当你寻找最触动你的某人或某事时，讽刺就出现了。你会意识到自己最敏锐的洞察力和最深刻的发现，竟然来源于某些消极的事情或者讨厌的人。宿敌和烦恼原来是伪装起来的一对朋友。没有他们你会怎样？人类真理既包括光亮也包括黑暗。讽刺的是，理解"消极"和理解"积极"同样重要，因为人类的终极真理既没有好也没有坏。真理就是真理，所有真理都是复杂的、对立的、相互依赖的。罗马诗人特伦斯（Terence）说过，"人所固有的，我无不具有。"（Nothing human is alien to me.）

让我们转向习题部分。首先是一些私人习题，帮助你初步建立自己的创意风格。一旦你对这些习题有了初步的理解，你会发现它们具有极强的假定性。但是随着你深入体验本书，随着你积累更多的叙事创意，你会发现自己拥有更加坚固、深刻的创意动力和叙事力量。你

> **主题与艺术个性**
>
> 发现你自己的主题（theme）和艺术个性，可以帮助你识别自己的内在力量，从而解决"未竟事务"。做到这些的办法是，编造虚构故事以深入触及表象的本质。如果它们能让你满意，自然也会感动别人。

会从感情和意识形态上辨别自己属于哪里，从而聚焦在你最具发展前景和成长潜力的领域。永远跟随自己内心的兴趣走，这样你的作品会更加安全、更具说服力。

置 换

故事创作者必须保护他们素材来源的隐私，因此他们常常通过改变对真实事件的暗示来置换自己的兴趣和关注点。置换的对象可能包括地名、人名或者机构名称，以及时代背景甚至是主角的性别等等。作家大多会置换自己的经历，以免被读者定型。作家需要自由地试验角色，不能只认同一个角色。

在虚构故事的过程中，你可以把现实生活中的几个人物原型合并起来，形成一个更加综合的角色。事实上，你完全可以通过这样的方法，自由地向你的观众呈现出可信的世界、可信的角色。你的新创造可能更加真实，比原型更有普世代表性。这就是为什么纪录片制作者会对一些他们不能搬上银幕的东西感到遗憾，从而可能会转向故事片创作。迈克尔·艾普特（Michael Apted）在纪录片《印第安谋杀事件》（*Incident at Oglala*，1992）中，对美国土著领袖伦纳德·佩尔蒂埃（Leonard Peltier）被捕入狱的正义性进行了质疑。紧接着，艾普特拍摄了一部虚构作品《雷霆之心》（*Thunderheart*，1992），讲述了在FBI的操控下，

> **置 换**
>
> 把你最担心、最忌讳的事情置换（displacing）为其他领域的事件，这样可以避免出现尴尬的局面。通过使用全新的人物和全新的环境，你可以从中探索最本质的真理，以及与真理建立联系。

一位类似佩尔蒂埃的角色被指控与两名FBI职员的死有关。两部电影设置在同一个世界，处理同样的问题，但是它们运用了不同的、互补的策略去处理这一棘手问题。

习 题

习题3-1：自我调查和写作目标

你需要完成一场口头演讲，介绍你自己和你的创作目标。

习题3-1是为接下来在习题3-2中的简短口头演讲所做的个人准备工作，所以你需要一些早期的故事创意并加以概括。你可以用虚构的人物和事件代替现实——就是说，隐藏真实人物的身份，以避免感觉自己在散布谣言或者背叛朋友。对于你的准备工作，进行一个简要的、私人的备注：

> 只有一两次真正重要的成长经验会对你产生深刻的影响。所以最低限度地讲述你的基本经历，集中精力讲述它的影响。

（1）从主角身上的特质出发，发掘两到三个主题。

例如：孤独、背叛、伪装的巨大代价。

（2）写出三到四个你特别认同的角色类型。可以基于你认识的人、已经去世的人或者引起你强烈共鸣的虚构人物进行创造。尽可能让他们互不相同。

例如：

- 有性困扰、和女人关系陷入僵局的男人。
- 一个孤独的朋友，把全部精力投入环保运动来逃避孤独。
- 年长的女人，和老板僵持着，以避免自己的职位被一位年轻女性取代。
- 因为忽略了自己的感受而陷入某种危机的人。
- 一个孤独的人，给自己营造了一个自给自足的世界。
- 出于本能不信任当权者的人。
- 找寻丢失的人或物的人。
- 迈克尔·亨查德（Michael Henchard，哈代的《卡斯特桥市市长》[The Mayor of Casterbridge]中酒后贩卖妻儿的工人）。

（3）找到四个临时的故事话题。通过回答问题（1），让四个话题各自获得一个主题。让每个话题：

- 有一个主角；
- 探讨你关注的问题；
- 尽可能互不相同。

例如（探讨"伪装的巨大代价"主题）：

- 一个强悍的士兵，害怕自己的同性恋身份曝光会影响到他在军队中的前程。
- 曾经的修女，发现她的临时工作单位需要她参与一次相亲。（喜剧？）
- 一名无辜的护士，她被送到战场上，在绝望的、奄奄一息的伤员中间假装乐观，但是渐渐开始质疑把他们卷入战争的爱国主义。
- 四面楚歌的高中教练，他的队伍持续输球，极受欢迎的助理可能威胁到他的职位。

- 再婚的妻子发现丈夫年轻的女儿将要回家居住，女儿占有欲极强，她需要重新定义自己在家庭中的角色。（另外一部可能发展成喜剧的作品。）

习题 3-2：展示你自己和你的叙事目标

运用下面六条提示，每条提示至少想出两个例子，列出一个四分钟口头演讲的大纲式笔记。把你的演讲排练几遍，记录好每次花费的时间。重要的是如何能把你想表达的传达给观众。如果你需要使用提示便条，记着要时不时直视你的观众，和他们直接交流。演讲必须生动，而不是枯燥地宣读。

- 我生活中的独特之处是……
- 我生活中永恒的冲突是……
- 我想表达的主题是……
- 我最认同的人物类型是……
- 我最想探讨的故事话题是……
- 我用来影响观众的方式是……

习题 3-3：倾听和反馈

尽可能富于支持性地、不带评价地倾听别人的演讲。演讲者鼓起勇气暴露自己，因而最为脆弱。即使你发现他/她有自我保护或者自我推销的倾向，也尽量全神贯注地倾听，记住他/她说的话，寻找：

- 演讲中让你感动的瞬间；
- 让你或作者自己不舒服的瞬间，那里可能有什么利害攸关的东西；
- 演讲内容中作者可能没有发现的内在联系；
- 你对作者任何新的、有趣的发现；

- 作者对下列各项内容的选择，以及其中的一致性或内在联系：

  作者的生活经历和他们选择的主题；

  人物类型和作者感兴趣的其他事情；

  故事类型、选择的主题和人物；

  作者偏爱的作品以及他们提到的其他内容。

当你给作者提供反馈时，要把你的反馈限制在有建设性的意见中。这种时候要帮助别人建立信心，而不是去摧毁它。

深入探索

想更加深入了解作家、画家、电影制作者、编舞者的艺术创作过程，请参考以下书目：

大卫·贝尔斯（David Bayles）和特德·奥兰德（Ted Orland）：《艺术和恐惧：对艺术创作中的恐惧（和奖励）的观察》（*Art & Fear*: *Observations on the Perils*［*and Rewards*］*of Artmaking*）。这本书虽然主要针对绘画艺术，但它讲述了艺术创作中一些普遍的错误观念，并提出了越过这些创作障碍的方法。

朱莉娅·卡梅伦（Julia Cameron）：《创作，是心灵疗愈的旅程》（*The Artist's Way*: *A Spiritual Path to Higher Creativity*，10th ed.）。这本书高度适用于遭受下列困扰的人群：心理障碍、限制性信念、恐惧、自轻自贱、嫉妒、内疚、对某物上瘾以及其他抑制性力量。

朱莉娅·卡梅伦和朱迪·科林斯（Judy Collins）：《世间行走：创造力的实用艺术》（*Walking in This World*: *The Practical Art of Creativity*）。如果你喜欢《创作，是心灵疗愈的旅程》，可以深入阅读该书。

杰德·丹嫩鲍姆（Jed Dannenbaum）、卡罗尔·霍奇（Carroll Hodge）、多伊·迈耶（Doe Mayer）：《由内及外制作创意电影：创新电影电视制作的五个关键元素》(*Creative Filmmaking from the Inside Out : Five Keys to the Art of Making Inspired Movies and Television*)。这本书尤其精到地讲述了刺激作者描写墨西哥毒贩、黑人女仆和股票经纪人的悲惨经历的伦理与价值。简单而言，这本书揭示了如何最小化地置入信息的社会伦理偏见。

安·拉莫特（Ann Lamott）:《关于写作与生活：一只鸟接着一只鸟》(*Bird by Bird : Some Instructions on Writing and Life*)。这本书采用个人化的叙述方式，生动有趣地讲述了作家必须要经历的几个阶段以及很多人在创作时会遇到的神经衰弱问题。

特怀拉·萨普（Twyla Tharp):《创意是一种习惯》(*The Creative Habit : Learn It and Use It for Life*)。著名舞蹈家特怀拉·萨普用毕生经验，告诉你如何激发、保持、传递自己的创造潜能。这本书由特怀拉·萨普亲自撰写，适用于你生活中任何艰难的尝试。

Chapter 4
创作概述和CLOSAT游戏

Introductions and Playing CLOSAT

即兴创作

《一千零一夜》(Tales from a Thousand and One Nights)中的山鲁佐德(Sheherazade)通过每晚给国王讲述一个不同的故事来取悦国王，挽救了自己性命。她没有告诉国王或者我们她怎样编故事，但是即兴编故事的能力却让她成为国王身边不可或缺的人。

同样地，一些演员、谐星、表演艺术家，能够用他们机智的临场应变能力让我们着迷。在芝加哥，我住的地方有一个"第二城"喜剧团(Second City)。这是一所戏剧学校，未来的喜剧演员在这里接受培训，直到他们能在任何场合中即兴创作。在任何一个随机场合中，他们会创造出一些有意义的东西，并从中享受巨大乐趣。这里的一些毕业生[1]非常出名。

---

[1] 这里仅列出一部分：迈克·尼科尔斯(Mike Nichols)、伊莱恩·梅(Elaine May)、艾伦·阿金(Alan Arkin)、琼·里弗斯(Joan Rivers)、哈罗德·拉米斯(Harold Ramis)、约翰·贝鲁西(John Belushi)、丹·艾克罗伊德(Dan Aykroyd)、比尔·默里(Bill Murray)、约翰·坎迪(John Candy)、马丁·肖特(Martin Short)、吉尔达·拉德纳(Gilda Radner)、吉姆·贝鲁西(Jim Belushi)以及迈克·迈尔斯(Mike Myers)。

> **即兴创作**
>
> 即兴创作（improvisation）就是把我们在无意识中储存下来的经历转化成动作。它常常产生于特殊的压力之下，产生于我们解放天性、大胆尝试的时候。

我们把即兴创作视作一项天赋，但是实际上任何人都可以学会它。回忆一下，有时候你会突然不由自主地浑身散发出幽默感，让你的朋友笑得前俯后仰；有时候你的脑子会突然飞速运转、如有神助，自动解决掉一些棘手的问题。这样你会发现，有时特殊的事情会突然发生，如同风筝突然起飞一样。在适当的压力之下，你无意识中存储的经历会完美地显现出来。

这是你的自我本能，是你与生俱来的工作能力。但是这种不固定的智力却像驴子一样倔强，如果你强迫它往前走，它就会踢着蹄子拒绝你。只有你放轻松、信心十足的时候它才能起作用。但是没有预先的保证，最理想的情况是你：

- 面临一个困境，自己也许能克服，也许不能克服，成败只在一念间。
- 没有计划或者深入考虑就付诸行动。
- 知道如果为了思考而停下来就会沉没，所以你不会停下来。
- 活在当下。相信你的直觉能够作出正确选择，它一定能做到。

适应了快节奏运动的人知道快速反应对胜利的重要性。高水平运动员能够在同一时间分别保持放松、运用直觉对外界刺激做出反应、完成高难度动作。当观众注视他们的时候，他们的注意力反而会得到增强。相反地，当他们慌乱紧张、患得患失时，你一眼就能看出来。就像建筑工人一样，如果一个人从高架上跌落，其他人就会马上失去信心，可能也会跟着跌落下去。

保持注意力

自相矛盾的是，要想保持注意力，你需要放弃所有安全保证因素。伟大的表演理论家康斯坦丁·斯坦尼斯拉夫斯基（Konstantin Stanislavsky）说："要想保持注意力，你必须待在此时此地。"不要往前看你要去哪里，也不要回头看你去过哪里。不要让你的自我意识开始评价你做得怎么样，因为这样你会人格分裂：一部分想继续保持你的角色，另外一部分想让你服从莫须有的观众审查。你开始变得痛苦敏感、自我评判，不能正常地工作下去。每个作家年轻时都经历过这种病态的状况。

对于一个作家来说，即兴创作是一项珍贵的能力。要想与周围所有的人轻松相处，随时随地大胆开发并展示创意，你需要放手去信任别人，因为这并不会给你带来损害。当然通常你需要一些练习，这样即使是偶然的失误也不会让你太害怕。

在日常生活中练习即兴创作，在每一个新的情境下进行即兴创作，运用一些自发的、意想不到的、即兴发现的元素编造故事。这就是你编造故事、展示故事的实践。

推销故事

推销故事创意就是要在几分钟里对它的主要元素进行口头展示。你的任务就是用故事的魅力和目的打动你的听众，让他们看到完整的版本。自我推销需要适应过程，但是如果你要展示自己的内在，需要打破害羞的围墙。展示你的创意也不需要炫耀自大。你需要放下恐惧，在不同的观众面前保持简单直接，就像你本来那样。

自我介绍之后，你需要做一个初步的练习，使用本章结尾附带的12个样板卡片，即兴创作一个CLOSAT场景。你需要制作这些卡片的

> **一场戏**
>
> 　　一场戏（scene）指的是事件的一个片段，通常发生在同一地点或同一时间。

复制品，放在一个帽子里面以备抽选。

　　当你推销一场戏时，你马上就能判断出听众的反应，他们是热情还是冷淡，他们是否喜欢你的创意。热情的听众脸上会表现出难以定义的光彩，冷淡的听众则表情克制，向你投来挑衅的目光。

　　当你自己也是听众中的一员时，要支持演讲者，专注地倾听，为他/她大胆的尝试报以欣赏。在爵士音乐会上，如果有特别的表演出现——比如演奏者的交换或者创造性的独奏等等，观众会鼓掌喝彩。当然，在故事推销中，听众的反应不会如此热烈，他们表示支持时会更加含蓄。不管你给予别人支持或是受到别人支持，你都会察觉到一些反应。在乐观状况下，演讲者和听众如鱼得水，成为一体，整体的欢乐多于个人。

如果你独自使用这本书

　　如果你独自使用这本书，你需要找到一个人向他/她推销你的故事创意。习题可以自己做，也可以在一个团队或者课堂里完成。但是，越多的人跟你一块工作，后续的讨论就越丰富。特别有趣的是，你可以对比每个人或者每个团队对相似故事的看法，看看有多少可能性出现。故事是有生命力的、不断生长与变化的个体，听众是它保持活力的媒介。

习　题

习题4-1：5分钟自我介绍

　　5分钟或者更短时间的自我介绍。包括介绍你的姓名、背景、吸引你开发故事创意的个人爱好、开发故事创意时遇到的障碍或者困难。

讲述最吸引你的事情（比如短篇小说写作、纪录片创作、电子或网络新闻创作、故事片剧本写作等），以及它们为什么吸引你。

习题4-2：做CLOSAT游戏

不看卡片内容，随机从帽子里面抽取卡片。最终你会获得一个地点、一个物件以及两个人物。在10分钟以内，运用三个元素编造一个故事。根据你单独工作或者在团体内工作的不同，游戏会有相应的变化。

个人创作　把故事推销给你找到的听众。你的听众会给你新的卡片以供选择，所以你能练习开发多场戏。或者你也可以邀请他们参与游戏，运用你分发的卡片即兴创作故事。

班级或团队创作　分成多个三人或四人小组，每组选出一个秘书做记录。然后聚到一块，小组秘书做记录，其他人进行即兴创作。每组秘书分别上台推销他们从相同的材料中开发出来的戏剧场景。

在压力之下即兴创作一场戏非常有趣。所有戏剧场景都有一个相同的出发点，但是开发出来的故事却截然不同、富有想象力。

讨 论

- 讲出来的故事中哪个元素是最有效的？
- 听完故事，你脑海里呈现的最清晰的是什么？
- 哪些对于一场戏的"限定性前提"有独创的、有效的运用？
- 你最喜欢哪个故事推销，为什么？

前　提

一场戏的限定性前提（givens）是这场戏的人物、动作、时间和地点，它限定动作，决定一场戏的内容。

习题4-3：开发自己的故事推销指南

基于你自己作为听众或者故事推销者的经验，花15到20分钟草拟一个指南，给初次做故事推销的人作为参考。尝试以下几点提示：

- 怎样能让故事吸引听众？
- 怎样让故事推销者迅速抓住故事核心？
- 在作者演讲之后，什么样的批评性反馈对他/她而言是有用的？
- 什么样的反馈没有用处，怎样避免？

关于故事推销指南的讨论

- 大家对开发故事创意的标准有何不同？
- 大家都同意哪些观点？
- 你认为哪些主要观点和原则能作为整体概述？
- 故事推销指南包括以下各项吗？

  故事推销者的习惯和节奏；

  分配时间的方法；

  故事推销的内容是怎样组织起来的；

  对别人的故事提供批评性反馈时的礼貌、态度；

  什么样的反馈会给故事推销者带来负面影响，影响其继续深入展开工作，怎样避免它？

  什么样的反馈会给故事推销者带来正面能量，促使其充满激情地进行下一步工作？

综合讨论

探讨下面的部分或者全部问题：

- 哪些故事中的人物是生动、形象的，为什么？

- 哪些故事里面有冲突——需要主角去挑战的事情？
- 故事中的人物有改变或者成长吗？
- 哪些故事有愉快的结局，或者问题得到了解决？
- 哪些故事或者故事的一部分有创意而不是老套的？
- 哪个故事最让你想知道接下来会发生什么？

在你评论、解决问题并制订工作原则时，得到他人的帮助是非常重要的。因为通过他人的反馈，你可以有效地发现问题、检验自己的工作价值。有人称，真正的艺术只来自孤独的、痛苦的个体，但是团队工作与之截然不同。一直到中世纪或者更晚，所有的戏剧由一个团队完成，就像如今的电影。现代喜剧一般也由作者团队写出，而不是个人。

如果你想要娱乐更多观众，就必须寻求观众对故事创意的反馈。你会马上发现团队的智慧、平衡和良好的感觉，尤其在你们相互熟悉之后。虽然通过讨论开发故事创意的过程非常缓慢，但是每个人都能作出贡献。而且通过扩展思路，每个人都能锻炼成为娴熟的戏剧家。这与听课或者听讲座不一样，你永远忘不了你参与创造的东西。

冲突、外部冲突、内部冲突

冲突（conflict），两个相反方向力量的斗争，决定戏剧中的动作。外部冲突（external conflict）是人物之间的斗争，或者人物与自然、法律或者命运的斗争。内部冲突（internal conflict）是一个角色内心的挣扎。

解　决

戏剧情境的解决（resolution）意味着戏剧中动作的结束、冲突得到化解。

人物（Characters）

| MGH | 丽塔，寻求减压的瑜伽修行者 | C（人物） |

除了不变的伸展和运动，这个四十多岁的女人一直愁眉不展，因为一周以来她不断遭遇麻烦。她光滑的黑色莱卡牌健美衣、深紫色毛衣和她垂着的脸形成鲜明对比。她姿势优雅，但丝毫解决不了她的烦恼。

| SNW | 詹姆斯叔叔 | C（人物） |

他的食指只有一半，自豪地夹着伏特加酒杯，只要轻轻抿上一口，马上就能恢复活力。他走路有点蹒跚。大多数人知道他。一部分人遇到他会打招呼。在意别人对他的看法。说话很有洞察力，却常常惹众人大笑。衣衫褴褛，大多数时候住在大街上。有时需要一个拥抱。孤独的眼睛。

| AJM | 小孩和恐龙 | C（人物） |
| | （痴迷） | |

好动的9岁男孩。平日里不是翻看古生物学书籍，就是在院子里寻找恐龙化石或者大蜥蜴可能留下来的其他线索。养了一只温顺的鬣蜥，名叫斯派克，整天带在身边，一般放在肩膀上。他的父母对他和他疯狂的热情已经没有任何办法了。

| BAB | 莱昂纳多·扎卡迪，黑帮老大 | C（人物） |

56岁的胖男人，身穿白色西装。经常抽着雪茄，坐在一张20世纪70年代的古董椅上。喜欢不断地换电视台找点好看的东西，比如《迈阿密风云》(*Miami Vice*, 2006)。听到一些乐事哈哈大笑，用意大利语自言自语。

图4-1　CLOSAT游戏卡片

物件（Objects）

| ACG | 一张明信片 | O（物件） |

崭新的，没有贴邮票、没有写日期。正面是同盟国旗帜，背面写着，"钥匙在杰伊手上。"没有邮戳，没有回寄地址。

| MGA | 某人的黑色手套 | O（物件） |

黑色皮革，因为严酷的条件，已经失去光泽，孤零零地躺在水沟里。大拇指和食指处损坏很严重，仅存一块磨得半透明的皮革。木炭屑盖在手指中间，整个手套发出花生酱的味道。

| PPR | 跳舞的小丑 | O（物件） |

小小的素色盒子静静地放在柜台顶上，盒子的一侧像立体模型一样张开。里面是一个装扮华丽的微笑着的小丑，有弹性的四肢固定在一个夹具上，胳膊和腿不自然地弯曲着。随后盒子会破掉，小丑会起来表演，时断时续地摇晃。

| KDL | 亚利桑那之梦 | 海报O（物件） |

（*Arizona Dream*，1993）

一张大海报，名为"亚利桑那之梦"。海报中间是一条大鱼飞向天空。右上角有一轮明月。鱼后面是一株大仙人掌，伫立在广阔无边的沙漠中。

图4-1 CLOSAT游戏卡片（续）

地点（Locations）

MH   货物升降机   L（地点）

旧茶叶厂的一个货物升降机，两侧没有封上，只能用来运输大件的东西。这是一个通向太空的平台……灰色、冰冷。可以看到粗大的黑色缆绳一直通向上面，直到消失在黑暗中。随着灰色电梯往上行进，黑暗中传来让人害怕的吱吱声。

JP   狭窄的人行道   L（地点）

公园里一条狭窄的人行道。一侧是一条河，另一侧是四车道的高速公路，上面满是疾驰的车辆。车辆卷起的强风裹挟着报纸和塑料袋。有一些嶙峋的树木，没有叶子。公园里空无一人。

TGO   宽敞的餐厅   L（地点）

墙壁都刷成浅粉色。墙上只有一扇巨大的窗户，透过窗户可以看到第三大道（Third Avenue）往来的出租车。其他墙面上挂着长长的、薄薄的镜子。所有服务员都身穿黑背心、白衬衫，坐在厨房附近的桌子上。他们看起来很无聊。只能听到街头的声音。

MFA   一间小屋   L（地点）

绿色的草地、枝繁叶茂的树木以及五颜六色的花朵。清澈湛蓝的小溪流淌在路的一旁，形成一道窄窄的鹅卵石通道。10英尺之外，一座用废弃木头和生锈钉子搭成的小屋骄傲地挺立着。小屋里面传来古典音乐的声音。

图4-1　CLOSAT游戏卡片（续）

Chapter 5
自传和影响

Autobiography and Influences

　　探索生活给你留下的印记是阅读这本书的关键要求。不管你是一名喜剧演员、电影剧作家、小说家、诗人、画家、演员、词作者或者壁画家，本书的要求都是一样的：你需要知道你的问题所在，你的情感和想象力通常在哪里涌出。如果你真的想娱乐观众，这是一个核心问题。不是要你自我反省，而是要弄清楚你是什么样的人、你感受最深切的困境。

　　本章的内容帮助你更深入地认识自我，帮助你识别生活给你留下的特殊印记，辨别对你施加特殊影响的人或事。我们身上的一些特殊印记受某些特殊人物的影响而形成，他们可以是虚构的人物，也可以是真实的。其中一些人你可能很了解，另外一些人你可能根本没有想到过。每个关键人物都能帮助我们发现自己身上的某一面，发掘更多的潜能。

　　本章要求你写一段自传，从童年写起，但是不要写近期的生活。写近期的生活会充满挑战、很难写好，因为这里面经常充斥着错综复杂的畸变和遗漏。在扭曲的记忆和自我辩护中，我们会有太多的原因选择性地审视自己的生活。当然，读者也会清楚地知道这些，并且保持警惕。

我们的所见、所想、自己的事情或周围发生的事情几乎构成了我们对世界的体验。找到并且运用你的核心经历给你带来的独特影响非常重要。每当你真正体验它的意义，你的工作就会变得充满感情、可信、迷人。你会发现那些真正能抓住你内心的东西——爱情、友谊、恐惧、背叛或者某些残酷的行为。事实上，我们也许只能跟与自己相似的人产生完全的共鸣。理解、描摹那些和自己不一样的人的真实生活，需要我们毕生的实践。

习　题

习题5-1：为自传做调查

本调查的结果仅供你个人使用。按照下面的提示，简要记录对你人生发展有过重大影响的任何人或事，不管其是好是坏。不必回答每个问题，只需要关注有重大影响的即可。

- 早年生活：你出生的年份、地点、特殊的环境或情况、特殊的宗教或社会状况、你的父母和其他任何不寻常的情形。
- 健康情况：特殊事件、意外、疾病、健康状况。
- 早年受到的影响：特殊朋友、访客、邻居、本地人物。
- 社会关系：任何在你生活中扮演重要角色的兄弟姐妹、表兄弟姐妹、祖父母、叔伯。
- 学校：你上过的学校、特殊的课程，影响过你的老师，特殊的活动、创伤，特殊的友谊或者特别厌恶的人。
- 特殊活动：工作、家庭任务、集体活动或者体育运动。
- 旅行：印象深刻的旅行、假期、移民、离家出走、跟随家庭或者独自出门远行。
- 青年时期：对大多数人来说这是一个硝烟不断的叛逆时期。你做过的最危险的事情是什么？
- 主要冲突：你生活中的主要冲突是什么？
- 你爱过的人：可以是你的家庭成员、你的初恋或者你接下来爱上的人。你从这些关系中学到了什么？
- 你讨厌的人：你强烈厌恶的人。什么时候、为什么讨厌他/她？你从这种关系中学到了什么？
- 工作：你接受训练、将要做的工作，或者你被要求做的工作。
- 嗜好：你想做的事情，比如某种兴趣、手艺或特殊爱好。
- 艺术：将你带上艺术道路的特殊经历或者影响，包括音乐、电影、戏剧、书籍、诗作、作家、电影导演等。
- 信仰：影响你人生道路的宗教或者哲学想法。
- 庆祝：任何难忘的特殊活动、节日或者聚会。
- 人生教训：积极或者消极的人生经历，它们让你印象深刻，改变了你的人生方向。
- 未来：某一瞬间涌现在你脑海里的计划、希望或者恐惧。

把答案记在脑子里，然后做下一个习题。

习题5-2：展示你受到的影响

上一个习题是私人化的，但是这个习题将会直接教你如何进行口头演讲。当你和你的角色产生共鸣时，你的创意过程会更加顺利。我曾经拍过一部关于西班牙内战志愿者的纪录片，制作这部纪录片时我遇到了一位曾经的护士。战争中，她面对着大批重伤员，然后必须选择带谁去见唯一的外科医生。那时候她还十分年轻，但是突然就要承担一项悲剧性的责任，这让她瞬间苍老起来。三十年后重提旧事，她哭了，因为她永远不知道自己是否作出了正确的选择。

以下习题的目的在于补充你从前面习题中学到的内容。

- 从文学作品、电影或者戏剧中列举出四个让你感觉亲切的角色。你对角色的感受可以是一种英雄崇拜，也可以是一种更加神秘或者复杂的感觉——这样会更加有趣。按照他们在你心中的重要性进行排列。
- 用同样的方法列举四位公众人物，比如演员、艺术家、政治家、运动员或者历史人物等。
- 列出一个或长或短的名单，列出对你有过影响的人物，包括坏的影响和好的影响。但是请忽略你的家庭成员，因为他们会让这个练习过于复杂化。

口头演讲

演讲不得超过五分钟，按照上面的要求描写人物。关注他们引起你共鸣的特殊品质。

讨　论

可以根据团队的规模调整下列问题。

- 演讲共同的主题是什么？
- 是不是有一些主题跟演讲者的性别有特殊关系？
- 哪个演讲里面的哪些内容让你觉得最特殊、最不寻常？
- 哪个演讲者最坦白直率、最让你佩服，他/她说的哪些话给你印象最深？
- 谁的演讲让你收获的信息最多？

本书接下来的三章会帮助你开发自身能量，充分品味生活、体验情感，逐步成为一名真正的作家。

Chapter 6
观察生活

Observing from Life

要想成为一名成功的作家、演员、谐星、画家或者摄影师,你需要有敏锐地观察生活的技巧。通过认真地观察周围,你能逐渐看到身边许多非凡的事物。独特的生活造就了独一无二的你,你需要用特殊的方法观察特殊的事情,赋予它们特殊的意义。直到你开始深入发掘自身的潜力,你才能形成高度个人化的世界观。这就是本章要讲的。本章进一步探讨上一章讲到的对生活的敏锐观察,以及它怎样让你用一种独特的眼光观察周围多彩的生活。

你需要通过保持敏感来开发自己的能力,所以要随时准备记录生活。圣诞节到了,你可以捧着相机走进一家大商店。这时你会问自己:"我应该拍些什么样的照片呢?"你得考虑可能拍出什么样的照片,什么事情是正在发生的,什么事情是真正值得记录的。当你拿着笔记本站在同一个地方,也会产生相似的问题。这里正在发生什么事情?我应该怎样描述它?它有什么意义?作家大卫·塞德里斯(David Sedaris)曾经在梅西百货(Macy's)做过一份圣诞精灵的工作,他用非常神秘、调侃、有趣的语调记录了纽约人带着他们的小孩畅游玩具世界的情形。塞德里斯独特的观察生活的方式直接源于他古怪的家庭背景和特殊的成长经历。

通过敏锐地观察现实生活中异常丰富的古怪的、好玩的、陌生的或者模糊的事物，你可以找到你的模式和叙事方法。通过CLOSAT游戏，你会发现那些细致入微的观察非常容易转变成故事。从第一章你就得知，"CLOSAT"的拼写是由几个观察对象的首字母缩写组成的：

C=**某个人物**以及对人物的描述。他/她有潜力成为某个故事的角色。
L=有趣的可视化的**地点**。
O=让人好奇的或者能够引起共鸣的**物件**。
S=充满矛盾或者揭示性的**情境**。
A=不寻常的或者揭示性的**行动**。
T=任何你感兴趣的**主题**或者在你的生活中呈现的主题。

CLOSAT游戏的价值在于你可以从中学到：

- 发现你工作时的直觉并相信它的作用。
- 学会怎样速写。速写能力对画家很重要，对作家同样如此。
- 每个故事都有很多问题需要解决。
- 每个故事有自己的形式，这些形式可以拿来深入讨论。
- 每个故事都可以扩展。

如果你在一个团队或者课堂上工作，

- 倾听别人的故事是了解他们的最好方式。
- 去发现并考察每个人的思维如何运转。
- 你会发现在团队里开发、集成创意是多么简单、高效。

习 题

习题6-1：CLOSAT准备工作和作家旅程

为CLOSAT游戏做一些准备工作是必要的，所以如果你还没有开始，仔细观察你的周围，用一个口袋大小的笔记本记录下人物、地点、物件、情境、行动和主题等，就像第一章大纲中的"准备工作"。在任何时候都要保持你的作家旅程，及时记录吸引人的想法、风景或者主意，做成描述性的标签，帮助你在之后重新记起它们。

从你的作家随身记事本里发掘材料，做6张CLOSAT卡片，其中两张人物卡片、两张地点卡片、两张物件卡片。如果你独自做这个游戏，可以做更多卡片。提取观察中最重要的细节，在每张卡片最上面标注你的姓名缩写、描述性标签以及卡片的CLOSAT类型，就像第4章里展示的示例卡片一样。你需要试着最大限度地抛弃成见，不做任何准备，即兴编造故事。

习题6-2：用两个人物、一个地点、一个物件做CLOSAT游戏

如果你只有一个人：

- 首先做几叠卡片，每一叠分别是人物、地点和物件。洗匀然后正面朝下放置。
- 从人物卡片中拿出两张，从地点和物件卡片中分别拿出一张。
- 做CLOSAT游戏，在展示结果之前只能准备10分钟。

如果你是团体或者课堂的一分子：

- 分成多个小组，把每个小组的卡片分成人物类、地点类和物件类。选派不同组员轮流担任小组秘书。
- 每个小组的卡片正面朝下放置，然后小组之间相互交换卡片。

这样每个小组用的都是全新的卡片,并且不知道卡片的内容。
- 派一个人抽出两张人物卡片、一张地点卡片和一张物件卡片。
- 公布抽出来的卡片,做CLOSAT游戏。每个小组有10分钟时间讨论故事,然后小组秘书展示小组的作品。如果小组讨论出了额外的或者相对立的故事,秘书可以即兴展示最好的一个。

听故事讲述者或者某个团队讲述即兴创作出来的故事是非常有趣的。比如看他们运用下面的元素讲故事:一卷蓬乱的破破烂烂的橘黄色地毯、一个年轻的福音女歌手、一个腿上打着石膏的邮车司机——所有故事必须发生在一条山间小路上,时间是一个雾蒙蒙的早晨。

习题6-3:用三个人物、两个物件、一个行动、一个主题做CLOSAT游戏

做另外一轮CLOSAT游戏,这次使用三个新人物、两个新物件、一个行动和一个主题。故事有两个场景。

讨 论

讨论下面的问题,顺序可以打乱。

- 我们通常能回忆起来的是那些最吸引自己的故事。所以你对哪个小组即兴创作出来的故事印象最深?你是否想单独分析这个故事?
- 所有即兴创作出来的人物中,你认为自己最了解哪一个,为什么?(一小部分精选的信息比一大堆乏味的细节更有意义。)
- 哪个故事看起来最有说服力,为什么?

记 忆

记忆(memory)可以从你大量的故事素材中轻松地筛选出最好的元素,除去其他的。让你的记忆帮助你编辑故事吧。

- 哪个故事的发展最让人满意，这个故事的本质是什么？（不要对你即兴创作出的故事过于挑剔。但是如果你看到的人物是静止、没有发展的，那么它就缺乏戏剧性。这样的故事也许可信，但是会相当乏味。）
- 是什么让一个角色更加吸引人？（通常是因为角色栩栩如生，有亲和力，正在努力获得某物、做某事或者完成某项目标。）
- 设置的地点有什么作用？（写作初学者常常直接写故事，而忽略了环境设置。但是饱含感情、富有意义的环境设置可以强有力地影响我们。它可以有效地规定或者限制人物的动作，让我们仿佛身临其境，对人物所处的情境有更直观的感受。）
- 确定每个故事的主角以及视点人物。大多数叙事形式通常会透

戏剧性细节

戏剧性细节（dramatic detail）应该描述得简短、有趣、精练。少即是多。

设 置

设置（settings）有助于定义角色、强化他们的困境。

视点人物

视点人物（point of view [POV] character）是以其经历、情感或者态度塑造我们对一场戏的认知的人物。为了方便或者追求一些戏剧性效果，视点也可以放在次要人物上。一些有趣的视点人物并不可靠，比如《呼啸山庄》(Wuthering Heights)里被轻视的希斯克利夫(Heathcliff)，原因在于他们会被一些主观性因素所限制，比如气愤、年轻或者其他认知障碍。

过主角或者其他人物向我们展示情节。这个角色通常最具学习和成长潜能。在早期的稿子里，你可能总是弄不清楚谁是主角或者谁应该是主角。甚至在确定主角后，观众的认同也可能会被部分地或者完全地导向某些次要人物。视点，不管是单视点或者多视点，都是故事讲述中很重要的一方面，应该随时引起我们注意。

- 故事里的哪个人物得到了成长——就是说，有哪个人物学到了新的东西，并且做出了改变？

有证据显示，即使在最古老的故事里，观众也希望主角有学习和变化，不管变化有多微小或是象征性的。在戏剧语言中，这叫作一个角色的发展。观众希望看到角色发展，是因为他们在现实中总是一成不变的，因此寄希望于故事。

在一个复杂情境的结尾，即使是一个小的、象征性的动作都能暗示变化正在发生，或者至少是有这种可能。比如一个讲述叛逆的女儿的故事，可以用女儿第一次动手洗自己的盘子为结尾，也可以用她穿着不被允许在雨天穿出门的鞋子为结尾。我们得到的信息是，她会保持自己的个性，但也会适应周围环境并最终成功。即使这些事发生在争吵或心碎的时刻，故事也能让大家非常满意。毕竟，重生是一个痛苦的过程。

主动型角色

主动型角色（active characters）总是在努力获得某物、做某事或者完成某项目标。一般是和现实生活中一样，不明显甚至是隐晦的事情。

发　展

发展（develop）的角色是那些从自己的经历中学到很多，并且能够逐渐改变自己的行为和行动的角色。

深入探索 I

也许你还没有发现，物件和行动有很多用处；它们的内涵常常远远超过它们本身。如果时间允许，可以把没有用上的、额外的CLOSAT卡片凑起来，丰富故事。当一个团体开始新的课程时，CLOSAT游戏是很有效的热身练习；当一场漫长的讨论过于理论化、过于呆板时，CLOSAT游戏有极好的提神功效。

习题6-4：针对团队或课堂的CLOSAT游戏变形

- 选好一组卡片，分给几个人，让他们马上编造一个故事，不给任何准备时间。这项练习要在每个人都熟悉即兴编造故事之后再进行。
- 选好一系列CLOSAT卡片（比如三个人物、两个地点、三个物件、一个主题），然后通过转铅笔选出下一个要讲故事的人。这个游戏可以做很多次。每个人必须准备几种类型的叙事，因为没有人知道旋转的铅笔头会停在谁的面前。
- 每个人为CLOSAT的所有类别各自准备两张卡片（适当密封）。把所有卡片分类放好——所有的人物放一块、所有的地点放一块、所有的情境放一块，或者尝试让某人以他自己的方式排列卡片，以彰显特殊的意义。按照课堂或者团队采用的规则，可以每组编一个故事，也可以每人编一个故事。

外延与内涵

外延与内涵（denotation and connotation）：一张沙漏的图片象征一个旧式钟表。但是通过时间的沙子流尽，它暗示了死亡的不可避免。通过艺术化地创造相关语境，作者可以给平凡的物体、事情或者人物赋予诗意，超越它们日常生活的样子。

形象化的力量

你收集的放进图片档案里的图片（见第1章）就像那些填充我们记忆和想象的东西。质问、拼接、并置、扩展这些图片都是编造故事的方法。小说家约翰·福尔斯（John Fowles）的两本小说源于同一个意象中的谜团。他住在英吉利海峡边的莱姆里杰斯（Lyme Regis），有一次他看见一个年轻女人朝大海对面的法国望去。在他的想象中，她逐渐变成了维多利亚时期反叛的女家庭教师萨拉·伍德拉夫。福尔斯让萨拉和一位法国中尉发生了一段情事，然后被对方抛弃；随后，一位订了婚的传统的科学家查尔斯被萨拉深深吸引。这就是著名小说《法国中尉的女人》(*The French Lieutenant's Woman*，1969年出版，1998年再版)。福尔斯的另外一部小说《幻象》(*A Maggot*, 1985)，讲述安·李（Ann Lee）和震教徒运动（shaker movement）。小说同样源于他想象的图片：一队十八世纪的旅客，其中一个女人在苍黑的夜色中骑马穿过山腰。德国作家温弗里德·格奥尔格·塞巴尔德（Winfried Georg Sebald）在他高度精练的自传体小说里再造照片、建筑图纸甚至是火车时刻表和公交车票等细碎的东西，就像在《奥斯特利茨》(*Austerlitz*, 2001)里那样。

当你开始处理原创小说习题时，你的CLOSAT观察会成为一种重要的资源；在你处理新闻和纪录片时，新闻剪报会激发你的想象力。

深入探索 II

如果你喜欢运用随机产生的元素进行即兴创作，尝试做一做下列书籍中的游戏。

伊薇特·比罗（Yvette Biro）、玛丽-热纳维耶芙·里波（Marie-Geneviève Ripeau）：《给裸体穿衣：想象练习》(*To Dress a Nude:*

Exercises in Imagination)。这本书提供了从照片、绘画或者音乐等艺术作品中激发创意、编造故事的系统方法,其本身也是替代剧本写作的一种方法。

迈克尔·拉毕格:《导演创作完全手册》(*Directing: Film Techniques and Aesthetics*, 3rd ed., 中文版已由后浪出版公司推出)。读者可以深入了解这本书第三版的第182—187页的场景写作游戏。你需要通过抛硬币来确定将要写作的场景的内容。比如抛硬币的结果是,你需要写一场包含3个角色的4分钟喜剧场景"尴尬的瞬间",这场戏设置在晚上,主角和你同龄同性别,故事的冲突是另外一个角色的内部冲突,危机需要在开端部分展示出来。

薇奥拉·斯波琳(Viola Spolin):《剧场即兴创作指南》(*Improvisation for the Theater*)。这本经典的、影响深远的著作本是为了训练孩童的即兴创作能力,但是其中的方法适用于所有年龄层。书中体现出来的即兴创作哲学和我们之前提到的芝加哥第二城喜剧团——培养了很多演员、谐星和一流导演的学校——是相通的。

第三部分
运用戏剧工具

Chapter 7
开发人物和戏剧家工具

Developing Your Characters and the Dramatist's Toolkit

本章我们关注戏剧性人物,告诉你怎样分析人物在一段戏剧中的行动。

当我们看到一个人时,我们习惯运用自己的生活经验直观地概括他/她的特点。但是能够辨别人物的特点并不意味着能够为一部戏创造出可信的人物。怎样才能让别人注意一个人物并产生兴趣呢?当你需要发展你的人物维度时,试着对照下面的清单。精简信息,只选择能让人物变得强有力、特殊的部分,否则你将会得到一箩筐乏味的废话。

开发人物清单

姓名
正式名字和昵称

意志力
(他/她正在努力获得什么、做什么事情或者完成什么目标?)
现在,在一个特殊的瞬间?

日复一日？

贯穿他/她的整个人生？

外表

年龄——真实年龄和看上去的年龄。

体型和身体状况（健康、病态、整洁、邋遢等）。

穿衣服的偏好，颜色、质地等。

用形容词或者类比来描述人物的特点（像只猫、复活节岛形状的体型、像牛一样等）。

血统

籍贯及相关。

家庭阶层、组成和信仰。

在家庭中的位置，家人怎样看待他/她。

教育背景（正式的和非正式的）和良师益友。

父母、监护人、兄弟姐妹或者其他有影响的人物。

影响他/她的人生方向的早年创伤。

对自己的出身的态度。

风度气质

主导情绪。

癖好。

主动或者被动，内向或者外向。

独特的肢体动作。

_____的时候最自在，_____的时候最拘束。

口味

特殊爱好。

喜爱的食物、饮料或者药物。

第7章 开发人物和戏剧家工具

喜爱的环境。

娱乐。

讨厌的东西。

神经症、恐惧症或者强迫症。

演讲

声音质感。

特殊词汇。

最喜欢的表情或者感叹词。

人际关系

最重要的人际关系。

性关系。

与自我的关系（自我形象）。

工作

工作和对工作的态度。

他/她做的义务工作。

工作偏好。

资源

朋友和同事。

和别人相比，主要的优势或技艺。

适应能力。

经济状况。

信仰。

以____为傲。

属于____（某个团体），或者能够号召起____。

长处。（客观拥有的长处，别人眼中他/她的长处，他/她认为自己有的长处。)

缺陷

他/她承认的缺陷。

他/她想要隐瞒的缺陷。

不能或者不愿意让自己适应_____。

不擅于做_____。

主要缺点。

秘密。

敌人。

主要的误解或偏见

过去的。

现在的。

将来的。

戏剧家工具

在公元前14世纪法老图坦卡蒙时代的埃及墓穴里,考古学家发现了许多锯片、斧头、木槌、锥子(钻头)以及凿子,都是当代木匠使用的工具,距今已有55个世纪。每种工具的形状和功能保持不变,因为这些工具是人们在尝试使用木头的时候发明的,而几千年下来,木头并没有改变。运转戏剧的工具同样古老,而这些工具却没有太大变化,因为戏剧的本质并没有什么变化。现代戏剧仍然包含特殊情境下的特殊人物,而且这些人物必须奋力克服特殊的困难。

为什么运用这些工具分析创意并反复修订非常重要?写作一个故事有点像生孩子——它让你筋疲力尽、困惑并且需要得到别人的反馈。我生出的小孩是什么样子的?他的胳膊腿儿都全吗?自相矛盾的是,评论别人的作品容易，想和自己的作品保持一定距离反而困难；但是不管评论谁的作品，你都需要找到作品的关键问题所在。故事就像一根链子一样，它的强度取决于链子最薄弱的一个环节。在写作故事时，我们总在不停寻找故事的"问题"区域。评论家的故事修改工具帮助你找到问题所在，找到增强故事戏剧性的方法。批评总是被视作一项负面活动，但是它能发现一部作品的真正本质，阐述它的结构原理，并且帮助改进、增强故事。寻求别人评论自己的作品很明智，给予别人的作品评论也是对对方的支持。

接下来我将描述一系列戏剧家工具，作家可以把这些概念运用到人类无序的情感流露中，使之建立秩序，正常运转。最早阐释这些概念的先驱是亚里士多德的《诗学》，它是一部对戏剧理论和实践产生巨大影响的专著。运用这些戏剧家工具，你可以拆解任何故事的叙事，检查叙事构造，鉴定故事的组件，并且修改故事中无效的部分。为了让这些工具清晰、便于记忆，我们会以相似的物件对它们进行类比。

工具1~4——四顶帽子

也许你还没有猜到，这里说的四顶帽子分别代表第一章讲到的作家的四种关键角色。如你所知，这些角色或者身份包括：

（1）作者的帽子。（当你自由地从新材料中寻找创意时，戴上这顶帽子。）

（2）分析者的帽子。（在你评论、修改故事时转换到这种模式。我有时会把分析者的功能更加严格地限定于修改故事时使用，它是分析者极为重要且极富创造性的一个方面。）

（3）故事讲述者的帽子。（当你推销一个故事时，当你阐述完一个故事、听取听众的反馈时，戴上这顶帽子。）

（4）听众/评论者的帽子。（当你不得不充当一个评论者，或者作为听众的一员听取别人的故事时,戴上这顶帽子。评论家的工作一般开始于概括自己作为一个听众的切身感受。)

当你编造、修改、展示、倾听或者评论故事时,你会戴上不同的帽子来提醒自己保持当下的角色。如果要更换帽子——比如从作者到分析者,从分析者到听众——则意味着要清空脑子里面已经存在的知识。只有这样,你才能像第一次看到作品的观众那样保持新鲜感。这项技能从来就不是天生的,需要后天练习,当你开发故事创意时必然会用到它。就目前而言,请记住:永远不要同时戴两顶帽子。

工具5——调查问卷(审视故事,建立角色的意志)

故事修改者会审视故事,以建立本章前面讲到的基本信息。得到基本的时间、地点、人物、事件之后,故事修改者开始审视每个角色的核心、揭示性问题:他/她想要获得什么、做什么事情或者完成什么目标?不管你写作故事、指导演员或者拍摄纪录片,你都要弄明白你的角色的根本意愿或者意志。因为意愿、意志会激励或者迫使角色不断行动。

工具6——潜水镜(发现文本里面的潜台词)

潜水镜可以让你看到水面以下的东西,在这里指的是一种直觉,它能让我们看到任何隐藏在人类互动里面的深层次意义。这叫作潜台词。一对夫妇可能在争论轮到谁去支付月账单,或者轮到谁去倒垃圾,但是这里的潜台词(或者暗含的真相)可能是:婚姻出现了状况,因为所有的脏活累活都是她做的。

工具7——钥匙(戏剧性前提)

戏剧性前提是对一个故事本质的快速描述。一个故事就像一场活力四射的旅行,它有一个动机,有一个促使故事发生的"钥匙"或者引发原因。故事中的一系列事件最终会引出结论,显示故事的叙述动机。《绿野仙踪》的戏剧性前提也许是：突然陷入一个陌生的、可怕的世界，小女孩多萝西明白了家是最温暖、最安全的地方。

工具8——压力表（检验冲突，衡量强度）

冲突产生于一个人的根本需求受阻或是没有得到满足。正如你可能会在一栋楼里到处寻找电源，也可能会在每个戏剧情境里，到处寻找主要人物的强烈冲突。三种主要的冲突形式是：

（1）人与人的冲突。
（2）人与自然的冲突。
（3）个人内部冲突。

工具9——秒表（代表时间进程）

时间是剧作家关注的永恒问题，因为他们必须让作品尽量简洁。把秒表和压力表结合起来使用，你可以绘制出一张随着时间行进，戏剧强度发生变化的曲线图表。你可以用这种方法把所有的故事画成有代表性的图表。绘图时，以"戏剧强度"为纵轴，"时间"为横轴。图7-1描绘的就是一只猫试图捕捉一只鸟的过程。

> **意愿受阻产生冲突**
>
> 意愿受阻产生冲突（conflict is the result of blocked will）。但是很多时候，一个人物的主要冲突被错误地放置在他当下的情境或是情感中。尝试完全用个人的角度检查：在生活中，你感受最深的压力是什么？你正在努力完成什么目标？完成这项目标的障碍是什么？你真正明白或者能够弄明白这些问题吗？和现实中的人物一样，戏剧中的人物很少知道自己的深度，因此需要对他们进行敏锐的观察。你需要诠释人物，弄明白什么样的压力或者动力能真正推动人物的发展。切记生活中的次要冲突通常只服务于一两个主要冲突。

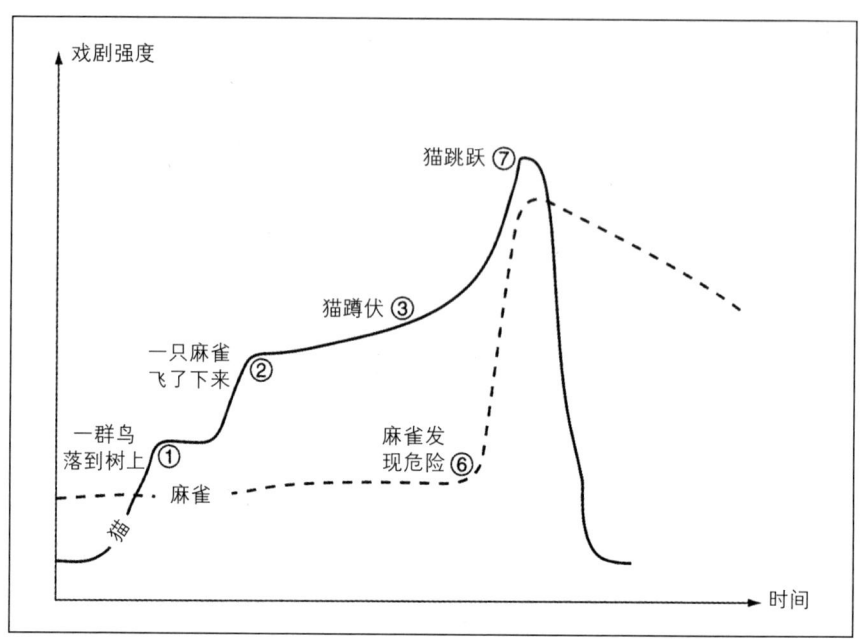

图7-1 关于一只猫捕食一只麻雀的强度曲线图。麻雀差点成为猫的猎物。

（1）猫注视周边，一群鸟落到树上。

（2）一只麻雀飞了下来。

（3）猫竖起尾巴，蹲伏。

（4）麻雀没有察觉危险，继续啄食。

（5）猫奋力一跃。

（6）麻雀注意到危险。

（7）猫扑过去，同时麻雀飞走。

（8）猫舔着自己肩膀上的毛，继续寻找猎物。

工具10——蛋糕刀（把戏剧划分成各个组成部分）

蛋糕刀指的是把戏剧材料划分成各个组成部分的能力。每一部分有自身的功能，按照适当的顺序排列。

> **危机、高潮、转折点、解决**
>
> 一场戏（或者整个故事）的危机（crisis）、高潮（climax）或者转折点（turning point）是两个敌对的力量进行最后对决的关键时刻。紧接着出现的词汇叫作"解决"（resolution）。在这里，主角的冲突得到解决，其命运很明确地变得更好或者更糟糕。

工具11——结构盒子（代表三幕戏结构）

在三个盒子上分别标注一、二、三，把故事的各个片段分别放到三个盒子里面。如果一个故事的每场戏都是高度有效的，那么每场戏在三幕结构中有自己的合适位置：

- 第一幕包含故事的建置以及给主角规定的"难题"。
- 第二幕中问题加剧，情况越来越复杂。
- 第三幕包含危机和问题的解决。

工具12——望远镜（寻找视点）

我非常喜欢"spyglass"（小型望远镜，"spy"意为"间谍"、"glass"意为"眼镜"）这个词汇，它是"telescope"（望远镜）的古代写法。"spyglass"非常形象，它暗示了以一种特权式的、略微隐私的方式观察事物。通过艺术化地展示，戏剧家可以让我们看到不同人物的经历。在上面猫捉鸟的案例中，可以有三种不同的视点：猫的视点、鸟的视点以及置身事外的旁观者的视点。采用哪个视点叙事会更有戏剧性？在故事的各个节点中我们可以切换到哪个视点？

这些广泛使用的故事分析方法绝对不是死板的、一成不变的。当你修订故事时，要让你的分析工作解放你的思想，扩展你的创意，绝不要夸夸其谈、画地为牢。你要运用的是这些创意的内涵，而不是表面上的文字。如果你静下心来认真倾听，每个故事都会活起来，跟你讲话，告诉你它的需求。你会自行发现，在完成最初的创作草稿之后，所有的艺术作品开始让创作者知道它们的需求，反过来还会把创作者变成它们的仆人，使创作者为之服务，不断完善它们。

Chapter 8
分析一场戏

Analyzing a Scene

一场戏是一系列动作的总和,它通常发生在一个地点或一段时间之内。为了深入发掘一场戏中的角色和内容,我们将尝试运用戏剧家工具。实际上你可以随时使用这些工具,因为它们大多都适用于日常生活。

运用工具 5——调查问卷

当你开始分析一场戏时,戴上分析者的帽子,拿起工具5——调查问卷。你的首要任务是积累人物的重要信息。用更大的语境审视人物之前,看看你能从人物的限定性前提(文本中给出的可靠信息)中找到什么。我们像侦探一样,审视人物的外表、年龄、性别、穿着、职责以及环境等(参照第7章"开发人物清单"),并分别针对调查中确定的和不确定的部分列出清单。要特别注意人物想要获得什么、做什么事情或者完成什么目标,这对演员、导演、戏剧分析者或者评论者作出进一步判断至关重要。每个人的癖好、情感和经历都有意无意地驱动着他们的意愿或者意志,有些动力是短暂的("哦,我饿了,那块三明治看起来不错"），有些动力则是长期存在的，它无孔不入以至于很少有人觉察到。我有一个朋友，她在20岁的时候听到了一位亲朋好友的闲言碎语，怀疑自己是收养的孩子。直到她50岁的时候，才鼓起勇气，向自己一直以来都称呼为母亲的女人打听自己的身世。你可以想象这种怀疑给她的生活带来了多大的影响，在寻找自己生身父母时，她又经历了多么深刻的情感历程。

　　一个人的意志由他的性格、生活环境和经历塑造的精神状态共同决定。我们在意志的影响下发现新事物，付诸行动。许多日常生活中的细小行为不断积累，构成了更大的驱动力，我们称之为一个人的核心问题。上一段提到的那个朋友的核心问题便在于要彻底弄明白自己的身世。

　　看到自己的核心问题非常困难，看到别人的就会容易很多。耐心、客观地观察他们的行为，保持开放的头脑，联系你已知道的因果关系，秘密地建立一个假设或者前提。如果你是一名记者、纪录片制作者或者从事其他需要对世间百态进行观察的职业，你更需要保持开放，观察各个领域的人的意志，而不仅仅是你期望的或寻找的。下面是关于意志的一些典型案例和初步解释：

- 对知识分子及其工作的蔑视。（可能是一种阶级偏见，对那些受过良好教育的人的嫉妒或者猜疑。）
- 对特别不公的报复。（可能是自己受到了不公平待遇，也可能自己的爱人受到了不公平待遇。）
- 总在寻找一位精神上的导师。（可能在寻找某个重要的人物的投射，比如父母或者兄弟姐妹，他们可能在自己的早年生活中缺席。）

　　修改你的看法，直到它和人物的行为相一致。我有一个酗酒的左派朋友，他强烈反对政府和宗教对权力的滥用。直到有一天他承认自己12岁的时候受到过一名牧师的性虐待,他政治生活的痛苦遭遇马上成为焦点,不久后他从住的船上消失,这也引起人们议论。不幸的是,几天过后,人们才发现他已经淹死在河里。

不要认为所有的动机都是心理方面的。马斯洛[①]的需求层次理论把生理上的需求列为首要的和最重要的需求,例如食物、住所和安全等。只有当"匮乏需求"(deficit needs)得到满足之后,人们才开始考虑"生存需求"(being needs),例如爱、自尊等。最高层次的需求是自我实现的需求(完全地、真正地做自己,充分实现自己在世间的潜力和价值)。对于一个贫穷的农民来说,自己孩子的温饱尚成问题,如果不能养活家人,像爱、尊重、自我实现这些概念压根不会在他脑子里出现。是否实现人生价值对他来说毫不相关,不可想象。

全面挖掘、彻底厘清人物的深层次动机会让你的故事叙述更有说服力。因为集体文化、环境和历史会形成一个国家的"国民特性",那么这时,国家也可以被视作一个个体。在你试图解释生活时,如果你能举一反三、由小及大、由微观到宏观,那就意味着你学会了成熟地思考。当你解释一系列复杂的事实、行为和印象时,没有绝对正确或者错误的答案。不管对艺术家还是观众而言,这些都是艺术的乐趣所在。

运用工具6——潜水镜

在使用潜水镜探索水下世界之前,让我们假设你想学习骑摩托车。你从前一直害怕摩托车,现在却想学会驾驶它。这就像与熟知你的人变得亲密,它是一种隐秘的欲望,让你征服长期以来令你觉得可耻的胆怯。

---

① 马斯洛(Abraham Maslow, 1908—1970),研究人类需求,并且将人类需求分为5个层次的心理学家。——编注

即使你说的都是真的，这也只是人尽皆知的表面动机。作为作家，我和历史学家一样，力图寻找更深入的真实。我问了一些问题，结果多少有些出乎意料：你已经有过一些冒险经历。去年你参与了一些攀岩活动，在一场社区戏剧里面参与演出，而且在KTV里唱跑调的歌曲。每次回到家里你都感觉无拘无束。哎呀，我在自言自语了。

历史学家通过全面综述来审视过去，传记作家则深入探索隐藏着的五分之四真相。在戏剧术语里面，这称作潜台词（subtext）。戏剧家常常在适当的位置（直觉告诉你的地方）置入潜台词。现在我要对你的动机进行分析，它的潜台词是，曾经有一些粗鲁的人对你造成过伤害，让你感觉自己愚蠢、怯懦。因为自我暴露和求爱危机是你很大一部分动机，我猜测你仍然感到受伤，想要撕掉不公平的标签。这就是我的解释，我还需要进一步观察它是否确切。

了解一些基本说明之后，你已经准备完毕，要去驾驶一辆摩托车了。你跨坐在摩托车上，感受它的重量。你心跳加速，插上车钥匙发动引擎，感觉到摩托车轰隆作响。你松开离合器，选择第一档，然后再次惴惴不安地松开离合器。胯下的庞然大物开始缓缓移动，你把脚抬起来，离开地面，道路两边的景物开始梦幻般地向后掠过。路的前面有一个坑洼，你躲过了它；再往前有一个嵌入地表的井盖，你扭动摩托车车把，避过了它。你用右脚笨拙地调高车档。"嗖"的一声，现在你真正飞驶在路上，风扑打着你的脸庞，灌进你的嘴巴里。你想自己是不是开得太快了，感到一阵震颤，既激动又有些害怕。这时一辆白色货车快速向你驶来，你心惊胆战。你有些慌乱地寻找手刹和脚刹的位置，踩上去，霎时间你感觉血冲向脑袋，车终于及时地停了下来。你爬下摩托车，两只腿害怕得不听使唤。你感受到了成功的满足，又有些特别的感觉，身体瑟瑟发抖。你成功了！

运用工具 7——钥匙

你下了摩托车,打量着手中的车钥匙,感叹这样一片小小的金属就能引发如此多的事情。这把钥匙就是这段戏剧场景的前提,也就是这场戏或者这段故事的基本概念。你此次骑摩托车的前提就是,"为了克服长期以来的恐惧,＿＿＿＿＿＿＿（你的名字）第一次骑摩托车"。寻找一个戏剧性前提非常重要,因为它会让你剧本的功能性描述更加有力,帮助你描述场景、解释动机。

运用工具 8——压力表

寻找每个人物受什么压力驱动,就如同气象学家查找天气循环背后的气压规律。为了弄明白你骑摩托车的动机,我在脑子里用压力表工具衡量你的冒险经历。最后我猜测你的冲突是内心的自尊。冲突的压力——不管是内在的还是外在的——都很重要,因为它迫使角色行动。看看你骑摩托车后满意的表情,我认为我的假设很可能是正确的。

运用工具 9——代表时间进程的秒表

与照片、绘画或书籍不同的是,电影或者戏剧中的场景是在时间中向前推进的。和音乐一样,在"时间艺术"的叙事中,时间和戏剧强度相互依赖。如果能把一场戏的变化节奏、戏剧强度和时间的关系绘制成图表,那么就能把角色的压力变化转换为可视的峰值和谷值,就像你骑摩托车的情况一样(见图 8-1)。戏剧和音乐给观众呈现的都是情感压力的波动。

19 世纪有一种描述戏剧结构的图表,称之为弗赖塔格金字塔(Freytag Pyramid),它讲述了如何在一场戏内逐渐增强戏剧强度,最

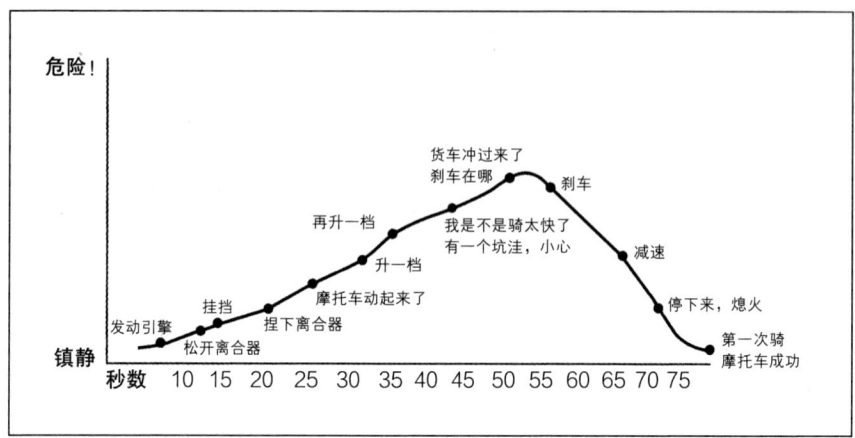

图 8-1 摩托车骑行场景的戏剧性曲线图。

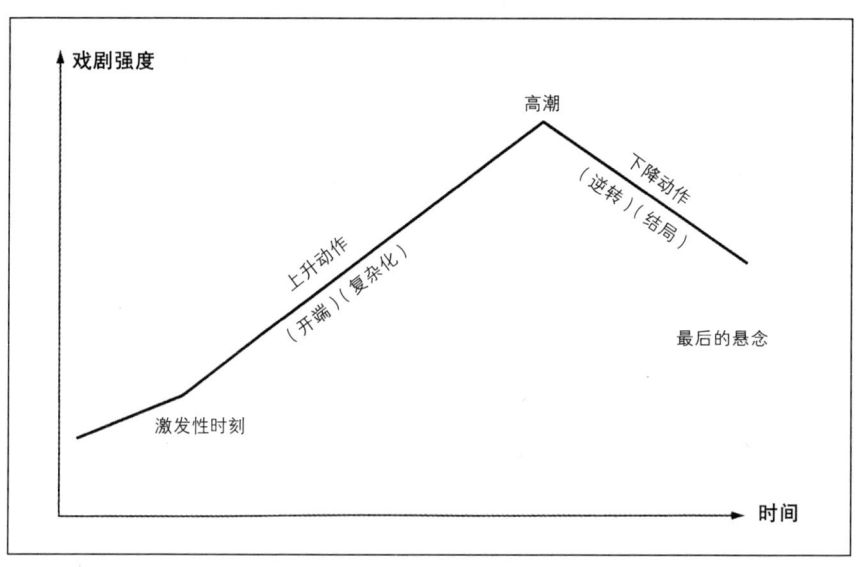

图 8-2 弗赖塔格金字塔展示了上升的动作会带来戏剧性危机,随着危机的解决,动作下降。

终释放它(见图 8-2)。

这样的图如今被称为戏剧性弧线(dramatic arc)。它被灵活广泛地运用到很多场合,比如描绘一场独木舟比赛、一家饭店的开业典礼,甚至是描绘一场"巫山云雨"。戏剧性弧线总是有一个顶点,叫作"危

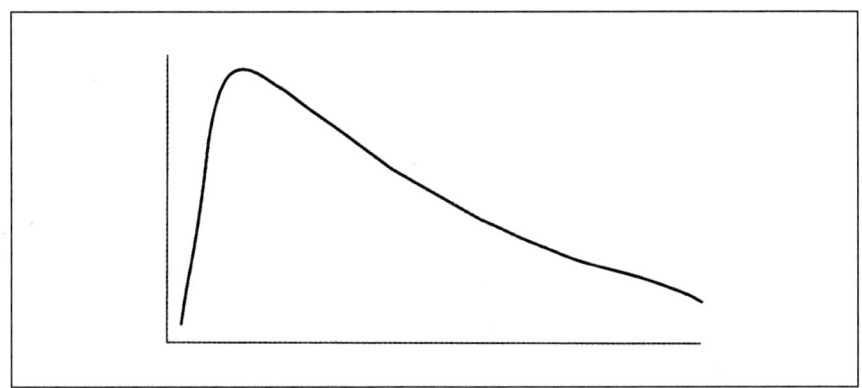

图8-3 一场戏的戏剧性弧线，危机出现在开端。

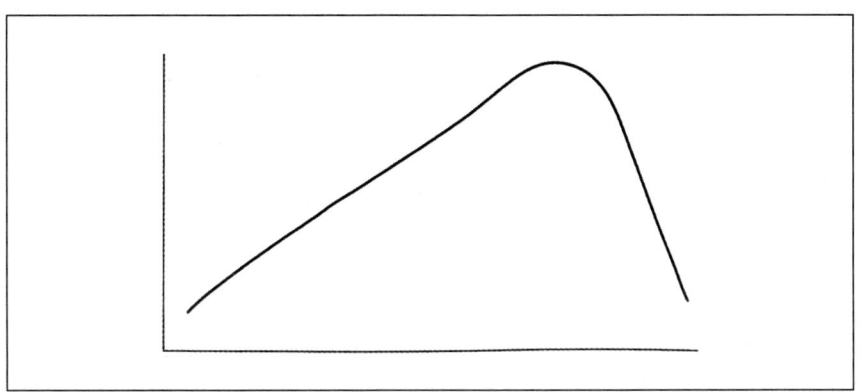

图8-4 一场戏的戏剧性弧线，危机出现在结尾。

机"。在你骑摩托车的事件中，危机出现在白色货车出现的时候，处于整个事件的三分之二处，这也是戏剧高潮经常出现的时间点。但是，一场戏的危机可以出现在任何地方。想象这样一个车祸场景，它描述的重点不在于车祸本身，而在于车祸带来的一系列后果（见图8-3）。

当一场戏有很多人物时，你需要分析每个人物，并且在你的图中展示出每个人物的下列几个方面：

- 每个人物的核心问题。
- 每个人物面临的障碍。

- 每个人物的目标如何实现（或者挫败）。

在同一个图中展示多个人物，每个人物的曲线用不同的颜色或者其他样式进行区分，每条曲线展示人物个体潜文本的上升或者下降张力。这样的图能够厘清每一场戏的内容和场景内的平衡，尤其是当你调度演员或者调度摄像机时，这种方法会特别有用。

戏剧类比

接下来我们要借用约翰·霍华德·劳逊[①]的方法，用发动机引擎做类比，直观地审视戏剧中至关重要的动力如何运作。当你开始骑摩托车时，一连串气体燃烧的压力推动发动机活塞，推动摩托车前进。对于汽油发动机来说，每次气体燃烧都有一个准备周期，之后都有一个排气周期。在一场戏中，危机之前同样有一个上升动作，危机之后同样有一个下降动作，如同你在图8-1中看到的一样。二者对戏剧的正常运行都很重要。如果缺少了这些内容，你会陷入前途未卜的危机，就如同电影院夸大其词的"预告片"一样，彻头彻尾的笨拙、空洞，根本不能吸引人前来观看。

让我们看一下这些准备周期和结束周期。每次气体燃烧与产生压力之前，活塞吸入可燃混合气，将这些气体压缩，准备点燃。戏剧中相似的过程是——引入角色，掌控局面，让主角面临的难题不断施加压力。

在活塞把可燃混合气压缩到最大限度时，气体被点燃，爆炸，然后推动活塞运动；在戏剧中，当冲突激化到顶点，就会在一个场景中迸发出巨大的变化或者是危机。一场戏的危机可大可小，小如有人在

[①] 约翰·霍华德·劳逊（John Howard Lawson，1894—1977），美国戏剧作家、电影编剧、戏剧理论家。——编注

回家之前多吃了一块巧克力；大如奶奶最终把爷爷从悬崖上推下。

燃烧之后，发动机排出废气，为下一个周期做准备。紧接着这场危机的是问题的解决（比如巧克力狂热爱好者安全到达家里，爷爷恰好挂在树枝上面）。每个危机得到解决都为下一场戏做好准备。危机的作用在于引导观众好奇接下来会发生什么。因此，如果想要衡量它的效果，只需评估它会激起观众多大的预期。

运用工具10——蛋糕刀

如果按照戏剧张力衡量，戏剧情境可以划分为三个相应的时段：

建置（setup） 建立故事的时间、地点、人物、事件和冲突。（比如你尝试学习骑摩托车，害怕自己会操作不当，弄伤自己。）

复杂化（complications） 当一个或多个人物试图解决冲突时，问题会越来越复杂。（处理摩托车的挂档、躲避路障以及摩托车加速后的焦虑。）

危机和解决（crisis and resolution） 冲突激化，到达顶点，人物直面危机，危机得到解决或更加糟糕。（看到白色货车驶来构成了危机，然后找到刹车，制动，停下来，下摩托车，危机得到解决。）接下来就是一个新的情境。（比如，把摩托车还给车主，或者再骑一次。）

在文学作品、戏剧、小说或者纪录片中，每一场戏都应该推动剧情发展。这些场景可能包含建置信息、扣人心弦的情感、人物冲突的复杂化或者是一种对抗。如果想检验一场戏是否成功，你需要做到下列几点：

- 把一场戏从周围环境中分离出来。

- 从内容和功能角度为一场戏命名，展示它们在故事中的所属。
- 弄清楚一场戏如何推进故事向前发展。

习　题

习题 8-1：人物和命运

- 选择一个你熟悉的、有趣的人（家庭成员除外），用一页纸的篇幅介绍他/她。描述他/她的三个典型动作。
- 猜测一直困扰这个人的核心问题。（就是说，他/她在生活中想要获得什么、做什么事情或者完成什么目标？）
- 尝试描述促使其核心问题形成的生活经历。
- 预测在核心问题的影响下，十年后他/她会变成什么样子。

习题 8-2：意志和观点

选择你的某个家庭成员，但不要点出其名字，回忆关于他/她的一项值得纪念的活动。简要记录这个人想要获得什么、做什么事情或者完成什么目标，并且从以下几个方面考虑：

- 这个人对周围瞬息万变的环境的态度。
- 与此同时，你的观点。
- 你对此人全部生活的了解。
- 其他人的观点，可能与你的和他的完全不同。

短暂的动机经常由即时的环境所激发，但是长期的动机植根于一个人的性格和历史。你上面描述的事件肯定和这个人更重要的人生履历有关，否则你不会记住它。

这个人对他/她自己动机的看法、你的看法以及第三个人的看法很可能会不一样。在每种案例下，这样的结果不仅体现了观察者的感知，而且反映了观察者的主观价值判断和意识。事情的来龙去脉可能被旁观者过度注解、夸大其词而不仅仅是事情本来的样子了。家庭是诠释的温床，小孩因为不愿意被诠释而逃离家庭。

习题8-3：意志指导行动

进行一个3分钟或者更短的口头陈述，讲讲你朋友参加一项重要活动的情况，不要透露其身份。陈述时要涉及以下几个方面：

- 活动的情况，包括你的朋友在活动上的行为表现。
- 在当时的情况下，什么推动了他/她的行动，他/她想要获得什么、做什么事情或者完成什么目标？
- 他/她在活动中的表现和他/她生活中的动力如何保持一致。

习题8-4：《渔夫和他的妻子》(*The Fisherman's Wife*) 场景解剖

把这个故事打印出来，然后：

- 把故事分为多个场景，用笔标出来。
- 每个场景列出一个描述性标签。（给每个场景命名，在命名中体现场景的内容和功能，如"阿诺德伤了自己的胳膊，所以他进一步推迟了自己恢复工作的时间"。）
- 记下故事中每个人物的优点和缺点，思考格林兄弟为什么这样塑造人物。
- 弄清楚故事中每个人物面临的难题，以及是什么因素决定了故事的张力。
- 画出故事的戏剧性弧线图。
- 写出简要的故事阐述。关于人物的生活和行为，这个故事告诉了我们什么道理？故事本身是含糊不清的，根据读者的侧重，可以有很多种解释，正是这种多义性造成了文学的丰富多彩。

渔夫和他的妻子

从前有一位渔夫快乐地生活在一个破旧的小屋里。一天,他捉到了一条比目鱼。让人惊奇的是,比目鱼竟然向他张口说话了:"不要杀我,我是一位王子,把我放回水里吧。"于是渔夫把比目鱼放了回去。回到家里,渔夫把事情告诉了他的妻子,妻子责怪他为什么不向比目鱼许一个愿望。她要求获得一间干净漂亮的小屋来代替他们住的破旧屋子。第二天,渔夫找到比目鱼,告诉它他的妻子想要的东西。比目鱼答应了,让他回家看看。果然,渔夫一回家就看到了一间漂亮的新屋。多么好的新家!妻子带他看了满满的食物储藏室、鸭子、蔬菜以及花园的水果。渔夫以为他们会过得很幸福。但是几天过后妻子觉得屋子太小了,让他再去找比目鱼,她想住进一座大的石头城堡。渔夫觉得很荒谬,但是仍然去找了比目鱼,心情沉重地告诉比目鱼他妻子的要求。果然,当他回去时一座城堡赫然立在眼前,城墙、塔、大理石地面、仆人、大量的食物,一应俱全。

但是没过几天,渔夫的妻子又不满足了。她觉得自己只是一个渔夫的妻子,为什么不能做女王呢?于是渔夫又不得不去了海边,海水变得浑浊了,暗流涌动。渔夫满脸愁容,但是比目鱼还是出现了,答应了他妻子的要求。回去以后他发现城堡更大了,妻子变成了女王,头戴王冠,坐在镶着钻石的王位上,周围拥簇着很多侍女。

但是渔夫的妻子很快又厌倦了,她想做一名统治者。渔夫张口抗议,妻子大发雷霆。于是渔夫只好又去了海边。海水发黑,涨了起来。比目鱼又答应了渔夫妻子的要求,但是她仍然不满意,又想做一位教皇。最终当她拥有了富足的罗马教廷时,渔夫问她是否终于满意,她冲着渔夫大声咆哮起来,要求成为宇宙之主,控制日出日落、月圆月缺。渔夫回到海边，海水咆哮着，天色黑暗。渔夫不得不大声呼喊比目鱼。

"现在，她又想要什么？"比目鱼问道。渔夫把妻子的要求告诉了比目鱼，比目鱼说道："这下她得回到她的旧屋子了，去那里找她吧。"

渔夫回到家里，又看到从前又旧又破的小屋。他和妻子重新日复一日地生活在那里。

注：下一章会再次用到这个故事。

Chapter 9
评估一部完整作品

Assessing a Complete Work

接下来我们要分析一部完整的作品。在此过程中，我们会看到每一场戏之间如何衔接，人物和情节如何推动剧情发展、保持故事的叙事动力。分析作品不需要特殊的科学方法，它仅仅需要你去阐释。你需要在初读作品（或者第一次观赏电影或戏剧）之后，马上作为观众思考你对作品有什么印象。如果延后思考，一些新鲜的、直观的感受就不复存在了。

你需要问问自己，在观看的过程中你体会到怎样的情绪？现在的感受是怎样的？故事让你思考到什么？故事的高潮是什么？作者对人物和人物的困境有什么看法？

对于任何正式的分析来说，诚实的情绪反应都是必备的先决条件。因为如果你想把作品解释得清晰透彻，必须把直观的感受和客观的思考结合起来。

运用工具 11——结构盒子

对照下列问题，决定每个"结构盒子"（set of box）分别放进哪些场景，因为每个"结构盒子"都可以包含一幕戏剧的很多素材元素，运用结构盒子能把任何故事分解成几个功能性板块。这种三幕式结构分法能运用到任何形式的文学或者戏剧作品中，甚至对粗剪形式的纪录片也同样适用。

三幕结构

第一幕：建置

情境。包括故事环境以及我们对自己所处世界的预期。

- 故事的建置是什么？（人物生活在大学宿舍里，或者一个煤矿开采区；一群中餐厅的员工，他们生活在特殊的环境中。不同的环境有不同的规则和惯例。）
- 故事的年代背景是什么？
- 角色所处的社会阶层或社会类型是什么？
- 每种环境对故事中的人物施加了什么压力？

人物。都有哪些人物，每个人物代表什么？

- 人物的姓名、特征，人物之间的关系是什么？
- 哪个人物最重要，为什么？
- 故事中每个人物代表什么？（可能代表人的品质、不同年龄段或阶段的发展、不同的情感类型等。）
- 主要人物的动机是什么？就是说，他/她想要获得什么、做什么事情或者完成什么目标？（考虑故事的整体动机，然后分析每场戏的动机，它们可以连贯地积累起来吗？）
- 故事主要通过谁的视点讲述出来？（我们通过视点人物来了解故事。故事讲述者也可以通过预测观众的感受，将视点从一个角色转向另一个角色。）

冲突。故事中起相反作用的两种冲突是什么？

- 每个主要人物面临什么问题？
- 他们实现自己目标的过程中遇到了什么障碍？
- 主要人物的冲突是在_____和_____之间的。（注意要找到两股相反的力量，而不仅仅是人物的一种情绪或者紧张状态。）
- 在什么意义上建置才算完毕，才能向观众展示全部的必要信息？

第二幕：复杂化

- 主要人物面对的障碍如何变化？
- 主要人物试图解决每个问题时做出了什么行动？
- 是什么新的因素让事情更加复杂？（什么让主要冲突更加难以解决？）

第三幕：对抗、危机和解决

- 是什么把故事引向最终的危机爆发点？
- 两股相反的力量从哪里进入到终极的、决定性的对抗？
- 对抗冲突的高潮点在哪里，哪一方力量赢得最终胜利？
- 在解决问题的过程中，有没有哪个人物得到了哪怕是最低限度的学习、成长？如果有，是怎样做到的？

一旦把整个故事分为几幕，你就能评估每一组戏是否运转良好。这样的分组和分析能够帮助你找出故事中缺失、错置和累赘的部分。

为一整部童话、电影、戏剧或者文学作品绘制图表，它能帮助你评估每场戏的张力是否适应整个故事的叙事弧线，以及确定主要危机应该出现在故事的哪一部分。想做到这些，你必须弄清楚哪些是主要情节、哪些是次要情节（脱离主情节线的情节，如同小溪一样，最终会汇入干流）。

> **情　节**
>
> 叙事性作品的情节（plot）是作品的框架，它决定故事的因果关系，促使人物不断努力完成既定目标。情节经常表现主角想要挑战或者颠覆某种既有的社会规则和限制。

分析任何作品的过程中，定期绘制作品的戏剧性弧线很有用处。你总是能从中发现一些不对劲儿的地方，比如相似的戏被成群地堆积在一块，或者一场强有力的戏出现得过早，导致接下来的内容无从发挥、趋于平庸。这样的可视化分析能够帮助你看到观众的好评或差评。通过一遍遍修改问题，你会一步步改进故事的张力和一致性。这一过程会让你很有成就感。

人物驱动型戏剧与情节驱动型戏剧

如果故事的张力由人物制造，主角不断克服前进路上的限制和障碍，那么这样的故事就叫作人物驱动型故事。《渔夫和他的妻子》（见上一章习题）就是一个人物驱动型故事，因为渔夫贪婪的妻子的要求推动了一个又一个上升动作。如果人物受到的挑战主要来自外部的压力，那么这个故事就是情节驱动型的。比如，三个滑雪者不得不面对一群凶恶的北极熊引发的雪崩。场景中的情势如此危急，滑雪者必须对情境或者情节中的紧急情况做出回应——当然，每个人有自己的应对方式。宇宙的规则通过"情节"表现出来，因为人类只有通过努力追求自己想要的东西，才能了解世界。

再次运用工具 8——压力表，以辨别压力来源与故事类型

通过找出故事中压力的来源，你可以大体上确定故事是人物驱动型还是情节驱动型的。反过来你也可以把故事放在类型——一种或一

> **开发人物、情节驱动型戏剧、人物驱动型戏剧**
>
> 开发人物（developing the characters）意味着给每个人物提供特殊的背景、性格、行为、品味和动作时间表。在情节驱动型戏剧（plot-baseddrama）中，人物要和环境中的压力相适应。在人物驱动型戏剧（character-based drama）中，情节线从人物的特质、选择和驱动力中显现出来。不管你选择写作哪种类型的故事，人物和情节是共生的，总在相互影响。

类故事——中审视。动作片通常是情节驱动型的，伙伴电影（buddy movie）则一般是人物驱动型的，因为它涉及是什么制造、考验、加强或者挑战友谊。

立体人物、扁平人物和原型

道德故事讲述正义与邪恶的斗争，因此其人物一般是二维或者"扁平"的。每个人物分别代表一种道德品质（勇气、忍耐、贪婪等）或者一类人（缺乏经验的年轻人、智慧的老人、失踪的旅客、无助的老人等）。传统故事还没有出现对人物心理层面的过多阐释，所以其人物设置多是扁平的。

原型的字面意思是"原始类型"。最古老的原型是男女英雄和坏人。其他的原型人物有敌手、导师和守护者。更黑暗的角色有变形者、魔术师和幽灵，他们更加模糊不清、更加有趣。比如变形者是多变的、不可靠的，这就增加了故事的悬念，使主角的智慧和主动权受到考验。魔术师经常以喜剧形象出现，但是有时也是恶毒的，密谋把主角推向毁灭。幽灵代表主角（当然，也许是女主角）必须面对的恶魔和其他黑暗的、被抑制的角色。

原型不仅仅是人类个性中的一些角色或类型，因为每种原型体现了人类生活中运行的平衡力量。这些都是文化概念，卡尔·荣格（Carl

> **立体的和扁平的人物**
>
> 立体的和扁平的人物（round and flat characters）。E. M. 福斯特（E. M. Forster）把小说中的人物分成立体的人物和扁平的人物。前者指在心理上完全有自我意识的人物，后者指缺乏深度、为某个说教式目的而存在的人物。

> **原 型**
>
> 原型（archetype）。心理学家卡尔·荣格认为原型不仅仅指人的类型，每种原型代表着对某种人类天性的古老认知并储存在我们的集体无意识中，像死去的英雄、沉睡的公主、阴险的恶棍、走失的孩童、暴虐的继母、凶残的主人等都是原始的，体现了我们对勇气、不受保护的纯真、狡诈、青春美丽、暴躁和牺牲等概念的认知。

Jung）认为这些原型在人类梦境中频频出现，它们普遍地存在于人们的集体无意识中。

在写作中运用典型的人物或者情境的方法是，一旦你发现某个原型开始成形，你可以仔细研读它，研究它的衍生意义，与此同时开发自己的作品。作为故事讲述者，我们总在不断地从我们的文化中汲取营养，比如宗教、神话、传奇、民间故事、童话、艺术、历史、心理学和哲学等，所以对原型的理解永远都不够。更加丰富的知识自然会带来更多创意，帮助你开发并扩展你的潜意识所激发的故事。你会突然发现一些自己从来不知道的资源。在"遵守戏剧传统"（第21章：修订故事大纲）中我们会再次讲到这些。

在一些当代现实主义戏剧中，主要人物一般是"立体的"，即多维的、冲突的、复杂的，但是次要人物通常是扁平化的，因为他们在主角光环下只有有限的戏份。尽管一个扁平的人物有时也可以来自原型，但是电影中熙熙攘攘的人群不太可能全是原型人物（除非是《指环王》[Lord of the Rings]系列……），他们更可能是群众演员表演的一组人物类型。这几场戏是为了表现不同地方的典型性和差异性，比如廉价的佛罗里达汽车旅馆，但是它们很少有更多意义。

另外一种对人物类型或者原型的有效描述是九型人格，它是一种古老的分类方法，把人们分成九个主要类型。每种类型又有变形，你会发现你的很多亲戚朋友都在这些分类之内。本章结尾附有相关的参考书目，如果有兴趣可以深入了解。

为一部完整作品绘制戏剧性弧线

一部完整的作品也可以被全面绘制成戏剧性弧线，比如一部电影、戏剧或者是有许多人物和场景的小说。首先标出作品的主要危机，然后找出引发危机的上升动作以及随后的下降动作。没有什么办法像绘制图表一样，能够迅速找到叙事中的错误。也许两场相似的戏被堆积到了一块，或者一场冲突强烈的戏出现得过早，导致接下来的内容无从发挥、趋于平庸。

戏剧和视点

每个（文学作品、戏剧、故事片或者纪录片）叙事场景都应该为故事的叙事动力提供戏剧化的信息，它们可以是建置信息，可以是一种情绪基调，可以是主角面临的复杂困境，也可以是两种相反力量的对抗。不管一场戏包含什么，只有能够推动故事发展的才是有效的。运用我们在分析单场戏中使用的概念，绘制图表——建置、复杂化、危机以及解决。

一般来说，电影和文学都会和我们分享主要视点人物的经历。在《渔夫和他的妻子》（见上一章结尾）中，我们完全从饱受折磨的渔夫的经历中了解故事，他努力满足妻子贪得无厌的要求，但是每次都以失败告终。在《小红帽》（ Red Riding Hood，见本章随后的习题）的精简版中，我们基本上从小红帽的视点体验故事。但是在大灰狼奔向外祖母家里的叙述中，故事横生枝节，我们分享的是大灰狼的视点。

一些故事采用全知视点，叙事者超然于故事之外，知道故事发生的一切。全知视点适用于一些诸如拿破仑征服欧洲的故事，因为这样的故事建立在更大规模的战争中，而不是家庭生活的近距离斗争。

想想上一章提到的望远镜工具，它可以让你在远处看到一个人物的命运。著名的希腊哲学家赫拉克利特[①]说，性格即命运，意思是一个人的爱好决定了他的行动，行动决定了他的命运。你一定见到过某个人随着时间的流逝改变了自己的境况。这种改变也许很有趣，也许令人尊敬，也许是个悲剧。有时候他知道自己的缺陷并努力改正，但这也是他性格的一部分，会让他更加有趣。

作家必须深入关注笔下人物为他自己创造的命运，因为这些人物的能力和决心（或者能力和决心的匮乏）几乎决定了整个故事的走向。

习 题

习题 9-1：把《小红帽》分解成场景和幕

复印下列精简版的《小红帽》，然后：

- 把故事分解为几场戏，在戏与戏之间做标记，用数字排序。
- 把故事分解为三幕，在幕与幕之间做标记，说明你的原因。
- 简要回答第 86—87 页 "三幕结构" 列出的问题。

《小红帽》的故事

从前有一个漂亮的乡下女孩，很受妈妈的宠爱。她的外婆也

[①] 赫拉克利特（Heraclitus，约公元前 540—约前 480 年），古希腊哲学家，爱菲斯学派代表人物，著有《论自然》等。——编注

十分爱她，给她做了一顶小红帽。小红帽非常好看，很适合她，于是人们干脆用小红帽称呼她。有一天，妈妈做了一块蛋糕，对小红帽说："去看看你外婆怎么样了，我听人说她生病了。把这块蛋糕也拿去送给她吃。"

小红帽马上就出发了。想到达下一个村庄，她需要穿过一片森林。在森林里，小红帽遇到了一匹狡猾的大灰狼。大灰狼很想吃掉小红帽，但是又不敢，因为森林附近有一些樵夫。于是大灰狼就问小红帽要去哪里。小红帽不知道和大灰狼说话很危险，于是她停下来回答说："我要去外婆家，妈妈给外婆做了蛋糕。"

大灰狼问小红帽外婆家是不是很远，小红帽给大灰狼指了指远处的房子。大灰狼说他也要去拜访外婆，还提议和小红帽进行一场赛跑，每个人选一条路，看谁先到外婆家。

大灰狼很快选了一条近路，全力向外婆家跑去。小红帽继续按她的路线走，一边走一边玩。

大灰狼很快到了外婆家的房子。大灰狼敲了敲门，卧病在床的外婆问外面是谁。大灰狼假装小红帽的声音，说妈妈给她带了一块蛋糕。外婆给他指了指进屋子的路。大灰狼已经三天没吃东西了，他一进屋就扑向外婆，没一会就把她吃光了。然后他躺在外婆的床上，等待小红帽的到来。

小红帽终于赶到了外婆家，她敲了敲门。大灰狼压低嗓音问道："谁呀？"

大灰狼粗糙的声音吓到了小红帽。但是她转念一想，也许外婆感冒很严重，把嗓子弄哑了。所以她回答"是小红帽"，然后说她带来了妈妈做的蛋糕。大灰狼尽量把声音压柔和，告诉小红帽进房子的路。

小红帽按着大灰狼的指引进了房间。大灰狼窝在被单里面，把自己藏起来。他让小红帽把蛋糕放下，然后走到床这边来。

小红帽脱掉了外套，爬上了外婆的床。当她看到眼前的外婆穿着睡衣的样子时，她大吃一惊。

"亲爱的外婆！"她大叫，"你的胳膊这么粗！"

"这样能抱你抱得更紧，我的孩子！"

"亲爱的外婆，你的腿这么粗！"

"这样能跑得更快，我的孩子！"

"亲爱的外婆，你的耳朵这么大！"

"这样听得更清楚，我的孩子！"

"亲爱的外婆，你的眼睛这么大！"

"这样看得更清楚，我的孩子！"

"亲爱的外婆，你的牙齿这么尖！"

"这样吃你更方便！"说完这句话，大灰狼扑到小红帽身上，狼吞虎咽地吃掉了她。

以上是夏尔·佩罗（Charles Perrault）关于这个童话故事的原始版本。其他一些版本把结尾改得不那么残忍：最后关头，身为樵夫的小红帽的父亲，带着一群猎人冲了进来，他们砍掉了大灰狼的脑袋，把小红帽从他的餐盘里救了下来。

习题9-2：人物类型和故事意义

- 论述《小红帽》中的人物是立体的还是扁平的。
- 这个故事里有任何原型吗？如果有，哪些是原型，代表了什么？
- 你能从这个童话中找到多少种意义？
- 从你知道的电影或者散文作品中找出一个立体人物，简要描述。解释是什么让这个角色是立体的而不是扁平的。

深入探索

唐·理查德·里索（Don Richard Riso）、拉斯·赫德森（Russ Hudson）：《九型人格的智慧：认识自我、心智成熟的方法》（*The Wisdom of the Enneagram：The Complete Guide to Psychological and Spiritual Growth for the Nine Personality Types*）。这本书基于一种古老的性格分类法，把人的性格分为九种基本类型，每种类型在平衡和非平衡之间又存在着变种。如果作家想创造出复杂、有趣的人物，这本书是非常有启发性的。

Chapter 10
检验故事创意、确定视点

Testing a Story Idea and
Deciding Point of View

检验故事效果

现在我们需要评估故事的每一个部分是否运转良好，确定故事应该使用哪个人物的视角。前面已经说过，分析任何叙事作品，出发点都在于审视你对作品最直观的感受。所以你需要循序渐进地、简单地、不加推理地评估一个故事，就像摄影师检查曝光后得到的底片一样。然后试着回答下面列出的问题，它们对检验你的作品和别人的作品一样适用。

故事效果问卷

评估下列问题：

影响
- 按照从1—10的顺序列出故事对自己产生的总体影响。
- 故事让我想到什么？
- 故事给我的直观感受是什么？

清晰度

- 故事是否清晰明了？是否每场戏在我脑海里都是清晰的，还是说一些是模糊的？
- 我能轻松地复述出哪些部分的内容，哪些部分很难复述出来？（这是检验故事是否有效的试金石。因为人类的记忆有自动筛选功能，可以自动屏蔽掉任何不能激发你想象力的东西。）

潜能

- 故事看起来是完整的吗？
- 按照从1—10的顺序评价每场戏。它们都运转良好，发挥出全部潜能了吗？
- 故事的哪些元素是强有力的，哪些是薄弱的？

反馈　分析故事的每方面产生什么样的效果，然后：

- 指出哪些部分运转良好，哪些部分是无效的；
- 针对任何薄弱的地方，提出使之更加清晰和饱满的办法。需要注意的是，一些创作者喜欢听取别人对故事缺陷的看法和修改意见，另外一些人则不喜欢别人入侵他们的创作领域。

探讨故事的意义和目标

结构和效果分析只能发现故事的意义。下面一些更深入的问题会帮助你发现故事是怎样作用于或可能作用于观众的。

- 故事的类型是什么，故事中的世界在什么规则下运转？
- 故事中有什么模式可能揭示了故事的意义？
- 故事的视点人物是谁？（我们主要通过谁的感受和视点体验故事？）
- 故事中的人物在对抗什么力量，为什么？

- 主角有什么特质，故事开始时我们对他有什么期望？
- 故事中哪些人物得到了发展（学习、改变或者成长）？
- 比较故事的结尾和开端，发生了什么重大的变化，意味着什么？
- 故事保持在它的类型之内，还是以某种方式打破了类型？

把故事作为一个整体考虑：

- 故事想要对我们施加什么影响？
- 对于个人和世界运转方式之间的关系（也称为"个人和宇宙法则之间的关系"），故事发表了什么看法？
- 故事的前提是什么？（怎样用一个或两个简短的句子表达故事的内容和目的？）
- 故事的主题是什么？（故事想要表现什么真理？比如：犯罪得不偿失或者女人不喜欢戴眼镜的男孩。）

向作者反馈的一个有趣的方法是有选择地甚至夸张地概括、复述故事，这样你可以强调故事的基础价值、模式和重点。作者看到这些观点之后，你就可以给他提出需要或者可以进一步改进的地方。许多作家喜欢倾听观众对故事的反应细节，然后独自去寻找改正这些问题的方案。评论家的角色需要你机智圆滑并表现出足够的尊重，尤其是当它成为你的职业时，你需要面对一些作家，他们有丰富的经验，但同时他们也建立了坚固的防御机制。

在处理本章的习题时，你需要用到之前4章讲到的工具。它们内容庞杂，很难记忆，所以你可能会用到下面的表格进行辅助记忆。

故事修订工具概述

使用下列工具，直到运用自如，让它成为你内在的一部分。

1. 单个**场景**可能包含的组成部分	建置	故事的时间、地点、人物、情节和主要问题。
	复杂化	每个角色在解决他们主要问题时遇到的障碍、困难、挣扎、转折和适应。
	解决	冲突达到顶点，人物处理危机，情形变好或变糟。事情很可能有很大改变。
2. 一个简单的**故事**可能包含的组成部分	第一幕：建置	建置人物、主要情境、主要问题以及主角面对的压力。确定故事的主视点。
	第二幕：复杂化	角色面对的障碍、做出的调整、故事矛盾激化。
	第三幕：对抗和解决	故事主要的两股力量进行对抗，一直到冲突的顶点或者最后危机的到来。其结果是发生改变，问题得到解决。至少有一个人物会有改变或者成长。
3. 检验故事，给出建设性**反馈**	影响	影响的程度是_____。 故事让我想到_____，我对故事的直观感受是_____。
	清晰度	我能看到_____，但是看不到_____。 我能够复述_____，不能复述_____。
	潜能	故事是完整的/不完整的，因为_____。 故事的所有部分/一部分运转良好，如下_____。 强有力的元素是_____，弱一些的是_____。
	建议（如果作者愿意听取）	故事有效的元素是_____（概括）。 我认为需要改变/扩展的是_____（概括）。
4. 确定一个故事的**意义**和**目标**	类型	故事是_____类型。 故事遵循或者打破了它的类型，因为_____。
	模式	故事中出现的模式是_____。
	人物	主要人物的特质是_____。
	视点	视点人物主要是_____（谁）。 视点有时转向_____（谁，为什么）。

（续表）

4.确定一个故事的意义和目标	冲突和问题	主角面对的主要压力是_____。 故事中的冲突介于_____和_____之间。
	改变	故事中出现的整体改变是_____。
	情节和宇宙法则	故事发生在_____（人物类型）反抗_____（某一社会或宇宙法则）时。
	影响	故事想要对观众产生如下影响_____。
	前提和主题	用一句或两句话概括故事的前提：_____。故事处理的主题是：_____。
	意义	按照我的理解，故事的基本意义是_____。

习 题

习题10-1：印象和反馈

为了练习，你可以使用一个自己写过的故事，也可以用CLOSAT游戏编造一个新的故事。使用本章中提到的问题，口头评论你自己的或者别人的故事，提出建设性意见以便进一步扩展故事。

习题10-2：评论交流

本习题和习题10-1相似，但是有进一步的扩展。

阅读或者听取一个同伴的故事，然后，

- 分析人物。
- 分析故事怎么分解成场景和幕的。

简要阐述故事，着重强调吸引你的某一方面或某一价值观。

在与作者意图一致的前提下，通过以下几点提出对故事的改进意见：

- 讲述你对故事预期意义的理解。
- 故事是否有效地传达了它的意图？
- 怎样改进能够使故事更加有效地传达其意图？

第四部分

创意写作习题

从本部分起，本书将会针对每个习题展示一个或者多个例子，它们由我在纽约大学的学生所作。每个例子后面有我的评论，这些评论有助于向读者展示怎样评论一部作品，怎样在作品的语境中指出其戏剧性特色。如果你能在阅读我的评论之前作出自己的评论，就能看看我们有哪些一致的意见。需要强调的是，没有绝对正确或者绝对错误的阐释。每一种阐释都来自仔细但充满主观的阅读，并且受到阐释者独特的生活经历的影响。所有的阐释必须立足于作品本身，如果能做到尊重原作品并提出合理见解，就能阐明叙事中暗含的深度。批评者的任务就是阐明作品展示或者暗示的内容，如果能够做到这些，团队合作就能变成创意工作的一部分。

　　如果你发现自己的作品没有书中的例子完整，不要沮丧。这些例子也不是一字不差的——我已经埋头把所有快速写作带来的打字错误、拼写错误纠正过来了。顺便提一下，在未经授权的情况下，不要使用本书中的任何案例制作短片或者用于其他用途，这样的行为会严重侵犯作者的著作权。

Chapter 11
童年故事

A Tale from Childhood

　　从本章起,你将开始写作。本章的目标是从你的童年记忆中找出一段简单却让人印象深刻的小故事。唯一的要求是它对你有重大影响,或者让你印象深刻。从中我们能看到记忆如何运转,以及记忆如何超越简单的情节再现。

　　当你回忆童年故事时,会把自己放在回忆的核心,因此你很自然的就用起了第一人称。但是,如果把故事换成第三人称(用"他走向他的车",而不是"我走向我的车"),你可以有效地把自己和中心人物隔离开来。小说作者常常采用第三人称,这样可以避免陷入故事的原型中,从而更加冷静地修订、改善并评估自己的作品。

　　从本章起,本书将会展示我在纽约大学故事开发课堂上收集的写作案例。通过这些作品以及我对它们的评论,你会看到人们如何运用常识和戏剧分析工具对一部作品进行常规的评论。但是这些学生习作绝不是拿来做样板的。如果你去模仿这些作品就违背了本书的意图。本书旨在鼓励你从自己广阔的资源和丰富的想象力中写作故事,不受任何限制。注意在写作第一稿的过程中保持作者模式,不要让你自己陷入分析者模式,否则你就会无休止地追求秩序和理智,而你此时最需要的是无拘无束地写作。本章需要你大胆甚至不计后果地快速写作。此外，本书的任何习题不要求你完成一部从产业角度而言的成熟作品。在构思过程中过度关注细节可能会让你偏离故事的根本。

开展讨论

从本章起你将会讨论其他作者的作品。有不同的方法做这件事，它们有对有错。在第一次写作一个习题或者展示作品之前，你首先应该成为观众中的一员，详细地陈述一个故事如何对你施加影响，这会对你有所帮助。所以，让作品完全自由地引导你的想法和情绪，但是要准备好作汇报。关注作品如何展现中心人物、每一场戏是关于什么的以及某个片段在跟你讲什么。作为观众，你的评论可以集中在：

- 作品作为故事的影响。
- 从你内心的眼睛里可以清晰看到哪些东西？
- 你认为作品表现了什么主旨，对生活有什么看法。
- 作品中有哪些元素有深入开发与拓展的价值。

通过这些反馈建立起最初的印象后，讨论会自然而然地转向更加综合、更加专业的方向。它应该是这样的：心灵高于头脑。

当你讨论本章的习题时，切记童年是脆弱的，一些经历会在记忆

内心的眼睛

内心的眼睛（inner eye）是你头脑中的影像，它以一种完全真实的方式再现你的记忆。至于它是否精确还原现实并不重要，因为它表现的是你如何感知你的记忆原材料。如果足够勇敢和有诚意去记录你内心的眼睛所呈现的内容——不加妥协，不加修饰——你就能强有力地写作。即便是写作小说，内心的眼睛也能为你设立情感的标准。

中烙下深刻的印记。这些遥远的记忆常常伴随着重要的领悟和教训。在讨论中，试着考虑：

- 中心人物有什么特征（虚弱、有趣、惹人爱或是被人误解等）。
- 回忆是瞬间的定格还是发展的场景？
- 中心人物正在遭受什么样的经历（震惊、转变、揭露或者伤害等）？
- 故事是否有一个转折点，它是怎样到来的？
- 故事中是否有人物有所改变？如果有，是谁，如何改变？
- 为什么在故事发生很久以后，讲述者依然印象深刻？
- 故事中有何震撼的场面，它们如何为故事的中心思想服务？

如果你评论了不止一个故事：

- 这些故事之间有哪些共同之处，有哪些有趣的对比？
- 动作体现在这些故事的哪些部分，对话呢？
- 哪个故事最有感染力，为什么？

习 题

习题11-1：童年的一件事情

- 选择一件你童年时代印象深刻的事情，写下来。如果可能，最好是从来没有告诉过别人的、意义模糊的事情。始终相信你内心的眼睛看到的东西，不做任何增删。描述你能回忆起的任何感受，但是对于重要的回忆完全用画面、事件和动作表达，不要用外部视角观察自己。在此阶段，用第一人称、过去时态写作，或者用你喜欢的任何形式。
- 改写你的回忆，使用第三人称、现在时态。戴上你的分析者帽子，在不改变内容的情况下，把故事改成第三人称、现在时态。这样一来，就会出现一些有趣的事：用"他在做什么""她在做什么"，而不是"我以前做了什么"或"你以前做了什么"；把已经发生的事件转换为它正在发生。新闻和文学作品如同观看汽车的后视镜，看到的是已经发生的事情；电影则在当下展开，即使是旧式的新闻影片也是如此，它展示的是其自身处于当下的状态。有趣的是，梦境也发生在现在时态。也许这就是为什么好的影片会让人如在梦中。

- 用几行文字表现你童年故事的意义。当你转换好了人称和时态时，戴上你的听众/批评者帽子，思考你写出的东西。跳出故事，从外面进行分析，它有何含义？这可能不好回答。但是如果其他人讨论你的作品，你会惊讶他们发现了更多东西。

习题 11-2：创造童年记忆里的形象

- 从你的童年记忆里选取一个强有力的形象，把它作为故事弧线的危机顶点。使用第三人称、现在时态，开发通往危机顶点的上升动作，以及危机顶点之后的下降动作。
- 描述你选择的形象的意义。你所开发的故事版本能否充分表现此意义。

习题 11-3：挖掘童年影片或照片集

- 从你的家庭资料库里找出一些影像、视频或者照片集，编成一则趣闻轶事，选取一个转折点作为故事的危机。如果可能的话，选择不相关的材料，发挥你的想象力把它们连接起来。相比在法庭上也站得住脚的外在真实，我们更喜欢情感上的真实。
- 描述你最初想要表达的主题，评估你开发的故事是否充分表达了这个主题或者传递出了其他含义。

针对习题 11-1 的示例

示例 1：维尔卡·楚拉斯

一个小女孩在学校的走廊上奔跑，她短发、细腿，嘴里用外语嘟哝着什么。她来回跑着闹着，试图让一个小男孩向女孩们展示他的胯下之物。虽然没有人听得懂她在讲什么，但是大家似乎都明白。最终她拉来四五个小女孩，没有费太大力气就说服男孩脱掉自己的裤子，展示他的物事。

女孩们站成半圆，把男孩围了起来。她们欣赏着眼前的景致，噢噢啊啊地欢呼起来。男孩突然慌了，把裤子拉起来冲进走廊里，绕着圈子逃跑。1分钟以后他躺在地上尖叫——他弄伤了自己的腿。大家都跑过来，看着他，没有人说话。最后，男孩被学校的护士带走，女孩们回了教室。

本故事的作者写道：

从我的视角来看，这个故事的含义确实非常模糊。但我想提出一些潜在的主题：小女孩性别意识的觉醒；好奇心——当你从自己的利益出发时对某事某物产生的强烈好奇心；性——哪些可以说出来，哪些不能（禁忌）。

一个人幼年的痛苦记忆通常包括负罪感和强烈的孤立感。因此，童年故事的转折点一般发生在某个难以解释的强烈瞬间。在这个瞬间里，小孩会突然发现一些行为是被禁止的，也就是绝对不可以做的。

从中立的角度看，这个单一场景的故事有一些让人不安的弦外之音。没有人能理解这个男孩一样的外国女孩。她组织她的伙伴们观看了一场"西洋镜"式的演出，也许她是在寻求认同吧。一直到她们的受害者伤到自己，闹剧才得以结束。但是让人不解的是，惩罚被施加到受害者一方，而不是行凶者。当这群女孩们发现自己触犯了禁忌以后，马上从作案现场逃离了。而且这个现场是超现实的，因为这场戏中没有对白，也没有提到任何声音，直到男孩弄伤自己，大叫出来。这里突然间的觉醒是场景的转折点。

这段故事运用高度视觉化的描述，没有提到任何人物的心理感受。这样的处理增强了故事的张力和惊恐。一群大大咧咧的女孩有着强烈的性好奇心。主要人物让人印象深刻，而其他女孩让人难以理解的暴力行为则饱含恶意。

示例2：亚历克斯·梅利耶

和班里大多数学员一样，这个故事的作者也对自己的记忆印象深刻，以至于他忽略了习题所要求的一些其他元素。

> 9岁的时候，我拒绝每周例行的洗澡，我讨厌它如同讨厌黑死病。
>
> 也许我在从前参加过的婴儿游泳项目里有过一次濒死的体验，它埋藏在我的潜意识深处，但是不管怎么说，我就是害怕洗澡。那时我父母会把我推到楼上让我洗澡，当我洗好时，妈妈会凑上来闻闻，看我是不是洗干净了。有时候我会用水把头发打湿，然后下楼想要骗过她。但是通过闻闻我，她就会看破我的把戏，然后送我上楼继续把澡洗完。
>
> 有一次我想给父母一个惊喜。我把水槽下面的柜子打开，挨个闻里面的瓶子，寻找味道最好的一个。我找到了一瓶松香清洁剂，把它一股脑全部倒进我的浴缸里。我爬进浴缸，把自己彻底洗了一遍。洗好之后我下了楼，妈妈凑过来闻我。她不解地看看我，低下头又闻了闻，然后大声叫我爸爸：

"史蒂文，过来！"

我爸爸赶快冲过来。我愣住了，不记得妈妈跟他说了什么。爸爸捞起我的胳膊，把我一把抓起来，大踏几步，重新回到楼上。我又哭又叫，因为我不知道自己哪里做错了。他把我带到浴室，三两下把我脱光，打开水，把自己的衣服也脱掉。他从水槽下面找到一支洗澡刷，把我拉过去和他一块。

他开始用力给我擦身子，把我身上擦得通红，我不停地喊叫。过了一会儿，我渐渐不再叫了，因为我开始发现他把我擦得很舒服。我记得他的阳物，硕大、毛茸茸的，就伸在我的脸前面。他用力给我擦身子，阳物上下抖动着。我拿自己的和他的比，然后在浴室里撒了一泡尿。他骂我，我只是笑，然后他也跟着笑了起来。洗好之后他拿了一块大毛巾，把我上上下下擦干。

当天晚上我做了噩梦，我大喊着叫我爸爸而不是妈妈。他冲进我房间。我告诉他我很害怕，因为我梦见毯子下面住着一个怪兽，它爬到了我的床上，咬我。于是我爸爸拿出一个睡袋，把它放在他和妈妈房间外的走廊上。他把自己房门关上，我睡在他们屋外面，感觉很安全、充满爱意。

这篇故事用第一人称、过去时态讲述。第一场故事很普通，讲述一个小孩要做一些新奇的事情，结果却惹恼了父母。在第二场的混乱中，妈妈把他丢给暴怒的爸爸，爸爸把他抓起来带到浴室。但是很快他发现爸爸的"惩罚"实际上是想拯救他。

这样的转折点——从做错事情和惩罚到狂热的救赎——被称作情节点。因为故事突然转向，驶入一个新的方向。我愿意把它称为"故事危机"。如果你能正确地运用情节点，它总是能发挥出很好的效果。

在示例的故事中，男孩发现了自己和爸爸相似的性特征，两人只在年龄、块头上有差别。爸爸没有深究他犯的错误（在浴室里小便），

> **情节点**
>
> 情节点（plot point）是故事出乎预料地转向另外一个方向的节点。情节点强烈有力，因为它改变了一个故事看似可预测的方向。故事讲述者让我们不断猜测接下来会发生什么，以此来保持戏剧张力。

整个救赎过程以爸爸慈爱地把儿子裹起来结束。故事的第三场发生在晚上，因为受到惊吓，男孩喊叫了起来。有人把这一段视作主要的故事危机。因为爸爸再次慈爱地回应他，他从爸爸那里感受到了爱，因此马上放下心来。当然，这也是故事的解决。

故事中男孩的困扰也是人们在孩童时代的一个普遍问题——我的父母爱我吗？在痛苦的挣扎中，男孩迫切地想要知道这个问题的答案。男孩总是遭到妈妈的批评和否定，但是他发现爸爸不是那么生气、让人害怕，他发现爸爸非常疼爱他。在晚上的那场戏中，爸爸再一次证明自己是可以被依赖的。

需要注意的是，亚历克斯从他父母的行动中获得新知，而不是被其他任何人告知。在生活中，行动就是全部，没有任何商量余地。当你迫切地想要写出一段真挚的对话时，切记行动高于言语。

示例3：克里斯·达尔纳

潮湿的早上，天还没亮，屋里静悄悄的。父母房间那边传来一阵窸窣声。也许是父母把他今天要穿的衣服送来了。

他迷迷糊糊下了床，随手拿起一块毛巾，走进浴室。水哗哗流下来，他略微清醒一些，但还是困倦。今天是特别的一天，但他什么都不想做，只想回去接着睡觉。这时有人敲了敲浴室的门，他停下来，把莲蓬头关了一半，想听听外面在讲什么。水仍然从管道里溅出来，滋滋作响。

"你洗好了吗？"他妈妈的声音，听起来让人不自在。

"嗯。"他不想多说一个字。

屋里放着一个黑色的行李袋,那是他婶婶——一名航空公司的乘务员——送给他的圣诞礼物。行李袋整体为黑色,中间有一道白色条纹。行李袋放置在沙发上,塞满了衣服。所有衣服叠得整整齐齐,放进袋子里,这样一来行李袋也显得方方正正。但是男孩只有14岁,他还不知道怎么把衣服叠好,更不用说叠得那样方方正正再放进行李袋中。他这会儿只是在思索他有多爱他妈妈。

"你准备好了吗?"

"等我穿一下袜子和鞋。"他说着,甚至不抬头看她一下。他很害怕。他一屁股坐在沙发上,挨着他的黑色行李袋,开始穿袜子穿鞋。脚和脚踝还是湿漉漉的,他艰难地把袜子穿了上去。他系上鞋带,感觉鞋子很紧。

妈妈在厨房里煮咖啡,他盯着地板一动不动。然后他抬头往院子里看了一眼,从黑砖墙的颜色上他能看出今天是个阴天。阴沉沉的天空。他低下头,重新盯着面前的地板看。他很冷,他的身体还想继续睡觉。

他盯着地板看,心里想,虽然自己看上去很恨她,但心里又那么依赖她。他想告诉她,他是多么爱她,以及他内心有多么害怕。他很害怕,甚至不敢去想自己有多害怕。所以他只是盯着地板看,两只胳膊抱在肚子前面,这样稍稍暖和一些。

"你饿吗?医生说你不能吃饭,但是可以喝一点果汁。"

"不。我不饿。"

"那好,我去把车准备好。"

"好。我在这儿等你。"

妈妈手里端着咖啡,推开前面的门,朝车那边走过去。门开着,他感觉到一阵寒意,抬头看见冰冷的云挂在天边。几分钟过后,妈妈回到屋里,告诉他车准备好了。

"所有东西都准备好了吗？"他抬起头，从醒来以后第一次看她。

"准备好了。我的衣服都放进行李袋了吗？"

"是的。我收拾了一下你的衬衫和短裤，但是不确定你想穿哪些。我觉得大多数时间你会穿一件睡衣，但是到时候再说吧。你准备好了吗？"

"好了。"他站起来，把昨天晚上整理好的袋子和背包拿起来。

他不想在屋里磨磨蹭蹭，不想最后看一眼任何东西。他只想快点离开。

他们俩上了车，都没有说话。开的是他们的第三辆车，一辆1973年版的雪佛兰迈锐宝旅行车，铁锈色，又旧又笨重。他记得这款车的上市年份，因为那一年他正好出生。车里的广播坏了好多年了，发动机的嗡嗡声和加热器的鸣声响个不停。

在去医院的路上，他从背包里拿出一对鼓槌。他不是想打鼓，只是告诉自己这东西很便宜，拿来消磨时间会非常好。实际上他根本就不关心自己是否要打鼓。如果谁看到了这对鼓槌，问他，他就可以回答："我并不是要打鼓，只是随便玩玩，消磨时间。"但是听的人也许会觉得，他会打鼓，只不过是谦虚罢了。

他提起鼓槌，开始敲击汽车的乙烯基树脂仪表盘。仪表盘是砖红色的，经历了14年岁月侵蚀，如今像石头一样坚硬。他更加放肆地敲击起来。敲击声越来越快，到最后他实在不能敲得更快了，就用力地敲。他一直敲，敲得越来越重。声音很快，没有节奏。他右手拿着的鼓槌"啪"的一声敲破了树脂仪表盘。他把鼓槌夹在两个膝盖中间，开始盯着仪表盘上花生大的破洞发呆。这辆汽车很旧，有很多划痕和凹痕，但是那个小破洞是他刚刚弄出来的。他羞愧极了，又惭疚又害怕。但是他妈妈什么话都没说，她知道他心里很烦躁。

剩下的时间里他就那样坐着,呆呆地看着外面不同的建筑和车辆急驰而过。这些建筑里、车辆里满满的都是人,对于他们来说,今天只不过是另外一天罢了。最后他们到了医院,找到一个空车位。两个人默默地下了车,谁也不说一句话。一只鼓槌掉在了地上,另外一只滚落到车椅下面。

"你要带上鼓槌吗?"

"不,"他停顿了一下,努力找点别的话跟她说,"谢谢。"

这篇故事正确地使用了第三人称,但仍然用的是过去时态。故事的观察细致入微,运用四五个意识流场景,讲述了一个人的勇气面临着巨大的考验,在此之前他还遭受了对孤独的恐惧。故事的危机顶点在于,先前男孩闷闷的,一句话不说,当他把可怜的迈锐宝打出一个破洞后,妈妈没有惩罚他,而是宽容地保持沉默。故事的最终解决是她理解他的感受,而且同样重要的是,他也知道妈妈对自己的关怀。因此,这篇故事关注的同样是爱的重要性。世界上对男孩最重要的人爱他并理解他,所以他可以很坚强。

注意一下故事中有多少视点是妈妈的,实际上,故事的视点均衡地分布在两个人物身上。

示例4:阿曼达·麦考密克

外面下着雨,一匹饥饿又可怜的马站立在后院。妈妈倚窗而立,背着10个月大的婴儿,她盯着这匹马思考,然后叹了一口气。马饿了,她不得不去喂它。她极不情愿地出去找了点东西给马吃。

最后,女儿起了床,似乎对什么事情很不耐烦。妈妈开始斥责她,跟她说她已经有几个星期没有喂马了。女儿反过来冲妈妈发火,提醒她只是自己的继母,而不是真正的母亲。于是妈妈吼道,那就等你爸爸回来吧。妈妈想要讲清楚照看马、喂马的事情，但是女儿反而更加生气。她摔门而出，说是要去商场见朋友。

　　房间里很安静，只有婴儿的几声啼哭。妈妈看了看窗外，悻悻的马依然在雨中站立着。她仍然对继女生气，而且不想再等一天解决这个问题。她把婴儿穿戴好，放进她的婴儿车里，然后穿上自己的外套，出了门，把马牵出马厩。

　　于是，妈妈、马以及婴儿就一块上路了。她们冒着雨穿过一排排房屋，一排排橘子树。汽车司机冲她们按喇叭，因为她们堵了路。但是确实有一个人停了下来，问她是否需要帮忙。她停下来摇摇头，然后继续在雨中行进。

　　当她到了马场，更加确认自己的行动是正确的。她把马免费送给了马场，对方很乐意地接受了。妈妈和婴儿重新回到雨中，踏上回程。

作者补充道：

　　我就是故事中的婴儿。但是严格地讲，我那会儿太小了，根本记不起来。我只记得小时候，妈妈一遍又一遍跟我讲这个故事，所以我对它印象深刻。我脑海里有一幅非常清晰的画面——妈妈、我还有那匹马在路上行进着。当然，也许有部分是我凭空想象出来的，但它还是展现在我的文字中了。此外这个故事的主题对我而言很重要，原因之一在于本质上很无辜的事物（比如本故事中的马）可能暗含着巨大的冲突。

　　这篇故事采用第三人称、现在时态叙述。它包含四个场景，描写得有力、朴素，加上作者最后要求补充的文字，我们可以看出它属于我们下一章要讲到的家庭故事。我把它放在这里的原因是，它向我们展示了人们的记忆是多么容易把别人的经历据为己有。

在主要的画面和动作里,第一场戏展示了再婚家庭里的永恒冲突。继女在闹脾气,她的怒气可能源于自己的地位被一个婴儿取代,所以她故意忽视自己的马。她生气的对象是她的继母。而她的继母必须弄清楚,这个女儿的哪些行为是可以接受的,哪些是不可接受的。她这样做也是为了那匹可怜的马,它被迫忍受饥饿、雨淋、被忽视。这里的潜台词是,不仅仅那匹马的未来面临风险,妈妈也是如此。我会选择"妈妈决定送走马"这一情节作为故事的危机顶点,故事的最终解决是,第三场戏中两个无辜的家伙——马和婴儿——不得不在一个让人不解的世界里冒雨远行。

把不受重视、不被喜爱的动物送给愿意照顾它的人,这样虽看似无情,实则是妥当的。故事的结局完全可以想象出来,但是作者没有直接点明。就像一幅图片,它会让你想到画框以外的东西。

这段故事中有两处画面的表现力非常强烈,很出众。一处画面是,妈妈透过窗户看到怏怏的马饿着肚子在雨中站立着;第二处画面是在雨中行进的小队伍——马、婴儿以及婴儿那愤怒、执拗的妈妈。

这个故事是一个关于复仇的悲剧。如同一些古希腊戏剧,国王新娶的妻子必须让敌对的公主接受并承认她的地位。这篇故事中缺少两个女人的终极对抗,但这些是可以进一步拓展的。有趣的是,虽然妈妈的行为是合情合理的,但是故事中所有人都有所失:继女失去了她的马;马失去了家;未曾露面的爸爸失去了他的家庭(走向纷争);继母(暂时地)失去了继女的全部喜爱。但是这是她为了赢得尊重而进行的一次尝试,预示着她以后不会被虐待或者是忽视。故事如此让人印象深刻,难怪麦考密克一家会一直记着它。

讨 论

当你讨论几个故事时,考虑以下问题:

- 它们有什么共同之处？
- 你发现这些故事有什么主题？
- 所有作者都使用了正确的格式吗（第三人称、现在时态）？
- 在你不能直接知道中心人物的想法和感觉时，怎样表达他们的动机和感情？
- 作者的分析评论全面吗？他（她）从自己的听众那里学到了什么？

一个人的童年记忆经常保存着一些可怕的瞬间：你在一阵惊吓中醒来，发现自己触碰到了以前从来不知道的边界或者禁忌。上述几个示例共同展示了孩童在了解世界的过程中经历的痛楚甚至是残酷。戏如人生，危机或者转折点经常发生在一个中心人物的重大动作之后。比如在示例4中，妈妈再也不愿意看着那匹马成为牺牲品，于是决定把它送走。从转折点往后，多数问题必须得到解决，转向一个新的、有改变的情境。

关于记忆

我们童年时期面临的一个现实是，我们处于一个高高耸立、让人费解的权力结构中，但是我们自己却缺乏权力。我们的安全感来自于家庭，它应该爱护、保护我们。我们害怕疏远自己的家庭甚过害怕任何事情。怎样度过这段黑暗的童年时光是很多神话、传奇、童年和民间故事的素材。这些故事把人类最普遍的焦虑组织起来，转化为叙事，以探讨事物的本质。

记忆保存了一些重要的事情，因此每个人都藏有一些高度视觉化的、诗意的记忆藏品。在以上示例里的三个故事中，主要人物跨过了未知的界限，收获了新知。第二个和第三个故事是关于爱的慰藉；第一个故事则更加黑暗，因为里面的小孩是孤立的，她放任自己的好奇心，跨过了禁区，使一个无辜的男孩受到伤害；在第四个故事里，矛盾发生在不同代的女人之间，其潜在含义是两个人对缺席的父亲的争夺。

长期留存的记忆经常涉及典型人物，他们既是代表性人物，也是象征性人物。记忆以意象和动作再现这些人物，而不是通过言语。梦也同样如此，梦境通过有象征性的客体、画面和动作来展示其最有力的意义。

人类的记忆是一个大仓库，它能够筛选并重组存留的材料。所有无关紧要的事情都被埋藏到记忆深处，但是任何重要的事情却都保存在表层，触手可及，随时可以找到。翻翻你的日记，看你的记忆如何轻松地将事件删繁就简，转化成诗话的动作、画面或者某一瞬间。艺术要做的正是如此，所以艺术创作和记忆总是纠缠不清。艺术能够找到记忆中重要的一部分，把它放置在另外一个人身上，组织成一段精神之旅。最好的电影也同样能够把事件压缩成跟人共享的意识流，然后激发一场心灵和思想之旅。

深入探索

有些你可能喜欢的小说以一种巧妙的方式表达了孩子的主观意识：

玛格丽特·阿特伍德（Margaret Atwood）：《猫眼》（*Cat's Eye*）。这本书异常敏锐地描述了少女时期的历程，尤其是少女时期女孩之间互相背叛、友谊破裂的故事。

查尔斯·狄更斯（Charles Dickens）：《远大前程》（*Great Expectations*）。这本书讲述了一个贫民阶层的青年和愤世嫉俗的哈弗沙姆小姐的养女陷入恋爱的故事。书中表达了恋爱受到挫败的苦楚，而其原因在于父母操控了女儿的感情。这部伟大的小说透彻的心理洞察力来源于作者狄更斯失败的四年恋爱经历。他毕生都对年轻人十分同情，很明显是源自他 11 岁时屈辱、孤独的经历，那时他被迫在伦敦一家鞋油厂的地下室工作，他的家人则被拘禁在债主的监狱里。这段经历同样被改编，出现在他的小说《小杜丽》（*Little Dorrit*）里。

　　J. D. 塞林格（J. D. Salinger）：《麦田里的守望者》（*The Catcher in the Rye*）。这是一部感人的美国经典之作，讲述 16 岁的霍尔登·考尔菲尔德被学校开除后来到纽约两天之内的故事。

　　托拜厄斯·沃尔夫（Tobias Wolff）：《这男孩的一生》（*This Boy's Life*）。这是一部非常棒的回忆录，它讲述了作者童年时生活在有暴力倾向、控制欲极强的继父的阴影下，缺乏应有的快乐。小男孩最终摆脱了这个暴君，和哥哥重聚，最终和他不幸但是乐观向上的母亲生活在一块。

Chapter 12
家庭故事

Family Story

　　本章我们将转向讲述来自家庭的故事,这意味着我们进入了口头文学的传统主流。你需要像上一章的阿曼达·麦考密克家那样讲述家庭故事。这些故事通常会集中关注某一家庭成员的明显特征、一个转折点、一次警示、特定的人物命运或是其他难忘的事件,通常往前追溯一两代人,概括一些重要的事情来展示家庭的集体认同感。有些家庭故事很有趣,可以描写得清晰鲜明;其他一些则只能用譬喻的形式概括出价值观或某种气质。通常而言,这些家庭故事拥有黑暗、讽刺的特点,直指面对困难时的固执己见、家族脆弱、错位的雄心或者其他可悲的特质,这些都与故事倾听者的经历迥然不同。

　　我母亲曾经讲过这样一个故事,是关于我父亲的。20世纪30年代时,他们刚刚在伦敦结婚,穷困潦倒。那会儿她卧病在床。有一天她让父亲带着他们最后一点钱去街边市场上买一点食物。他去了很长时间。回来时,他没有带来任何食品,相反却带回一套华丽的银鱼刀叉,而且他看起来很得意,因为他用非常低的价格就拿到了这套餐具。出人意料的是,故事在这里戛然而止。

　　当我还是一个小男孩时,这个故事让我觉得,父亲在我和妹妹出生之前是那样可爱迷人、不食人间烟火。但是半个世纪过后,这个故事对我来说有了更为沉重的意义——父亲在母亲最需要照料的时候忽视了她,而母亲却不得不每次都原谅他。在我的整个童年时代,母亲一直跟我讲父亲的故事,讲他小时候是一个没有父亲照看、饿着肚子在巴黎大街上游荡的顽童,讲他的母亲对他的忽略和虐待。她也许也给别人讲了一些同样真实的事情来说明父亲的执着、独断专行以及别具匠心。父亲是一名电影化妆师,那些了解他工作的人会发现父亲不仅化妆手艺精巧细致,而且在社交场合优雅迷人,永远会得到漂亮女人的喜爱。在母亲看来,父亲是天真的、孩子气的。但是在我即将结束自己的青少年时代之前,母亲就不知何故再也不讲述父亲的故事了。

讲述家庭成员之间的故事是为了用精准的语言描绘家庭的基本情况。谁能讲出精彩的故事,谁就掌握了家庭的历史,这是我们压倒别人、获得家庭支配权的绝好办法。画框限定了我们看到的对象,但是同样也暗示了画面之外的含义。故事也经常是同样的道理。

每个故事被讲述的频率有多高?讲述者每一次对故事的讲述有何变化?哪些故事暗示了隐藏的秘密、误解、忠诚、失望,而其他故事则能够融入目前的家庭生活?

习　题

习题12-1: 家庭中流传的故事

记录一个你家庭中流传的故事,它需要满足下列条件:

- 故事可以设在任何时间、任何地点。
- 故事不涉及你自己。
- 故事由可视化的动作组成,可以很好地呈现在银幕上。

分场大纲

用分场大纲（scene outline）的形式写作：

- 只用第三人称、现在时态写作。
- 使用短篇小说的形式写作，描写要简洁有力。
- 只描写能被观众看到和听到的内容。
- 避免用对话、镜头进行描述，避免作者评论。当对话交流不可避免的时候，简要地概括其内容。
- 每个场景新起一个段落。

切记要使用第三人称、现在时态，因为我们习惯了刚开始组织故事的时候用过去时态（"从前……"）。当你写完稿子后，把它收起来，过一两天再去看。在把作品展示给别人看之前，多修改几稿，就像对待任何一部重要的作品那样。

用分场大纲描述事件、构建人物，这样浓缩的形式能帮助你快速地在纸上呈现故事的核心。然后你可以对照大纲检查你的故事，就如同庞大的建筑物首先要做出一个模型一样。

就下列两个方面撰写简要的分析性笔记：

- 故事的潜在意义。
- 你已知的所有特殊的叙事或电影制作方面的方法。

习题12-2：连环漫画式的家庭故事

选取一个家庭故事，然后，

- 用六个或更多个关键画面来描述故事，就好像一幅连环漫画或者一组绘画一样。
- 描述每一个关键画面里重要的东西。

习题12-3：未被讲述过的故事

- 基于一段家庭影像、视频或者图片，写出无人知晓却早应该被讲出的故事。
- 描述具有特殊意义的关键图像或者声音。

讨 论

如果要讲述的家庭故事和口头传说相关，那么它应该涉及：

- 作为个体的中心人物。
- 中心人物在家庭或者社会中的角色。
- 中心人物想要获得什么、做什么事情或者完成什么目标？
- 人物发现自己处于一个什么样的世界？
- 生存或者解决问题的哲学。
- 描述的事件表面之下隐藏着什么？（也就是说，故事有什么言外之意？）

针对习题 12-1 的示例

示例1：玛格丽特·哈里斯

P——一个50多岁的女人。在20世纪60年代的时候，她和丈夫一块去苏联旅行。她的丈夫是一名医生，因为外科手术上的突出成就被英格兰女王授予爵士称号。他易怒、吹毛求疵，永远在苛责自己的妻子，试图控制她。相反，她是一个有艺术气质的、非常健谈的人。她脑子里有很多奇怪的念头，但是从来不能付诸实践……

他们到达旅馆，因为富有，住宿条件十分奢华。房间里装着一顶漂亮的水晶吊灯，灯从天花板上吊下来，闪烁着彩虹般的七彩颜色。挂着绸缎的墙上贴着华丽的壁纸，橡木地板上铺了一层精致的波斯地毯。P——担心房间里装了监听设备。她的眉毛在水晶吊灯的光芒下面紧张地抖动着。她的担心是有道理的,因为她丈夫在英国外交部工作,并且位居高位,因此他们每次出国旅行,她总是紧张兮兮的。她开始四处打量他们的房间,查看所有地方,狂乱和猜疑似乎停不下来。到最后,所有家具都被她移动了一遍。她修长的手指检查了房间里的每一个角落、每一处缝隙。

她的举动打扰到了丈夫,他感到十分厌烦,于是决定撇下妻子单独用餐。而他的妻子则发誓在找到窃听器之前绝不离开房间。

她更加疯狂地搜寻窃听器,好像梳油头、穿雨衣的克格勃[①]官员对着她的耳朵说了什么似的。在把所有可能的地方找了个遍之后,她认为窃听器最有可能藏在地毯下面。为了把地毯掀开,她需要移开几件大件家具。她一个人动起手来,好像自己不是一个娇小的女人,而是6英尺高175磅重的彪形大汉。她累得气喘吁吁、筋疲力尽,终于在房间的正中间发现一个小小的金色突起物。这肯定就是窃听器了,她想。而且显而易见,这个突起可以旋开。于是她使出全身力气,试图把地板上的突起拧掉。

终于,她放松地舒了一口气,环视周围,感觉克格勃分子终于从她的地盘上消失了。然而就在这时,一声巨响从地板下传来,还有人们的尖叫声。她十分担心,马上动起手来,试图把房间恢复原状,好像什么都没发生过一样。几秒钟以后,旅馆的管理人员进来告诉她,她把楼下房间的吊灯给解开了。

下面是作者关于此故事潜在意义和价值的说明:

我的亲戚P——总是在做各种蠢事。常常有东西从楼上砸到

[①] 克格勃(KGB),即苏联国家安全委员会,1991年苏联解体后改制为俄罗斯联邦安全局。——编注

楼下，这不是唯一的一次。有一次她洗完澡却忘了把浴缸水龙头关上，结果水从楼上一直流到楼下。

- 过分偏执会让你做事情不经过脑子。
- 她的胡思乱想把她带到了一个非常尴尬的局面。
- 她的婚姻不幸，到处受拘束，因此试图用其他方式摆脱束缚……
- 女人没有自己的事业，所以她们想弄出点大动静，引人注目。
- 这是她吸引丈夫注意的唯一办法。虽然不是什么好事情，但是聊胜于无。
- 她嫁给了一个如同自己父亲一样的人，对自己很冷淡。这样做是对他的一种反抗。

关于故事的主题，作者说道：

- 艺术个性如果受到压制，就会找到其他的方式进行创造——即使是创造出不真实的情节。
- 一个真正快乐的人总是试图去相信别人。反之，那些疑心重重的人更可能是受人控制的。
- 如果你希望某些人做蠢事，他们早晚会做的。

作者的笔记已经写得很清楚，不需要我再补充什么了。除了开篇的背景介绍外，这个故事实际上只有一个场景。P——缺乏关爱，她的孤独与悲伤让我内心触动。过度的焦虑让她缺乏判断力，最终酿成一桩蠢事，而这只能让她更加孤立。这就是我们熟悉的苦中带甜的喜剧人物，他们生活在"平静的绝望中"。故事成功地融合了闹剧和悲剧，形成一个很特别的结合体，同时以一种少有的怜悯心审视其人物。

示例2：阿曼达·麦考密克

几周以来，她总是四处守望着，期待能够看见他一眼，期待看他从学校离开，期待看他在附近商店购物，期待看他穿过镇子中心、走路回家。终于在一次英文写作课即将结束的时候，她收到了他递来的纸条。他叫丹·B—猎物巴斯托（the catch of Barstow）。他邀请她在周五晚上一块出去玩。

但是说服她那严厉的父母放她出去却是个难题。他们坚持先见一下这个小伙子，然后才允许两个人一块儿出去。

约定的晚上终于到了。她花费很久时间精心打扮了一番，并且祈祷父母不要吓跑她的新男朋友，那样就会毁了这个美好的夜晚。门铃响了，她兴冲冲地跑过去开门。刚把门拉开，地下室里传来母亲的声音："到这里来。"

他们小心翼翼地踏着地下室的台阶，来到母亲的工作间。母亲是一位充满工作热情的动物标本剥制师。让女孩惊恐的是，母亲正在给一头水貂剥皮。

女孩看起来尴尬极了，男孩则结结巴巴的说不出话来。于是女孩想找个借口带男孩出去，但是她的母亲已经笑容可掬地拉住他谈话了。她一边在水貂皮上刮刮剪剪，一边问棒球队是怎样运转的。

女孩站在男孩旁边，他可能是班里最有吸引力的男孩子了。但是她意识到在余下的几年高中生活里，自己可能再也不会被他约出去了。

下面是作者关于故事潜在意义和价值的说明：

- 这是我母亲的一个故事。她总是以一种喜剧的调子来讲述这个故事，但是戏谑背后可能隐藏着一段非常痛苦、尴尬的回忆。这个故事以滑稽的方式讲述了她年轻时想去追寻幸福，却不断碰上她父母设置的障碍。故事也表现了大多数青少年对自己父母的看法，觉得他们古怪，随时会给自己制造尴尬。

- 如果这个故事要拍成电影，重要的是要交代清楚如何建置这个故事背景。比如，这个家庭是什么样子的？这样的事情总是在发生吗？另外一点表达起来也许也很困难，就是这件事情发生时女孩有什么样的想法？
- 这个故事情节古怪、女主人公很不幸运，因此在我记忆中留下了深刻的印象。人们常说幽默和悲剧紧密相连，是一枚旋转的硬币的两面。我发现它们之间强烈的对照对我来说很有吸引力。

这个故事只用了三到四个场景，展示了一个既恐怖又好玩的核心画面——死去的动物，它漂亮的皮毛被剥掉了。这些画面强有力地、简洁地表现出中心人物的窘态——她的意中人被眼前的状况吓坏了。

从这场戏的意义上来讲，被剥皮的水貂是一个主旨。它是一个重要信号，防止其他的细节使我们脱离故事的中心思想。

电影不断转换的视点和特写镜头有助于表现人物的主观观点，如同在这个故事里，作者仅仅从女孩的视角展示水貂，但是我们也能很容易看到男孩视点下的水貂。想象一下吧，当他明白女孩母亲在做什么时，他的眼睛瞪得大大的。然后他抬头看看女孩母亲的脸，想想自

主旨、中心主题

主旨（motif）是视觉的、听觉的、口头的或音乐的代表，描述一个情景、情境、潜台词或者一场戏的某些重要之处。中心主题（leitmotif）是一个反复出现的动机，与一个主要的主题相联系。在《苔丝》（*Tess of the d' Urbervilles*）一书中，托马斯·哈代（Thomas Hardy）贯穿使用了红色和白色的意象，暗示着纯洁的女主人公（白色）被那个声称爱她的男人施以无情的暴力（红色）。

己的约会，再重新低下头，看女孩的母亲伸手在血淋淋的水貂上刮一刀、切一刀的；与此同时，她还那样笑容可掬、故作姿态地同他讲话。当然，他也意识到如果自己继续和这个古怪的家庭打交道，那么他可能就要成为下一个标本了。

如果我们采取多视点来讲述故事，戏剧性就会变得更加丰富。女孩带着男孩去见母亲，对观众来说，母亲看这两个人的视点也是故事张力的一部分。我们知道，女主角不仅察觉到自己正在失去意中人巴斯托，而且意识到以后恐怕再也没有人敢和她约会了。如果在电影的阐释中，学校流言的毁灭性力量被建置起来的话，此事对女孩的打击就更大了。

多视点

多视点（multiple point of view）赋予读者（或观众）洞悉人物内心意识的特权，而不仅仅是通过主要角色或者视点人物的角度看故事。它可以唤起任何场景中的多种认知，向观众展示出一个更加丰富、形象的故事。

阐　释

阐释（exposition）是建置让观众理解戏剧的必需的背景框架。它可能包括：白天或黑夜、时代背景、地点、人物关系、主人公的社会阶层等。好的阐释不应该直接展示出这些背景框架，而是巧妙地融入人物的动作中，这样观众就不会注意到这些信息已经被交代出来了。

建　置

建置（establishing 或 setup）。任何戏剧必须提供解释性的线索来建构角色，比如时代背景、地点、社会团体或者其他重要的方面。

> **并　置**
>
> 　　并置（juxtaposition）是把对立的物体或元素放置在一起，让观众在比较中分别理解二者。在20世纪60年代的和平游行示威上，一名示威者把一朵花别在了士兵的来复枪上，花朵和枪形成了绝妙的悖论。这个画面引来了上千篇新闻报道，成为非暴力、反战的象征。把物件、动作、画面、声音或者想法并置是电影语言的重要一环，因为它能够促使观众思考其内在含义。

　　我们可以推测，如果要达到这样的效果，故事必须建置起学校的等级秩序，或许可以尝试展示一个学生在学校的地位是如何快速地提高或者下降的。

　　在阿曼达母亲的年代，有涵养的女孩必须保持矜持，等着男孩们追求自己、挑选出最中意的一个。形象点来讲，同时也是地下室场景的意义所在——蜘蛛蓄势待发，等待捕捉苍蝇入网。在思考女主角窘境的指涉意义时，故事的主旨就显现出来了。男孩的名字 Barstow（the catch of Barstow）也有捕猎和杀戮的潜在含义。你自己的作品中也会出现这样的暗示，这并不是巧合，而是潜意识使然。想想这个问题，思考自己的故事应该在哪里设置暗示。

　　阿曼达这个精简的故事中运用了很多象征性的、并置的技巧来暗示中世纪"莴苣姑娘"①的童话故事。

- 故事开始时，女主人公偷偷接近丹。而在童话故事里，公主之所以外出打猎是因为惦记着她的心上人——那个贫穷但是帅气的年轻人，她希望能借机看到他或者被他看到。
- 公主希望对方能够选中她，获得神的帮助……

---

① 《格林童话》中的"莴苣姑娘"，讲述了被女巫锁在施了魔法的高塔上的长发公主，历经波折追求自由和爱情的故事。——编注

- 高塔受到攻击，侍女去报信。
- 国王和王后到来，公主必须阻止他们和自己的心上人见面。
- 她精心打扮自己。所有自爱的公主都有一面镜子。每个有趣的人物都会有一些缺陷，公主的缺陷在于过于自恋。
- 当年轻人到来时，他和国王、王后见了面。

当我阅读阿曼达的故事时，我看到了大量讽刺性的并置。其中包括：猎人/猎物、小纸条/英语课、请愿/自由、地上房间/地下室、母亲/动物标本剥制师、水貂/女孩、水貂/男孩。叙事艺术常常通过给观众设置悬念，以保持其注意力和兴趣。因此电影有时会展示一些潜意识内容，辅之以相关的语境作为参考——童话故事也是如此。阿曼达的家庭故事综合了传统和现代，给观众展示出一种讽刺的、意味深长的局面。

诗意的典故通过不断被讲述、口口相传，从而进入口头故事中。讲述任何故事都需要一定的修饰润色，它也正是由此丰富完善起来。传统的口头故事、戏剧故事就是讲述、得到反馈、修改提高然后再讲述的过程。本书也非常强调这种方法。

并置还会暗示观众潜台词——存在于事件表面之下的深刻含义。无论是虚构故事还是现实生活都存在大量潜台词。

电影中的并置最初被称作蒙太奇（montage），它是一个法语词汇，是"装配""陈列"的意思。20世纪20年代苏联电影理论家总结出了四项叙事性并置的原则：

- 结构型并置。（按照时间和逻辑顺序推进故事或场景有序发展。）
- 关联型并置。（制造对立、平行或象征意义。比如把爬行的婴儿和摔倒在岩石上的海豹剪辑到一起。）
- 对立型并置。（把两股对立的力量并置在一起。比如把巴勒斯坦年轻人掷石子的镜头和以色列坦克前进的镜头剪辑在一起。）

> **潜台词**
>
> 　　潜台词（subtext）是存在于事件表面下的潜在意义，它存在于精妙的故事中，也存在于生活之中。独居的邻居突然拜访你，主动提出要借给你一本书看。那么他肯定不仅仅是想借给你书看，他的意图有以下三种可能：
> 　　（1）借口进入你的家里，进行偷窃；
> 　　（2）结交新朋友；
> 　　（3）讨好你，避免一些流言改变你对他的看法。
> 　　到底是哪种原因呢？读者或观察者应该根据上下文语境来作出判断。有张力的场景往往会提供一些模糊信息，这些信息背后的真正含义常常和它的表面意思有巨大的差异。

- 省略型并置。（把冗杂的时间或行动中不必要的部分剪切掉，就像跳切那样。比如把夏日里满地野花的镜头切换成大雪覆盖了这片田野，表示时间的流逝。）

把画面或事件并置起来可以促使观众寻找其中的含义，从而得出自己的结论。别出心裁的拼贴画面或者电影、戏剧中的场面调度（在一个画框下安排、移动人物和物件的相对位置）同样如此，只不过它们是在一个画框或者镜头中完成的。比如，一片干涸的河床上有一艘搁浅的渔船，这样的画面会对政府的水坝计划发出强有力的质疑声音。

务必在你的写作中使用并置和潜台词的技巧，但是不必在第一稿中就刻意追求它们。因为在初稿中你的主要任务是发展内容，过分关注其他部分会分散你的精力。当你开始重读、修改初稿时，你就能够发现那些可以推进剧情发展的线索。写作是一个循序渐进的过程，从来就不是一蹴即成的。

示例3：彼得·赖利

1965年的某个下午，纽约市上西区下着雨，黄昏即将到来。人行道上挤满了人。有的人刚刚下班，匆匆往家赶；有的人停下来去喝一杯；有的人则在等公交汽车。一个20岁出头的漂亮姑娘站在街角，等待红灯转绿。她努力地把一张报纸顶在头上挡雨。

一个30岁出头、面带稚气的年轻人漫步到她旁边，站了下来。年轻人身穿一套简单的西装，头发梳得整整齐齐。他撑着一把伞挡雨，抬头观察对面的路灯，然后注意到了旁边站着的姑娘。他显然是迷上了这个姑娘。街道的车辆停了下来，街角的人群一下子涌出去，只有他呆呆立着不动，看着她慢慢走开。突然他回过神来，赶紧走出街角，跟在姑娘后面。

年轻人追上姑娘，礼貌地问她是否愿意和他共用一把雨伞，他愿送她到目的地。她有些惊讶，但是很感激，男人看上去也很友善。于是他们一起走在人行道上，聊了聊天气，讨论白天变得越来越短。最后，姑娘停了下来，说她到了。她看起来是要和男朋友一块吃晚饭的，从外面能看见女孩的男朋友正坐在饭桌旁边等她。年轻人很失望，告诉姑娘他很荣幸见到她，然后一个人默默地走了。她看着他走开，心里很好奇。然后她走进餐厅，找到了她的男朋友。

两个人正要点餐，一个年轻人带着一把雨伞闯了进来。他彬彬有礼地请求姑娘借一步说话。她跟他走到大厅，男朋友狐疑地看着他们俩，她更加疑惑了。年轻人塞给她一小束花，告诉她自己必须再见她一面。

下面是作者关于故事潜在意义和价值的说明：

● 虽然这个故事看上去很浪漫，还有点不切实际，但是我的父母就是这样认识的。

- 这个故事的意义和重要性在于机遇的力量——一次邂逅，本来可以仅仅是一次邂逅，顶多让两个人彼此熟悉，但是却最终催生了一对终身伴侣和一个家庭。虽然在如今这个玩世不恭的时代，这样的故事可能让人嗤之以鼻，但是一见钟情是多么值得颂扬。
- 这个故事没有叙事和表达上的问题。
- 从表面上看，这个故事的内容和我的主题鲜有联系，但还是可以从中发现一些联系，即现代社会中的个体。在这个故事里，两颗年轻的心也许相互被对方吸引，但是他们看起来是"偶然"遇见的，在面无表情、无关紧要的城市人群中间相遇。他们所处的环境看起来是冷冰冰的、毫无情感的，但是最本真的人类情感恰恰在此处流露出来。

在躁动的城市里，一场倾盆大雨让这个优雅的姑娘狼狈不堪，这个有骑士风范的年轻人撑着自己的伞走了过来。她既冷静又好奇，然后接受了年轻人的提议，因为根据她的判断，这个年轻人是友善的。当故事结尾年轻人又返回来时，她"更加疑惑了"。他"塞给她一小束花"，表明他被她吸引了，而且"必须再见她一面"。谁能拒绝这样的用心呢？如同金·凯利（Gene Kelly）即兴唱出的"雨中曲"，他向姑娘表明了自己的心意。而在饭桌旁等待女孩的男朋友将会一无所获，因为他能做的仅仅是陪姑娘吃一顿饭。

注意彼得在表现他的主要角色时运用的简洁词汇。他"漫步""面带稚气""头发梳得整整齐齐""简单的西装"，几个关键的细节描述就建立了一个最生动的形象。在任何故事初稿、大纲或者剧本里面，你都要使用这样诗意的、高度浓缩的词语。

但是当你把故事扩展成剧本时，仅仅用一些形容词是不够的。电影银幕需要和这些形容词有同等功效的动作和行为来表现人物，使他们不至于淹没在这样嘈杂的社会环境中。注意，塑造这个年轻人形象

> **人物和动作描写**
>
> 场景大纲中的人物和动作描写（character and action descriptions）最好使用高度浓缩的、容易产生共鸣的诗化语言。因为摄像机只能观看，所以接下来你必须在剧本里刻画特殊的意象、动作和行为，凭借描述性语言建立某种特定的价值观。我们只能通过人物的动作和言语去了解他。

的都是一些真实的电影化动作：在恶劣的雨天，他"分享自己的雨伞"，然后"塞给她一束花"，向她"诉说自己脆弱的心灵"。这些动作直接来源于早期传统的高贵爱情。最开始的时候，视点人物是彼得的父亲，但是半途中转到了母亲身上。

年轻的作家通常喜欢回忆那些黑暗丑陋的东西来显示自己的深度，而作者则通过讲述父母的爱情故事，表示对父母的喜欢和尊敬。优秀的故事讲述者会一边让那些冰冷的素材发酵，一边用幽默、希望和美丽之光吸引住观众。

深入探索

莎伦·德巴尔托洛·卡马克（Sharon Debartolo Carmack）：《家族谱系读本》（*The Genealogy Sourcebook*）。是一本非常棒的谱系学入门指南。它告诉你如何采访、记录你家庭的细节。以家庭中最年长的成员开始，他/她可能已经一脚踏入了家族的历史。小心，通过这样的采访记录，你会对家庭故事上瘾的。

迈克尔·拉毕格：《纪录片创作完全手册（第四版）》（*Directing the Documentary*, 4th ed.；中文版即将由后浪出版公司推出）。更多关于剪辑法则的讲述，参见第5章"银幕语法"，尤其是第146至149页"并置的镜头"。

伊丽莎白·斯通（Elizabeth Stone）：《家庭故事如何塑造我们》（*Black Sheep and Kissing Cousins：How Our Family Stories Shape Us*）。该书对家庭故事进行了广泛的调查研究，正如书中所言，"定义了我们每个家庭独特的性质，以及我们在家庭中的位置"，为读者提供了"启示、警示和珍贵的价值"。书里面把家庭故事分成了很多种类，这些故事能够解释世界、家庭和个体。

Chapter 13
重述神话、传奇和民间故事

A Myth, Legend, or Folktale Retold

　　神话、传奇和民间故事大多都是经久不衰或作者不详的故事。它们是一种文化遗产，任何作家都可以把它们用作创作素材。事实上，它们之所以能够流传至今，正是因为一直具有高度的可改编性，而且能够通过改编反映出当代人的生活状况和压力。具体来说，神话、传奇和民间故事也有很多的不同点。

　　传奇是历史被反复讲述之后得到的一种变形的、非真实的故事。换言之，传奇讲述的是历史中的真实人物和真实事件，但是这些人物

传奇、神话、民间故事

　　传统故事，比如传奇（legend）、神话（myth）和民间故事（folktale）都没有具体的作者，而是通过口头上的代代相传保留下来的。这些故事都有很强的娱乐性——这是最好的教学方式。传奇是非真实的历史、绘画或者事件，是讲述者为了特殊目的不断重新阐释而形成的。神话有时涉及一些超自然现象，代表着一些无法解释、无法解决、影响人类生活与生存的问题。民间故事则通常带有警示性，用来传承必要的生存知识和态度。

和事件被后人加工、改造，以满足他们自己的某种需要。举例来说，亚瑟王（King Arthur）几乎可以肯定确实存在过，但他并不是传奇里讲的那样。十几个世纪以来，经过无数人的口口相传，亚瑟王的故事衍生出很多版本。到了1000多年后的今天，亚瑟王的故事仍然生动、精彩。这些故事依然对爱情、忠诚、荣誉、信仰、谦逊和勇气进行中肯的评价，让生活看起来犹如一场极具启发意义的奋斗。伯特·奥尔顿（Bert Olton）所著的《电影电视上的亚瑟王传奇》(*Arthurian Legends on Film and Television*) 列举了250部相关的独立制作作品，它们或直接讲述亚瑟王传奇，或是受此启发而创作。

神话和传奇有很大不同。神话是虚构的，有时会涉及超自然现象，用以表达人类经历中一些不可知、不可避免、不可解释的问题，它阐释着类似"我们必须按照生活本身来看待生活"这样的宇宙法则。

在希腊神话那耳喀索斯（Narcissus）的故事里，他因为眷恋自己水中的形象而堕水身亡，警示了自我迷恋的危险。这则神话并非在教我们用水观看自己的身体，也不是想告诉我们要学会自省，它戏剧化地表达了人在不警惕周边环境时会发生什么。

神话通过展示自然的宿命以及很多错误的行动及其后果，提醒我们要遵守宇宙运转的法则。希腊神话实际上是关于一个庞大、畸形、混乱的家族的复杂历史。

寓言和民间故事则经常是一些说教性质的故事，其目的是给年轻人传授生存技能和主流价值观念。大多数寓言和民间故事可以有很多种解释的可能。比如，你可以说德国故事《花衣魔笛手》(*Pied Piper of Hamelin*) 表达了领导地位被威胁；《罗宾汉》(*Robin Hood*) 讲述了一个帮助、鼓舞下层人民的民间英雄；《长发公主》(*Rapunzel*) 涉及性觉醒以及表现女孩主动追求意中人的驱动力；《糖果屋》(*Hansel and Gretel*) 探讨了被遗弃和迷路的主题；《美女与野兽》(*Beauty and the Beast*) 则是关于长相平平的人如何找到配偶（如果你认同野兽的话）。

对口传故事的说明

口口相传的故事通常具有更为丰富的潜台词，远不是儿童教科书上的说教那么简单。比如，意大利15世纪作家乔瓦尼·弗朗切斯科·斯特拉帕罗拉（Giovanni Francesco Straparola）所写的关于多丽丝（Doralice）的童话中，一位王后在临死前叮嘱国王再娶一位新的妻子，但是要求新娘的手指刚好能戴上她留下的戒指。最后只有他们的女儿才能戴上戒指，于是国王想和她成婚。这则故事实际上讲述了父女的乱伦。故事中公主的丈夫最终惩罚了淫荡的国王。但是在其他类似的故事里，女儿则被建议服从国王，因为在中世纪，父亲掌握着家庭至高无上的权力。

如同诗意的寓言一样，故事往往也承载着多重含义，而且它们潜台词中蕴含的智慧极具吸引力，让人很乐意对之进行现代化的改编。

改编的问题

你可能想通过自己选择的故事提出一些道德上的说教，但这并不应该让你对本来的故事的问题视而不见。许多传统的民间故事都可能存在某种魔幻的效果、古老的习俗或残暴父母的某种意愿，如果把这样的故事完整地搬到现在，你的读者很难不对它们产生质疑。尽管你可以把故事里的世界归结为一种魔幻现实主义，但是本章的习题要求你在一个大家熟悉的世界里，讲出出彩的故事。

你可能需要花费力气去寻找这些故事在当代社会的体现。比如你要讲述一个有自杀倾向的女儿，那么在哪里可以找到这样的故事？比如一个移民家庭中信仰基督教原教旨主义的父亲，曾经作为一名政治犯被严刑拷打过，现在他对家庭有非常强烈的需求。如果你的故事需要一种魔幻效果，你还可以尝试让一名年轻无畏的少年在一次派对上嗑药，或者让一位人类学家去品尝萨满祭司做的调制品，以推进他的某项研究。你的创造力可以解决大多数难题。

习 题

习题13-1：自由选择的故事

可以自由选择素材，但不要仅仅停留在你感兴趣的主题上。找出一个适合改编成现代故事的神话、传奇或者民间故事，它最好能让你眼前一亮、能真正吸引你。通过放任直觉自由地思考故事，尤其是那些不可解释的部分，你会获得更加深入、重要的理解。如果你有多民族背景，你可以发掘这些民族中你不熟悉的传奇、神话或民间故事，这将是非常有趣的工作。对我来说，我需要暂时放弃自己熟悉的英文语境下的故事，转而寻找来自凯尔特和西班牙的传奇、神话或民间故事。

制作一套展示材料

- 一份原始故事的复印件；
- 故事内容的精简概括。

以大纲形式呈现的改编版本

- 现代情境的设置，可以成为一个可信的现代故事（意味着没有妖魔鬼怪）；
- 可信的人物、真实的动机；
- 让人信服的情节。

分 析

精简地概括你的故事想要传达的概念：

人类行为法则；

世界万物运转的原理。

习题13-2：神话

和习题13-1一样，用一个神话故事代替自由选择的故事。

习题13-3：传奇

和习题13-1一样，用一个传奇故事代替自由选择的故事。

习题13-4：民间故事

和习题13-1一样，用一个民间故事代替自由选择的故事。

讨 论

当你评论其他人针对上述习题改编的故事时，你应该聚焦在：

- 这个故事具备影响力的本质原因。
- 改编的现代版本故事中的核心人物是扁平的还是立体的？
- 故事想要表达什么，尤其是它有什么潜台词？它对生活的磨砺和选择有什么观点？
- 故事采用了什么结构、什么视点？
- 故事的哪些方面有改进的可能？

以及：

- 核心人物应该塑造成哪种形象（强壮、虚弱、滑稽、被宠爱、被误解等）？
- 核心人物有哪些生活经历？
- 故事是否有一个转折点？转折是如何发生的？

- 有哪个人物在故事中得到了改变或成长？
- 故事中有哪些让人印象深刻的意向，对表现故事的主题有何帮助？

如果你阅读了不止一个故事：

- 几个故事之间有哪些共同之处，有哪些有趣的对立？
- 故事的哪些部分是动作，哪些部分是对话？
- 哪个故事最与众不同，为什么？

针对习题 13-1 的示例

示例 1：迈克尔·汉图拉重述美少男弗洛伊德（Pretty Boy Floyd）的传奇故事

一个春天的夜晚。富翁 P. B. 弗洛伊德正驾驶一辆价值不菲的跑车，在郊外的一条街道上疾驰，想要甩掉附近巡逻的警车。他刚刚从修船厂回来，在那里修理了自己的汽船甲板。现在他坐在跑车上，破烂的牛仔裤和沾满污渍的衬衫把皮质的座椅都弄脏了。

刚拐出一条黑乎乎的小巷，一片红蓝交杂的灯光突然打了过来。P. B. 被激怒了，他用力在方向盘上打了两拳，把脚从油门上松开。P. B. 把车开到路边，准备拿出证件给警察看。他伸手去掏钱包，却发现口袋里空空如也。一名警官一动不动地盯着他。

他试图解释，但是警察不愿意相信他这样一个衣衫褴褛的人。警察让 P. B. 下车，P. B. 仍然试图解释。警察开始发怒了，他认为 P. B. 是想借故逃离这里，然后找同伙支援。P. B. 解释说他没必要这样做，两人争吵得越来越激烈了。警察责骂 P. B. 侮辱了自己的智商，并且怒斥P. B.像他这种罪犯给城市带来了多少危害。P. B.仍旧试图解释，但是警察的回应却是拿起警棍击打他的头部。P. B.躺在地上，晕头转向，挣扎着躲避警察的殴打。警察的态度丝毫没有缓和，一棍子打在P. B.的腹部。P. B.用力握住警棍，好似握着自己的生命。

警察更加恼怒了，他警告P. B.，反抗不会有什么好结果，一边说着一边解开了自己的工作佩枪。P. B.见此用上全身力气夺过警棍，来不及想自己在干什么，便朝着警察的方向抡了过去，试图把他的手枪打掉。警棍啪的一声反向打到了警察的脸，"咔"的一声正中警察鼻子。警察软骨破裂，伤及大脑，然后倒在P. B.旁边，一动不动了。这时一英里外的警笛声渐渐接近，P. B.才意识到自己刚刚做了什么。

P. B.逃走了，带着自己身上所有的钱藏进了大山里面。有目击者看到了P. B.并描述出了他的样子，自此之后他再也没有返回人口密集的区域。由于恶名远扬，很多犯罪案件被人强加到他的头上，包括警察事件以后的案子，也包括很多这之前的案子。人们认为这些坏事显然是凶恶的P. B.弗洛伊德干的，因为这个人"毫不思索就谋杀了正在执行公务的警察"。P. B.成了全国最被人恐惧、遭人厌恶的恶人，好像全天下的案子都是他犯的。

但事实上，P. B.住在荒山野岭里，几乎不与外人发生联系，更不用说犯下任何案子了。但是，他唯一做的就是把自己的钱捐给自己从前支持的慈善组织。每次他都会寄出一个没有署名的包裹，里面装满了善款。

作者写道：

我认为这是一个身份错认的故事。因为人们给P. B.打上了谋杀犯的标识，他不得不抛下一切、隐姓埋名，否则就会面临审判和牢狱之灾。P. B. 完全是无辜的，但是目击者说是他攻击了警察。在一个警察比较强势的社会里，由于警察缺乏监督制衡，才会导致这样的局面：警察可以肆意地暴力执法，公民却不能有效地保护自己。一旦某个人被国家宣判有罪，所有人都会认定这个人是有罪的，好像他/她的行为伤害了每个个体一样。

而且一旦一个人被宣布有罪，所有人都会认为他/她是一无是处的大恶人——要么认为所有的案子都是他/她做的(比如在《美少男弗洛伊德的传奇故事》里)，要么认为他/她天生就有一颗邪恶的心（把犯罪的行为和邪恶的心理等同）。就主题而言，我的这个故事表现的是被误解的人物或者是由误解引发的一系列行动。P. B. 被错误地宣判为有罪，进而导致了他一辈子隐姓埋名。

你或者其他任何人在创作故事后都需要进一步改进、扩展。如何做呢？在这个故事里，事件需要很多背景故事来支撑，需要表现当地警察人员的素质、行为，表现当地人们的生活状况。只有这样，我们才能发现P. B. 弗洛伊德并不是天生就惹人讨厌，而是警方的偏见和暴力执法的牺牲品。

在警察事件之后，故事可能得分成两条线索，以平行发展的形式讲述：一条线索跟随弗洛伊德隐姓埋名；另一条线索展示市民的生活，城市里发生新的案件，这些罪名被强加到失踪的弗洛伊德身上。此外，

背景故事、主观评论

背景故事（backstory）是指随着故事的展开，观众可以了解到事件的过去信息。背景故事涉及一些重要的事件和情境，它们塑造了故事的人物，造成目前的状态，进入当下的情境。主观评论（editorialize）常常会造成背景故事和作者的态度十分生硬地强行插入对白，比如："噢，艾伦，原来你在这儿。你刚刚拜访过你的父亲，他在1962年入股了这家矿井。"

关于P. B.捐款的情节，如果此情节很重要，而且故事的结尾如果他因为善行得到善报的话，那么，应该在故事的开篇及早表现他经常匿名给慈善机构捐款的行为。

这个故事还可以归入"欲加之罪，何患无辞"的主题，它阐释了等级和种族偏见如何把一个人贴上"后患无穷"的标签。等级对抗可能是故事中弗洛伊德袭警的一个原因，因为他富裕且面相俊朗，而警察可能会袭击他，他不得不保护自己。骄傲和敏感是他的阿喀琉斯之踵。也许他和罗德尼·金（Rodney King）一样，这位生活在洛杉矶的非裔美国人曾经因为拒绝停车而遭到警察的暴打。P. B.和金一样，拒绝服从警察，最终付出了代价。误杀掉警察后，弗洛伊德不得不踏上逃亡之路，并且成为许多悬案的替罪羊。

我们也许会说他罪有应得，然而他在逃亡时仍然想方设法投入慈善工作。和他的前辈罗宾汉不一样，他的行动是没有人知道的，也不会获得报酬，所以他的所作所为不仅仅是为了得到救赎。

示例2：大野达代

日本南部，一个小村庄。乔希是一位著名的建筑师和宗教人士。他修建了很多教堂，全部都是非常传统的风格。他在每个教堂的中央用一棵笔直的圆形树木支撑起天花板，这样的建筑结构象征着所有信徒的力量和团结。乔希最近修建完成一座教堂，一周后，神父告诉他教堂中央的树木上出现了一个洞，木头已经被感染了。

如果不对木头做任何处理，它会慢慢腐朽，最后整个教堂都会坍塌下来。同样地，其他教堂里的木头也会被感染，慢慢腐朽，然后坍塌。了解到这种危险之后，乔希马上成立了一支搜索队，向森林的深处进发了。

森林里面又湿又热，但是搜索队坚持搜索，想找到一棵合适的树。他们一大早就开始工作，晚上就睡在森林里。日子一天天过去，他们仍然没有找到合适的树。他们找到的每棵树都被感染了，到处都是树洞。每个人都精疲力竭，但他们始终坚持工作。一周之后的一个晚上，搜索行动终于被取消了。第二天一早，每个人都迫不及待地收拾行囊准备回家，但乔希没有放弃并且继续寻找合适的树。到了晚上，森林里非常暗，除了月亮他什么都看不见，更别说树了。

拂晓前，他垂头丧气地准备离开。但是一转身却看到一棵巨大无比的树。乔希吃了一惊，因为它如此高大、笔直、粗壮。太阳升起来了，他看见这棵树上没有任何树洞，并且没有被感染。他找回搜索队，把这棵树砍了下来，在所有村民的帮助下把树拖了回去。

作者写道：

  这是一个关于团结的故事。树代表着团结，正因为如此它才能支撑教堂。尽管搜寻工作让人精疲力竭，但整个搜索队的成员仍然辛苦搜寻。希望鼓励着乔希再次去寻找树，所以这个故事也是关于希望的，我们要时刻保持希望。

这是个相当通俗易懂的故事，讲述信心和毅力的重要性。故事看起来没有把背景完全现代化，因此不是十分符合这个习题的要求。主人公乔希是位著名的宗教人士和建筑师，一路的顺风顺水让他太过放松，终于出了点差错。这个故事草稿的问题在于它的道德寓意太过明显。一些重要的故事元素有所缺失，但是不难纠正。

你可以通过考验故事的办法来开发故事创意，也就是说，站在一个有质疑精神的观众的角度，提出尽可能多尖锐的、有效的问题并尽力解答它们。比如：

> **考验故事**
>
> 考验故事（interrogating a story）。检验情节时，要寻找它不符合真实和遗漏的地方。最好找几个敏感、感性的人，让他们成为故事的第一听众。如果作者想学到尽可能多的东西，他/她必须仔细听取听众的反馈，而不是急着辩护或者解释。

问 神父是如何向乔希报告树木的问题的？

答 神父可能伴随着苦恼和怀疑，指出新教堂的核心支柱正在腐蚀，并且希望乔希能阻止灾难发生。

问 乔希对神父的报告有何反应？

答 可能一开始生气、抵触，最终才承认自己的工作确实存在失误。改编故事时一种行之有效的方法就是，让人物在前进的路上遇到更多困难，给情境带来更多的阻力和张力。

问 乔希是如何弥补自己的错误的？

答 看到新教堂面临倒塌危险时，他必须承认问题源于自己的骄傲和自负。戏剧性地讲，它为后面的道德顿悟做出了铺垫。

问 他是如何告诉村民的？

答 神父可能会代表乔希告诉村民新教堂的危机，但如果是乔希自己告诉他们，可能会让故事更有力。这样也会把他推到绝路上——他造成的失误必须由自己来解决。在戏剧术语上这叫作提高赌注。这种表达来自赌博游戏，玩家提高赌注的金额，要么全赢，要么全输。

问 乔希怎样说服村民跟随自己进入森林？

答 也许他的第一次是单枪匹马去搜寻。但是行动失败，他只得返回来，低声下气地寻求村民的支持。

> **提高赌注**
>
> 提高赌注（raising the stakes）。当你通过某种途径强化一个人物面临的障碍时，你是在迫使人物"提高赌注"。这样会带来更加强烈的戏剧情境，因为输赢的代价变得如此之大，人物会倾尽全力完成目标。冲突和奋斗是戏剧的核心。

> **类　型**
>
> 类型（genre）是指某种类型的艺术品。浪漫喜剧、纪录片和黑色电影是电影类型；蓝调、重摇滚、交响乐和爵士是音乐类型。

问　乔希自认为尽到了一名信徒的责任，但是当他需要上帝时，上帝去哪里了？

答　作为故事的主角，乔希必须纠正自己的错误来证明自己是个英雄。但是英雄只有经过严格的考验才能被称为英雄。通过运用某种戏剧类型套路、自我询问一系列问题，故事就能出现很多种可能的发展方向。"类型"一词在法语里指样式或者种类，在这里是指某一种故事。把一部影片贴上诸如伙伴电影、黑色喜剧、西部片、历史传奇、传记、史诗、剧情片或者科幻电影的标签，是在唤起观众的某种预期。观众的预期对你非常有用。依据口味不同，作家可以选择满足观众的预期，也可以选择颠覆观众的预期——只需要在一个情节点突然转向，把故事带到另外一个方向。

写作某种类型可以套用该类型下一些常见的元素。比如打闹喜剧里对时间和次序的处理，惊悚片里时间延长带来的张力或者黑色电影里阴郁黑暗的布景。大多数故事可以归为某种类型，可以唤起观众在一定范围内的预期，创作者可以满足或者颠覆这种预期。类型甚至还可以帮助制作方有效地定位自己的观众群。

类型也限定了你要做什么，这样说不无道理。比如你不能让菲力猫（Felix the Cat）在《圣经》场景里走来走去，但是你可以让它出现在后现代世界某种混合的或者颠覆性的类型里。当我们朝着自己喜欢的方向创作时，我们当然也希望自己的作品中有某些革命性的东西。电影评论家们早已对那些老掉牙的电影套路感到难以下咽，他们最擅长按照类型定位电影。娱乐界行业杂志《综艺》（Variety）也颇具讽刺性地对各种艺术门类进行总结分类。

示例3：米歇尔·阿诺夫重述现代西绪福斯故事

在新奥尔良城中心不远处一条荒芜的街道上，矗立着一座年久失修、一半已被烧毁的建筑。不远处狂欢节游行的阵阵声浪传过来，这座斯通希尔街13号的楼梯和墙壁也吱吱作响。三个男人正待在四楼的一个房间里，其中两个一动不动地站在门两侧，另外一个叫伊索配斯（Aesopus）的人坐在屋子中间的一把大椅子上。他高大威猛，打扮得体。他的前面放着一张木桌。西绪福斯（Sisyphus），一个20岁出头、身体健壮的小伙子走了进来，信心满满地坐在桌子对面。

伊索配斯是当地一个地下洗钱组织"龙虾骑兵"的首脑，他遇到了一些家庭问题，这会正在讲给西绪福斯听。他的女儿埃葵娜（Aegina）和一个名叫朱庇特（Jupiter）的赌徒私奔了。西绪福斯是一名自由记者，妻子叫哈鲁卡（Harouka），是一位富可敌国的阿拉伯王子的女儿。因为西绪福斯是城郊俱乐部的一员，和这个圈子里的很多人都有往来，所以伊索配斯认为他可能会找到自己女儿的行踪。伊索配斯认为女儿是被朱庇特强行带走的，他愿意给西绪福斯一些好处来换取女儿的情报。伊索配斯不愿意找警察帮忙，因为他经营的生意长期以来被警察认为是非法的。西绪福斯答应了他，因为不缺钱，所以他只希望能够得到伊索配斯酒厂一瓶精致的葡萄酒。伊索配斯同意了，但是提醒西绪福斯要小心处事。

　　把事情托付给西绪福斯之后，伊索配斯告诉他"此事必须成功，不然后果自负"。西绪福斯问他会有什么后果。伊索配斯说他会派上自己最得力的助手普卢托（Pluto）跟着西绪福斯。普卢托负责经营伊索配斯的瓶盖公司，公司位于城市郊区，是一家隐蔽的血汗工厂。普卢托手下的头目迪阿思（Death）这会正在医院躺着，不久前他因为西绪福斯发生了一起高尔夫球车车祸。那时他们在打一场高尔夫球，迪阿思领先，但是当他坐着高尔夫球车前往下一个球洞时，不小心从车上跌落了下来。有人说西绪福斯是肇事者，因为他害怕自己输球，就在高尔夫球车全速行驶时故意推了迪阿思一把。迪阿思摔破了一只胳膊、一条腿，断了脊椎。普卢托听说这件事后也很生气。

　　伊索配斯和西绪福斯达成协议，如果西绪福斯没有找到朱庇特和埃葵娜并且把他们带回新奥尔良，西绪福斯就得去伊索配斯的工厂，在普卢托手下干活。协议没有截止期限。西绪福斯把协议的内容告诉了妻子，想联系岳父来帮忙找人。哈鲁卡对丈夫不断惹是生非感到非常不满，于是和普卢托的堂兄弟艾瑞利亚斯（Erilias）私奔了。

　　西绪福斯最终没有完成任务，只能去伊索配斯的工厂，在普卢托手下干活。一周后，西绪福斯找到普卢托，谎称自己要去寻找妻子和艾瑞利亚斯，请了几天的假。一出工厂，西绪福斯马上来到城郊俱乐部，三个小时后又去高尔夫球场打球。他的朋友们再次见到他非常高兴，先是请他吃饭，然后又去跳舞。其中一个朋友奥林匹斯（Olympus）还给他提供了一份工作，请他看护自己的私人岛屿，并把自己的房子、珍宝的钥匙都交给了西绪福斯保管。西绪福斯想都没有想就接受了这个美差。

三年后的一天，西绪福斯正躺在空旷的沙滩上休憩，一辆游艇载着伊索配斯和普卢托出现在附近。不一会儿，西绪福斯就被枪抵着头，乖乖地被押回了新奥尔良。

伊索配斯的工厂如今更加破败了，仍旧生产瓶子和瓶盖。西绪福斯被降级到封瓶组装流水线工作。这里有无数的瓶子源源不断地从传送带上过来，一箱箱瓶盖数也数不清，永远没有尽头。

而到了晚上，西绪福斯就会被带到一间宿舍样子的小屋里，那里有普卢托的保安严密地监视着他。这就是命运……他一辈子都得是一个封瓶工了。

作者写道：

因为我从来没有深入钻研过西绪福斯的神话，要理解加缪（Camus）从这个神话中得出的结论——人类是自己命运的主人——有点困难。尽管如此，我还是要尝试分析一下。

西绪福斯神话最初的主题是人类的命运。首先，加缪试图指出我们要对自己的行为负责。我们不断地做自己都厌弃的事情，进而导致了我们的命运。换句话说，有时我们对自己的一些行为习以为常，当我们去质疑这些行为并试图证明它的时候，它存在的价值反而在这个验证的过程中消失了。西绪福斯拥有他需要的一切，但是他希望拥有更多。当他去检验自己的所有权时，他反而失去了一切。然后他得到了一次救赎的机会，但是当他再次检验自己的所有权时，他最终永远地失去了一切。

神话的另一个典型特点是主人公不断地重复、不断地遇阻，如同炼狱一般。可能是因为我自己坚信生活中的改变、成长和前进是幸福的基本要求，所以我认为我们生活中一些穷困、糟糕的状况是源于我们日复一日在做同一件事情，这不会有什么好结局。如果一个人毕生都在做一些毫无意义的、卑微的、苦力的工作，不管是自己还是工作永远都不会有任何改变或者成长，那么这就意味着虚无与不存在，尤其是当一个人的生活被别人控制、不能作出自己的选择的时候。

故事设置在新奥尔良一个破败的建筑里，主要人物是几个黑帮分子，这样的设置给故事铺垫了不安的气氛，好像要发生什么事情一样。在这样的故事设置里，女人和小孩被视为男人的财产，黑帮老大主宰着一切，他可以奖赏任何一个人，也可以惩罚他。

我希望作者能给人物起一些现代名字，这些神话中的名字常常把我带出戏，让我不能沉浸在故事里。但是故事的开端和结局非常不错（西绪福斯不得不日复一日给瓶子加盖）。让西绪福斯永久地在工厂里做苦力是作者对神话中西绪福斯推石头上山的改编。这个故事中的西绪福斯也很自负，最后却不得不把自己陷入万劫不复的境地。既然这就是他的命运，那么如果能让这样一个年轻又无忧无虑的新闻记者看到一些自己命运的预兆就更好了。神话常常在一开头就给我们一些预期。因为西绪福斯是主角，我们希望他能最终胜利，但是故事的收场却出乎我们的预料。通过让西绪福斯失败，故事让我们开始关注西绪福斯的错误或缺陷——它导致了西绪福斯的失败。

这则故事大纲也缺失了一些线索。为什么西绪福斯没有找到埃葵娜？伊索配斯的妻子在西绪福斯的失败中起到了什么关键作用？在原始神话中，宙斯（Zeus）命令一头鹰掳走了伊索配斯的女儿。西绪福斯碰巧看见，于是告了密，宙斯一怒之下给予他永恒的惩罚。也正因

预 兆

预兆（foreshadow）——字面上的意思是当我们从太阳下走开时前面的阴影区域——是一种叙事工具，它使读者（有时是故事中的人物，如果他/她有感知的话）提前预料到将要发生的事情。

如此，他不能再去帮助那位可怜的父亲（伊索配斯）。作者写作下一稿大纲时，需要厘清这些逻辑关系。

讨 论

赫拉克利特曾说过"性格决定命运"。以上三个改编故事——分别改编自美国传奇故事、日本民间故事和希腊神话——涉及的人物，他们的命运都取决于他们的内在品质。乔希谦逊、有毅力，最终取得成功；P. B. 虽然被误解为邪恶的歹徒，却仍然坚持自己的慈善事业；西绪福斯则把自己的事情搞砸了，最终陷入永无休止的苦力工作。性格决定命运的道理就像是，你把自己的床铺收拾好了，然后自己躺下去。迈克尔·罗默（Michael Roemer）认为故事的情节代表着宇宙的法则，在本章结尾的深入探索中也提到了他的著作《讲故事》一书。能够抓住我们想象力的人物通常是遵守宇宙法则的，他们试图完成自己的某种雄心壮志或者满足自己的某种愿望，因为文明总是来自于有善意的人们以大众利益出发所作出的努力。我们永远都会关注人物身上那些有特点的部分，他们的哪些行动招致了好运或者厄运，命运给他们带来了哪些影响。在上面三个故事中，有两个人物勉强活了下来，尽管他们作出了错误的判断，对自己的能力评价过高或者不能适应现实。最终成功的人物（乔希）则能够明辨现实，他不相信上帝真的要让失败降临到自己头上，因此固执地坚持搜寻目标。上帝最终给他带来旨意——寻求村民和大众的帮助，这说明信心和毅力最终会开花结果。

有意思的是，三位作者的叙述方式都和民俗学研究者约瑟夫·坎贝尔（Joseph Campbell）眼中的通行结构不谋而合（我认为是不自觉地）。他称之为英雄的旅程，并且在《千面英雄》里展示了这种模式的典型套路：

- 英雄首先出现在他自己熟悉的世界里。
- 他/她被召唤采取某种行动，通常包含一项特殊的使命。
- 通常而言，他/她一开始会拒绝这个请求。
- 对方再三请求他，而且越来越紧迫、越来越不可避免。
- 英雄不情愿地接受挑战，来到一个新的、陌生的世界。
- 一路上，英雄遇到一系列艰难险阻，他/她的勇气、智慧、毅力、信念等受到重重考验。
- 在这些考验中，他/她会遇到各种各样的帮忙者和搅局者——盟友、顾问、骗子和敌人——一些人会帮助他/她，其他人只会把局面变得更加复杂和困难。
- 这时通常会出现一位导师，给予他指导或启发。
- 接近最终难题时，英雄将面临终极考验。
- 通过终极考验意味着将拿到最高奖赏（通常是某种真理）。
- 回归。经受重重考验后英雄变得更加强大，他/她带着无上的智慧重返从前的世界。

猜到什么了吧？这和之前讨论的三幕结构非常相似。如果你看过彼得·杰克逊（Peter Jackson）史诗般的《指环王》三部曲（Lord of the Rings，2001—2003）、看过哈利·波特系列或者迪士尼的电影，你会非常熟悉英雄旅程的各个阶段。20世纪初，好莱坞电影工作者很快从观众的票房反馈中发现了这种传统叙事方式，尤其是把它运用到现

英雄的旅程

英雄的旅程（hero's journey）是民俗学研究者约瑟夫·坎贝尔发现的一种叙事模式，他认为世界各地大部分民间故事都符合这个模式。好莱坞通过研究受众和票房收入也遵从了类似的模式。但是坎贝尔的理论体现了男权支配的社会，他忽视了女英雄也会经历同样的旅程。

代故事时迸发的力量。此外,中世纪游吟诗人和流浪艺人也肯定有相似的体验。当然,坎贝尔的理论也有他的局限,这样的叙事模式不仅仅适用于男性英雄。

深入探索

互联网上有丰富的资源,在这里你能找到大量童话和其他传统故事。在搜索引擎里输入故事标题和两三个关键词,你可以为每个故事找到大量生动的阐释。

需要注意的是,只有当你已经写出一些故事时,才可以使用下面列出的书单来审视你写出的故事。不要一开始就试图通过下面的书来寻找创意。否则你将会陷入层层限制,瞻前顾后,不可自拔。

约瑟夫·坎贝尔:《千面英雄》(*The Hero with a Thousand Faces*, 2nd ed.)。一部经典的跨文化研究著作,从现代心理学的角度研究英雄原型。坎贝尔通过分析多种文化下的童话故事,总结出了英雄之旅的三个阶段——离开、启蒙、回归。除此之外,坎贝尔还梳理了童话的很多其他规律。

迈克尔·罗默:《讲故事:后现代主义和失效的传统叙事》(*Telling Stories: Postmodernism and the Invalidation of Traditional Narrative*)。罗默是一位具有哲学背景的电影制片人和电影教师。这本书彻底地、精细地、生动地阐释了故事叙述的古老源头,是对解构主义理论的有力回击。

克里斯托弗·沃格勒(Christopher Vogler):《作者之旅》(*The Writers Journey: Mythic Structure for Writers*)。这本书受约瑟夫·坎贝尔的影响很大,它证明了成百上千部电影中的男女主人公——比如《绿野仙踪》中的多萝西——的历程都符合民间故事中的案例。

Chapter 14
梦的故事

Dream Story

本章内容会帮助你完全克服写作中的一个主要障碍——过度控制。当然,写作不能离开一定程度的控制。但是正如前面提到的,刻板的教育制度教给我们一种循规蹈矩的写作方式,如果一味恪守于此,那么我们的写作就可能胎死腹中。

在私密的环境下狂热地创作,写下脑海中呈现出来的一切东西,从自我审查中完全释放出来,这样你就可以审视自己内心深处到底在想些什么。一般来说,只有在熟睡并进入梦境的时候,你才能达到完全的自由。本章旨在探索梦境能创造出什么。如果你经年累月记录自己的梦境,你就会发现心中的关注点,同时也会发现自己心中的魔鬼、

写作是一个"两步走"的过程

写作是一个"两步走"的过程(writing is a two-part process)。通过直觉快速地发现并形成新的写作材料,这样你就可以和大脑的创意随时保持一致。然后运用你分析和重构的能力编辑这些材料。永远不要同时戴两顶帽子,它只会让你脑子过热,从而走向无休止的自我审查,阻碍写作进程。

原型以及生活中的未竟之事。对于一个讲故事的人来说，这些还不够吗？

你的梦境记事本很可能会记载一些对于艺术工作者来说很重要的原则，也就是：

- 充满感情的梦的叙述是开放的、简练的、视觉的、深刻的。
- 开放的故事促使读者解读它，在叙事时创造出暗示却不点明的东西。
- 重要的元素总是以让人疑惑的方式呈现出来，虽然不符合常规逻辑，但这不是偶然的。
- 把压力和语调放置于逻辑前面，反映我们是怎样体验压迫性的情境的。
- 梦境和诗歌要求我们思考它们的模糊性，直到我们洞察它们并因此谨记它们的含义。
- 一组动作戏中简短的对话能够提高语言的价值。
- 尽力简化对白，多一点都会减少语言的价值。

忠实还原梦境的奇特逻辑

忠实还原梦境的奇特逻辑（being true to the distinctive logic of dream），这样才能真诚对待生活中实实在在发生的事情，它们很少符合我们的预期。所谓"从幻想中寻觅材料写作"，实则是根据陈词滥调的记忆写作。接近现实中纯粹奇特的想法，这样才能拒绝陈词滥调。

保 留

保留（withholding）信息是指暂缓回答观众的疑问，推迟揭开故事的结局，以此来保持戏剧张力。深刻的信息常常需要我们努力钻研以寻找其含义，而对于那些通过努力研究获取的东西，我们是很难忘记的。

习 题

习题 14-1：描写一次梦境

运用一次梦境进行写作，其中最重要的一点是保持梦境的奇特逻辑。你会为接下来的发现感到惊奇。所以，从你坚持撰写的梦境记事本里：

- 写一个能在银幕上呈现 5 分钟左右的故事大纲；
- 不要担心开端或者结局不太严谨，或者不符合常规的故事逻辑；相反，尽可能忠实于梦境本身的情绪和非常规的逻辑。
- 随心所欲地修改或者扩展故事，以表现你所知道的梦境的精神。
- 明确故事想要表现什么主题，传达什么信息。

习题 14-2：超现实叙事

选取梦境里几个强有力的画面，把它们用作关键画面。现在，发挥你的想象力：

- 用第一人称把这些画面连接起来进行叙事，尽可能多地保留梦境的有趣逻辑。
- 如果你感兴趣，可以把一幅静止的画面开发成强劲的电影运动过程。
- 明确故事想要表现什么主题，传达什么信息。

习题 14-3：把多个梦境融入同一个故事

按照习题 14-1 的说明，但是运用两个或更多梦境，调整其内容，组成一个具有多个场景（比如 3 个）并衔接完好的故事。

习题14-4：梦境和神话

记录一个有趣的梦境，然后：

- 把它和你能找到的最接近的神话作比较；
- 撰写一篇文章，比较二者的相同点和不同点；
- 你的梦境有什么意义，怎么充实这些含义。

讨 论

观看一部优秀的电影常常如同做梦一样。梦境也常常如同电影，充满各种结构性与象征性的可能。心理学的进步，影响了20世纪20年代和30年代的超现实主义绘画和电影，它们专注于表现潜意识如何通过梦境进行自我表现，因此艺术家认为梦境可以通过神话和隐喻表现重要的思想。

在你讨论有关梦境的习题时，尝试：

- 了解梦境的结构。找出故事的危机顶点在哪里。
- 哪些人物是主要角色？他们是扁平的还是立体的？他们代表着什么？
- 梦境采用了怎样的形式？最接近的神话或者童话是什么？
- 作者暗示了故事的哪些意义吗？你是否同意？
- 故事中最大胆、最模糊的表达是什么？

梦境提供解释

梦境（dream）运用故事、符号和隐喻，为我们混乱的、超现实的生活提供一种诗意的解释。

针对习题 14-1 的示例

示例 1：克里斯·达尔纳

一个人，相貌平平，穿着一件很普通的衣服，被另一个人带领着，走在一条通向海边悬崖的小路上。一个矮小、驼背的男人迈着轻快的步伐走在他前面。普通人放慢速度，一边走一边唾液四溅地说话，张望着周围广袤的一切。两个人下面是一片墨绿色的大海，海浪翻卷着，一片白色的水雾升向空中。两个人继续走在狭窄的小路上，驼背人时不时拉普通人一把。前面的路开始变得弯曲，驼背人更频繁地拉着普通人，步子逐渐加大，几乎慢跑起来。

当小路到了悬崖尽头，视野里出现了一片陆地。茂盛的热带植被和白色沙滩。普通人眺望新的景色，步子慢了下来。但是驼背人没有注意到，仍旧快步向前，慢慢地把普通人甩到身后。普通人继续四处看着风景，蹒跚地走在路上。他看见一艘木筏在下面的海面上漂浮着。他抬起手，遮在眼睛上面，让自己在强光下仍旧能看清东西。慢慢地，他看到了海面上的情景。是一对兄弟在水面上嬉戏。他们长得非常像，很可能是双胞胎。他们看起来朴素、温和，大概有 25 岁，非常肥胖。两个人只穿了很小的泳衣，身子看起来像白色的海象，每动一下就在周围泛起一片波纹。普通人可以听到他们笑声的微弱回声，混杂着浪花翻卷的声音。两兄弟咯咯地笑着，在木筏上以及木筏周围嬉戏。他们拖着自己庞大的身躯，轮流跳上小小的木筏，然后跳下去回到木筏的旁边。木筏在他们的压力下上下起伏。普通人站在那里，很吃惊。他在半路上耽搁了几秒钟，以观察两兄弟。

驼背人返回来，用力拉普通人，但并不是出于恶意。普通人再次跟随驼背者的脚步，蹒跚地走在小路上。他最后回头看一眼，听见双胞胎在木筏上嬉戏的声音，然后跟着驼背者，走在盘旋的小路上，后者依然热心地给他带路。

作者写道：

> 这个梦境片段的主题似乎不在我的主题清单之列，但是它确实触动了我。这个片段的主题是异化、恐惧和异质。驼背人给普通人带路，或许是因为他无法适应陌生环境的恐惧，或许是他在犹豫。当普通人看见两兄弟时，他停下来看他们。我没有写他在这个场景中的心理状态，但是读者大概会认为他的心里是不舒服的，他在一定程度上认为两兄弟是不得体的。这种回应，以及任何对身边人感到不舒服的情况，确实部分地涉及我的主题，即恐惧，也就是已经成为或者正在变成你的讨厌之物。换而言之，普通人从两兄弟身上看到了他从自己身上看到的或者可能会看到的东西。
>
> 我的主题非常一致，它或从内或从外逐渐渗透到我的写作中。我在写作时确实注意到的一个主题，那就是异化以及被禁止的感觉。这个梦境的片段很好地阐述了这个主题。

虽然作者最小限度地刻画意象，这个故事的视觉形象仍然是完整生动的。在四个人物中，有三个身体上是畸形的。驼背人是普通人的向导，长得像某种身材矮小的时光老人，带着他的同伴往前走。故事暗示了一种目的和手段之间的对立，因为驼背的老人专注于旅程本身，普通人则更希望走走停停、观察周围景致。当他观看那些美丽的自然海景时，他的目光被两个肥胖的、海象一样的年轻人吸引住了。两人的把戏平淡无奇，但是普通人一直窥阴癖似地观察他们，直到被向导拉开。这对双胞胎的情景是他怎么也不应该关注的，但是他偏偏情不自禁地看他们，即使被向导拉开也要回头再看一眼。通过作者的笔记可以看出，普通人似乎看到了自己的最坏命运——过度肥胖，只有另外一个镜像般的自己陪伴左右。

示例2：迈克尔·汉图拉

晴空万里，碧空如洗。长长的草被太阳晒得发黄，微风拂来，它们轻轻地摇摆起来。一条小路延伸到这片土地的远处，依偎在一条长长的河流和起伏的小山中间。一切安静极了，除了成片的草，它们摩肩接踵，似乎在窃窃私语。一群年轻人在山间小路上徒步旅行。太阳炙烤着他们，他们像草一样几乎被烤焦了。一个广阔的风平浪静的黑色湖泊吸引着他们，促使他们改变路线。他们停下来，考虑是不是要下水游泳。这时，他们被身后一块巨石吸引住了，石头上面有一条裂缝，里面不知道有什么。

其中一个人仔细观察了裂缝，发现裂缝处本来是由一块石板镶嵌在巨石上的，石板慢慢从巨石上剥落，就留出了一条裂缝。他继续观察，发现裂缝后面有一个小入口，通向巨石里面。其他人越来越好奇，决定和他一起探索这块巨石。

他们小心翼翼地爬进这个巨石里面，想要找到一个房间，它要有足够的高度，因为他们这里很矮。那也许会是一个中等尺寸的金字塔状的小屋子。然后他们看到一个巨大的石像立在他们面前，分不清楚形状，外面罩了一层暗灰色和黑色的亚麻布。石像

人物原型、叙事结构性原型

人物原型（character archetypes）经常出现在梦境里面，如同塔罗牌一样是象征的、无个性的。它们要么由遗传直接决定，要么经过文化耳濡目染而形成。叙事结构性原型（narrative structural archetypes）看起来也似乎是我们心中固有的。梦境经常是碎片的、偶然的，有时也是完美的，还有什么可以像它一样例证一个叙事传统呢？

注视着他们，注视着所有进来的人们。一条黑暗的隧道出现在他们右侧，看起来不是那么吸引人。他们发现石像左侧长长的门状的洞似乎更加诱人。

他们对于即将到来的探险旅程有些紧张害怕。他们钻进了门道，快步穿了过去。刚通过，三块巨大的石板在他们身后落了下来——意味着他们被堵上了后路。他们现在身处一个新的房间，在他们面前是一个巨坑，占据了地面很大一部分面积。这个坑看不出来有多深，从下往上发出强光。但是即便这样，天花板却还是出人意料的黑乎乎的。从天花板上收回目光，周围的墙上有三扇粘了些泥巴的巨大玻璃窗，上面是哥特式的拱，没有特殊的设计，看起来很有中世纪风格。他们又在地面上发现了大量奇形怪状的石头，有些看起来像是宗教物品——十字架和十字章。他们觉得这趟探险旅程已经足够了，于是捡起石头往污浊的玻璃窗上砸过去。一扇窗户被砸得脱离了窗框，向外面掉落。下面的地面这时有几百英尺高。从这个新的出口望出去，他们看见古老的红木树，树长得很高，超出了他们的视线。他们不打算考虑这个出口。

转回房间的后面，他们看见后面有一块岩石突起。他们慢慢走向另外一侧，担心会突然坠落到某一个深坑里。当他们到达另外一侧时，发现了一处小的悬崖（有三英尺左右），上面横架着一面相当陡峭的斜坡，唯一的出口似乎就在这里面深处。他们努力地想爬上这座隐秘的小山，但是发现小山上都是松散的土，他们几乎都爬不上去。就在他们快要绝望的时候，有个人发现了右侧的另外一个通道。他们赶快穿过那个隧道，来到一个池子旁边。

一个白底的池子，有强光照亮，就像郊区的那种水池，但是是在地下的。有很多人体断肢漂浮在池子上，大多是整段的胳膊和腿，但是池子的水是清澈的。一个小伙子跳了进去，安全游到了对面。于是其他人纷纷跟随他跳下去往对面游。就在这时，一条巨龙的脑袋从这个中型池子的对面出现了,他们之前没有注意到。龙头是红色的,眼睛火红,用耐用塑料做成,看起来就像在游乐园一样。它张开大嘴巴,好像要用火焰和众人干杯,结果喷了这群人一身水。他们一一穿过池子,跳上岸,很庆幸自己还活着,如同打了肾上腺素一样个个笑颜逐开。一侧的房间还在那里,天然形成的柱子指向黑暗。然而,另外一侧就是他们之前在房间里看到的隧道。他们冲过去,嘲弄石像,然后从巨石的入口那里出来。石像被他们缺乏尊重的表现激怒了,变身成一个人,头顶一个盒子作为防护,追逐起他们来。

作者写道:

很难从这个梦境中找到一个压倒性的主题或者直接意图,但是这个梦境确实包含探险、宗教、道德以及朋友间的纽带。这个梦很奇怪,每当我结交一群新的朋友,这个梦就会出现。但是,自从我上次交了一伙兴趣一致的朋友,这个梦就再也没有出现过了。

从主题上来讲,我的兴趣好像扩展到了下面的内容:纯真的丢失、异化以及在恶劣环境下想做一些"好事"的冲突。

这个梦境被写成一个很大的没有固定形式的段落。所以我把它分成几个小的段落。这样一来,梦境更加容易理解,而且可以清晰看出每个阶段的转折。没有错误的话,这个惊奇的梦境是关于英雄旅程及其象征的一段文字记载。梦境往往是碎片化的、没有逻辑的,但是对这个梦境进行深入的分析,会发现它有如下的结构:

第一幕

- 一群小伙子顶着烈日,在小山和河流之间穿行;
- 发现一块有裂缝的岩石,指向探险之旅;

- 第一个房间，有一个遮着布的石像做守卫。问题在于，他们要越过守门人，进入地下墓葬的心脏部分。

第二幕

- 一个单向通道，指向另外一个房间，其中有宗教符号、教堂窗户、从地下（地狱？）射出的光芒；
- 从这里开始，第一次出现了两条逃生道路；
- 但是第三个通道指引到了最深处的洞穴。

第三幕

- 最后他们必须逃避变成活人的石像的追赶。女性石像被激怒，蒙着眼睛追赶他们，就像正义之神。

对于这一群伙伴来说，进入小山的这次探险，包括三个洞穴之旅，艰难的返程也是对他们的耐力、勇气和团队协作以解决问题的一次终极考验。面对旅程的恐惧和神秘，他们通过协作和智慧，最终证明了团队的价值。

这趟旅程与其说是英雄的旅程，不如说是团队的协作或者是一代人的成年礼。迈克尔写道，每认识一群新的朋友他就会再梦见这个梦，好像他的心灵需要重复这个故事来克服恐惧不安。其他一些元素则暗示了只有他能够解释的东西，比如蒙面的女守卫和池子里面的断肢。

示例3：辛西娅·梅尔沃思

她手上提着一大堆购物袋子，往商场外面走。当她走出商场出口时，保安把门锁上了。时间一定过去了很久，因为当她逛商场的时候，商场里看上去还满满的都是人，但是现在停车场却很奇怪，空无一人——除了她的车。她的车看上去有几里地那么远，但是她记得她没有把车停那么远。

天很黑了，停车场的灯光打亮，周围一片空旷。她往自己车的方向走，耳边传来一阵咆哮声。她转过身，发现一群野狗朝着她的方向飞奔过来。车看上去离自己还很远，她只能快步跑过去。咆哮声越来越近、越来越响、越来越紧迫。她不停地奔跑，但总是听到背后有狗的咆哮声。她摸出自己的钥匙，钥匙碰撞的声音听起来那么响亮持久。车门打开了，她冲进去。但是当她关门的时候一只狗咬到了她的脚后跟，她在一阵疼痛中尖叫了一声。她把狗踢开，砰的一声关上了车门。

现在这群狗咆哮着，在她的车周围打转，跳着掠食动物的舞蹈——如同在围绕一堆篝火。时间似乎静止了，她一遍又一遍猛按车喇叭，试图在这个空空的停车场上引起什么人的注意。

她启动了车，狗在后面追赶她，她怎么甩也甩不掉。她可以在汽车后视镜里看到它们。道路很脏、很荒凉。她把车开到一个加油站，下了车，跑出去寻找帮助。

当她跑向加油站服务员时，他用手抢打她，吼道："走开！"他打她，用脚踢她。她后退几步，不相信他竟然拒绝听她讲述自己刚才的遭遇。她尽可能快速地跟他讲话，他只是不停地逃避她、击打她。当她追着服务员，跑过一段铝制墙面时，看到一只野狗靠近了她。她瑟瑟发抖、害怕极了。那只狗坐着，开始告诉她那个男人是不会帮她的——那个人是不会理解她的。

她为什么能听明白一只狗讲话呢？她在想……它居然说话了！她看见铝制墙面上映出了另外一只狗的样子，而那应该是她自己的影像才对。原来她自己也变成了一只狗。

作者写道：

这个梦境想要表达的主题应该是"对未知的恐惧"，以及发觉自己就是自己最害怕之物。痛苦、死亡和暴力都是这个梦的一部分主题。潜在的主题还有：寻求对未知事物的答案，以及在此过程中的困惑和恐惧。

虽然这段梦境持续的时间很短，但是它也遵循了三幕式结构。

第一幕

- 整个故事的开端，发生在一个安全的、常规的、有保障的购物商场；
- 商场守门人把门关闭，这样她就不能返回来了；
- 她返回停车场，但是这里的环境已经发生了巨变。

第二幕

- 为了到达她的汽车以寻求庇护，她必须逃开狗群。后者咬到她的脚（阿喀琉斯之踵？）并且几乎抓到她；
- 当她找到避难所时，一个本可以帮助她的人拒绝了她，好像她是纳粹德国的犹太人一样；
- 那群狗又重新追赶上她。

第三幕

- 本以为自己大限将至，没想到一只狗跟她说起话来并帮助了她。虽然被自己的同类拒绝，但是敌人中蹦出了一位朋友和导师。她可以相信它吗？
- 在现实的镜子里，她发现自己无意中加入了敌人的阵营，因为她变得和它们一模一样。

这个梦境中的原型有：守门人、逃亡者、追赶的恶魔以及最后放过女主人公的拯救者。在这些原型中出现了三次变形者。所谓变形者，就是一个千变万化的形象，一会儿以这种面目出现，一会儿又以另外一种面目出现。加油站服务员是其中一种面目，说话的狗是另外一种面目。当她从镜子里发现自己也变成了它们中的一员时，她则变成了第三种面目。

变形者一个经典的能力就是从人类变身为动物。据克里斯托弗·沃格勒所说，他们随时准备变形（参见《作家之旅》）。加油站服务员本该帮助她，结果却背叛了自己的责任，把她赶了出去。在另外一个转折点——或者说情节点——狗过来伤害她，结果却变成了她的导师（另外一种原型），告诉她那个人不能理解她。在加油站光洁如新的墙面上，她看到自己挨着那只让人害怕却帮助了自己的狗，现在她终于明白，自己是一只狗了，属于外来生物，而不是和人类在同一条战线上。这就是那个人要尽力赶走她的原因。

我觉得这个结局让人感动，同时也模棱两可。她遇到了一位指导者，这是好事，但是她发现自己变成了自己最害怕的东西，这让人不安。我们还可以再进一步猜测这些对作者来说象征着什么，但我们要继续分析故事材料，而不是对作者进行精神分析。

变形者

变形者（shapeshifter）的原型可以随意从一种形象转变成另外一种形象。在童话故事里，变形者可以变成一头狼，然后重新变回人类的形象。变形者的任务是让人疑惑、撒谎、欺骗、帮助、拖延或者以其他方式挑战中心任务，以此来增强故事的张力。

分析梦，而不是分析做梦的人

分析梦，而不是分析做梦的人（analyze the dream, not the dreamer），二者的区别可能不是很大，但梦是一个故事，而做梦者是一个人。分析做梦的人可能具有侵犯性、让人不快，会让作者感到自我被暴露在外。

深入探索

路易斯·布努埃尔（Luis Buñuel）:《我的最后一口气》(*My Last Sigh*)。布努埃尔是超现实主义电影之父，他拍摄了20世纪最具争议性的、梦一般朦胧的电影。在这部自传中，布努埃尔直率坦诚地回顾了自己的人生旅程、电影旅程：他在一个西班牙农村度过了自己的童年时光，成年后与最伟大的超现实主义画家、作家和电影人在巴黎一起工作。

卡尔·荣格:《人及其表象》(*Man and His Symbols*)。荣格提出了集体无意识的概念，他的理论和民俗学家约瑟夫·坎贝尔相吻合，旨在找出人类心理、精神上与生俱来的部分，进而达到一种文化意义上的普遍性。

卡尔·荣格、阿涅拉·雅费（Aniela Jaffé）:《回忆·梦·思考》(*Memories, Dreams, and Reflections*)。这本书是荣格晚年写的一部自传。

菲莉丝·科克-谢拉丝（Phyllis Koch-Sheras）、埃米·莱姆利（Amy Lemley）:《做梦改变人生》(*The Dream Sourcebook: A Guide to the Theory and Interpretation of Dreams*, 2nd ed.)。这本书从文化和生理角度讲述了梦的历史。书里面把梦境划分为下列几类：信息、治疗、创意和解决问题、虚幻的或"兴奋"的神秘主义、目标完成、再现、清醒（做梦者知道自己在做梦）。

Chapter 15
改编短篇小说

Adapting a Short Story

　　本章要探索的是已经出版过的短篇故事，它们在文学性上和口传故事比较接近。当然，在没有经过完全允许的情况下，你绝不应该改编任何有版权的著作。我们会在这里简单地介绍一下因为粗心大意而造成的许多麻烦。本章为你设定的目标是：

- 举例说明短篇小说这种形式的优点。
- 寻找一个比较视觉化和电影化的故事。
- 寻找一个在世界观和主题方面都能让你产生强烈共鸣的故事。
- 选择一个可以改编成30分钟优质电影的故事。
- 评估把文字作品改编成视觉化、行动化的媒介时所产生的问题。

　　一部好的小说能够对读者的想象力产生强烈的影响，这往往是通过文字方式而不是直接的银幕展现。例如，许多作家时常引领我们进入主要人物的意识，从内部的、主观的角度来阐述故事，像弗吉尼亚·伍尔夫（Virginia Woolf）、詹姆斯·乔伊斯（James Joyce）、威廉·福克纳（William Faulkner）和其他最近兴起的"意识流"作家，他们喜欢从内部视点来体验作品中人物的心理进程和压力。但是当你要把这些作品改编到银幕或者搬上舞台时，巨大的困难便会出现。当然，你也可以让你的主角自言自语、用旁白的方式思考或者和红颜知己讨论自己的状况，但是大体上这些方法都太笨拙了。其次，若一部文学作品常常透过叙事者的视点体现出作者的声音和态度，也会对改编产生不利影响。

所以，当你在寻找能够被改编的故事时，考虑一下它是否容易转化成画面和动作，其文学连贯性是否更多地依赖于内部的或者描述性的手段。没有哪个文学故事是完全不能转换到银幕上的，但是有些会给改编带来巨大的困难。即便如此，那些对你有特殊意义的故事还是会激发你，让你获得真正富有想象力的解决方案。这些创造力通常来自于某些特殊的内在力量。

对于改编短篇故事，这里有一份相当详尽的方案作准备之用。我们将对《渔夫和他的妻子》（第 8 章）和《小红帽》（第 9 章）进行更进一步的探索，任何习题都可以用下列方法进行练习。如果你独自工作、没有人指导，那么去处理那些对你当下而言有意义的故事就好。当你获得足够多经验的时候，再来考虑其他练习。

故事改编成电影的可行性评估

初步思考

把故事复印下来，划出每场戏的分界线。

给每场戏编号并精简地命名。

将每场戏划分成三幕结构。

思考故事呈现在银幕上的时间长度。10 分钟？或者 30 分钟？50 分钟？当你确定下来，它将成为你的目标长度。

把你的故事改编成电影，需要什么特别昂贵的资源吗？对此，要考虑故事的年代、拍摄时需要的场地数量、角色数量、服装和特殊道具等。

故事在多大程度上是电影化的？为了找到答案，你可以想象自己正在给听障人士制作一部电影：

- 故事中最戏剧化的内容，普遍是通过动作和行为来表现的，还是通过对白来表现的？
- 是否可以修改场景，使故事有更多的动作、更少的对话？

给故事写一个前提（premise）。前提是规定故事情境、主要人物及其问题的一两个精练的句子，它能体现出故事的目的，就像你看到的电视指南一样，例如："两个女孩子不听父母的劝告，在夏季的夜晚去游泳，但是只有一个人回来。希拉里如何告诉父母她的姐姐已经淹死了呢？"

这个故事真的适合改编成电影吗——是，或者不是？

如果这个故事通过了基本的检验，你可以进入下一个阶段了。

准　备

将故事划分成若干场戏，把每一场戏粘贴到一张纸上。这样，你便可以把有编号、有标题的场景装订在一个活页夹里。在幕与幕之间放置一张彩色的纸片，作为标记。

标记出所有对白或者所有描述性语言，这样能帮助你把动作、行为和对白区分开来。（可以选择性地做这一步。）

精炼故事梗概，为每一场戏写一段话，直至你对整个故事有一个成熟的认识。切记要使用一般现在时、第三人称，只写出观众能从银幕上看到或者听到的内容。

你处理的故事有多少内容是视觉的、有形的、动作化的？又有多少内容是内在的、精神层面的、心理上的？这些可能是需要你大加修改的地方。

评估时间

大声读出每一场戏，留出些时间，用你"内在的眼睛"观察那些展开的动作。

为每一场戏计时，然后把每一场戏的时间加在一起。

把得到的总时间和你的目标时间作比较。

评估在改编时你需要对原故事作多少压缩和简化。

戏剧潜力和难题

故事设定的世界是否有趣、生动和视觉化？

每一个人物在故事中的设定代表着什么？

每一个人物在故事中的作用是什么？（这里你将会学到怎样减少或者合并人物以简化故事情节。）

主　角

主角是什么类型的人物？

主角的主要冲突是什么？

主角的主要问题在哪里？

主角在解决自己的难题时遇到了什么障碍？

主角遇到了什么利害攸关的紧要关头？

危　机

故事的危机是什么？

故事危机出现在戏剧性弧线的哪个点上？

第一幕

怎样在银幕上快速简洁地交代主要人物的基本状况？（相比原著，你可以更晚一些展开故事的开端，更早一些交待故事的结局。事实上，每一场戏都会从这种紧凑的叙事中变得更有效率。）

第二幕

第二幕需要使用多少事件来使故事复杂化？

故事的危机时刻是否是戏剧化和电影化的？

如果故事的危机时刻不够戏剧化和电影化，你打算怎样改进它？

第三幕

故事的危机是怎样解决的，你多大程度保留了原著？

视　点

我们大多数时间透过谁的视点看故事，为什么？

还有其他哪些人物的视点也是重要的？

叙事者采用了怎样的视点和语调？在改编成电影时，你是否愿意或者有能力把它吸收进来？

人物的内心世界

小说中的人物是否总是依靠心理活动作出决定，因而是否在银幕上是看不见的？

人物作决定时必须用言语表达吗？或者你能否把它转化成可视的动作？

如果一个人所作的决定必须用言语表达出来，能否由一个真实存在的人物说出来，而不是用旁白？

你是否需要创造一个新角色来解决这个问题？（如果需要这样做的话，切记在构思故事的前期阶段就添加这个角色，否则很容易让整个故事变得太生硬。）

发　展

主要人物是不是发展的、变化的？

主要人物的发展和故事的意义、目的有什么关系？

次要情节

考虑到电影的改编通常不得不删节并简化原著故事，所以考虑一下是否一定要把次要情节写进去？

类　　型

与原著故事相比较，你的电影是什么类型？

你对类型的选择是否把改编故事的过程复杂化了？

对　　白

故事中的人物是否喋喋不休？

哪些对白可以用动作来代替？

你怎样才能充分精简人物的对白？

原作的台词是否适合演员念出来？你是否需要把它们转化成自己国家的语言或者把它们现代化？

视觉化

你怎样强调与突出不同场景的基调？

是否有隐喻性或者象征性的动作和物件？它们对表现事件和意象是否有重大作用？

为了达到某种戏剧性或者隐喻性意义，是否要对某些特殊动作进行强调？（例如罗伯特·恩里科［Robert Enrico］的《猫头鹰桥事件》[*An Occurence at Owl Creek Bridge*，1962]是一部讲述人的濒死体验的短片，剧本中有一场戏是当着死刑犯的面，仪式般地准备行刑的绞索。

目　　的

故事如何表达对人们生活的看法？

生活中发生了什么，让你想要找到这个故事的意义和目的？

艺术的繁荣来自其受到的限制。当你把故事从一种媒介转换成另外一种媒介时，完全忠实改编原著就会遇到巨大的挑战。考虑到每种

> **"忠实"改编**
>
> 文学作品到电影的"忠实"改编（"faithful" adaptations）是很容易失败的，因为每一种媒介都有自己非常独特的优点和弱点。不要对原著作品过分敬重，反过来应该仔细思考电影在哪些内容的表达上独具优势，在哪些内容的表达上先天不足。

媒介之间的差异是如此之大，你真的要接受这样的挑战吗？事实上，如果你尽可能忠于原著故事的内在精神，而不是受限于它的细枝末节，电影或戏剧在形式上受到的限制反而会激发出巨大的创造力。在文学作品中，作者有权力进入人物的想法和感受，但如果哪部电影试图让观众直接听到人物的想法和情感，这样就显得太笨拙了。

事实上，电影更像现实生活，我们通过密切观察别人的所作所为来了解他们。通过经验和移情作用，我们能够从他们外在的表现推断内心的状态。电影和戏剧观众通过相似的方法推测作品要展现的内容。即便如此，电影史上仍然有很多先锋的实验电影，试图捕捉人类的意识状态。如果你亲自去理解这些艰深的实验电影，或许会发现这是一件很有趣的事情。

当你在寻找一个可以改编的故事时，要记得它应该能够很好地转换成连续场景的电影大纲。让我们回顾一下第12章关于故事大纲的要求：

- 精简的短篇故事形式；
- 使用现在时、第三人称写作；
- 每场戏新起一个段落（也就是要转变故事的空间或者时间）；
- 只描述观众能从银幕上看到或者听到的内容；
- 不要写人物的想法或者影片制作时的相关技术信息；
- 总结所有的对话——例如："巴勃罗告诉玛格丽特，当他被安置在孤儿院时，他有多么生气。"

在你寻找故事进行改编的过程中，努力从自己的地域、文化或者民族背景中，探寻一些未被开发过的内容。找出那些引起你质疑的故事，反复研读它。考虑把它做成默片是什么效果，就是把对白完全去掉，全部依靠动作来讲述故事，把这当作对改编故事的快速检验。

整理出一个文件夹，它包含：

- 故事的复印件。
- 一张包括标题、作者名字、出版年份和地点的封面页。
- 用分场大纲的形式呈现你改编的故事。

习 题

习题15-1：短篇小说分析

你的分析应该包括：

- 你对这篇小说讲述的故事前提的理解；
- 这篇小说吸引你的地方；
- 对于一名观众来说，你认为这个故事的潜在意义是什么；
- 这篇小说有哪些电影化和戏剧化的优势；
- 主角是谁？对手又是谁？
- 主角如何发展？
- 小说采用了哪个人物的视点？如果需要，你是否能改变视点人物？

习题15-2：改编问题

讨论改编时出现的问题，比如：

- 故事情节是否充分展示了主角的内心需求和冲突？如果不是，你怎么修正？

> **主角、对手**
>
> 主角（protagonist，来源于希腊语）是指故事的核心人物，是观众认同的人物，他/她正在努力获得某物、做某件事情或者完成某项目标。
>
> 对手（antagonist）是阻挡主角前进的人物。通常是另一个人，但是在敌对的、有矛盾冲突的势力中，也可能是一个组织、一股自然力量或者主角自己内心的某个侧面。

- 如何表现出人物的必要动机和背景？
- 主角的问题是否以一种适合银幕的方式呈现与解决？
- 是否还有其他改编方面的问题需要讨论？

习题15-3：分解戏剧性

制作清单，针对每一个事件做如下工作：

- 对事件进行功能性命名。（例如：安妮塔弄丢了她的出生证明。）
- 做一份简洁的目录。
- 预估每个事件在银幕上呈现的大概时长，具体到分和秒。

展示怎样将故事划分成三幕结构。

把你的故事用戏剧性弧线描绘出来。

讨 论

当你讨论其他人的改编时，考虑以下内容：

- 故事是否反映了改编者的兴趣和价值观？
- 改编时是否很好地利用了新媒介？
- 改编是否受困于原作，还是从原作中解放了出来？

- 改编成一部30分钟的作品是否需要延长或者缩短原来的故事?
- 你对故事的核心人物有什么看法?
- 核心人物的问题是否一目了然并且引人注目?
- 故事的危机是电影化的吗?或者说,它是通过明显的动作来表现,还是通过内心的、隐蔽的手段来表现?
- 故事是否有某种变化与发展?
- 改编的故事是否和原作一样同等程度地表情达意?过度了,减少了?或者在表达的程度上有什么不同?

示 例

下面的例子是我的纽约大学学生的作业,他们的改编最初更具有限制性。这个习题仅仅需要一份故事梗概、对作者潜在意图的描述以及对改编存在的优势和问题的阐述。

这些故事梗概和讨论确实非常简洁,然而我认为它们十分有价值。

示例1:《偶遇》(*An Encounter*),选自《都柏林人》(*Dubliners*),作者詹姆斯·乔伊斯(James Joyce),彼得·赖利改编

故事梗概 《偶遇》的叙事者是一个年轻的爱尔兰男孩,他早已厌倦了单调的学校生活,也厌倦了常常和小伙伴们在夜晚玩耍"狂野西部"(Wild West)游戏。一天,他和他的两个同学决定逃学,然后开始一段冒险旅程:从都柏林的一个港口出发,乘渡轮过河,到达一个叫"鸽舍"(Pigeon House)的地方。其中一个男孩因为害怕受到责罚,没有在约定好的时间出现。但另一个身材结实、随身携带一把弹弓的男孩马奥尼,准时与叙事者会合了,两个人开始了他们的旅程。

码头上,两个人玩得很愉快。他们一边和水手一起吃午饭,

一边看着过往的船只。他们乘渡轮穿过河流，自由自在地在林森德（Ringsend）漫步，先在当地商店买了些小饼干，又穿过街道追逐流浪猫。最后，他们意识到自己太累了、走不动了，就在返回之前找了块空地先休息一下。

两个孩子在休息的时候，一个衣着破烂的奇怪老人经过他们，之后又转身来到他们跟前。老人挨着他们坐下，开始询问起他们在学校上学的事情。老人认为叙事者是跟他自己一样的"书呆子"，而不是马奥尼那种会玩的孩子。老人咧开嘴笑了，黄色的牙齿中间露出很大的缝隙。他笑嘻嘻地询问两人各自的"心上人"，滔滔不绝地讲自己是多么喜欢年轻漂亮的女孩子。叙事者（男孩）开始警惕这个从他们身边走过去又走回来的怪人。这时，马奥尼向他们刚刚追赶的猫掷了一枚石子，老人则坐在叙事者旁边，一句话不说。然后他突然说出一段恐怖的独白，讲述一个年轻男孩无缘无故被鞭打的故事。他说，心地善良但是心里藏着秘密的孩子就应该受到无情的鞭打。他告诉叙事者他会"鞭打这样的孩子，仿佛是在揭开某个精心设计的秘密"。

叙事者似乎受到了困扰，感到害怕。他站起身，假装系鞋带。然后和老人道别。他爬上牧场的斜坡，内心充满恐惧，害怕老人会提着脚脖子把他抓起来。他大声呼喊马奥尼，要和他一起穿过牧场，马奥尼听到声音赶了过来，好像把他解救了一样。

作者的潜在意图　乔伊斯展示出，寻求冒险的人往往需要面对世界隐匿起来的种种让人讨厌的地方。通过藐视家庭和学校的规则，冒险家往往会面对某些惊人的现实。老人就认为叙事者属于自己的世界，而不是马奥尼的世界。叙事者也不能简单地眼不见心不烦，闭一闭眼就回避掉那些"更加黑暗的事情"。

问题和优势　把《偶遇》改编成电影的问题是，这篇小说完全以第一人称叙述，尤其是开篇时，叙事者讲述了一些基本情况和背景，时间跨度非常大。但是这些文字可以被轻松地改编成电影短片。叙事者的声音很有力，如果运用一些叙述技巧也许会更有趣，比如老人回顾他年轻时的遭遇。这些内容和我一贯关注的主题非常接近，讲述个体跨越边界去面对更加黑暗的事情。叙事者的生活绝不会跟以往一样了，他明白了自己生活中的安全边界线。他不会再做出像马奥尼那样简单、盲目的举动了。

彼得是正确的。这个第一人称的故事在改编上确实有很多问题。深入追究一下，小说里的叙事者是在给谁讲故事？我们可以推测出，他可能是在学校的宿舍里讲给他的朋友们，甚至是对一些不能露面的伙伴讲这个故事。在讲述的过程中，他的语态甚至可以变成现在时，但是除非他的听众非常积极地参与故事，否则他就会显得笨拙和虚伪。就这一点而言，即使是《呼啸山庄》这样优秀的著作也会有瑕疵，因为它采用一位仆人作为故事的叙事者，她并没有充分地参与故事。阅读这本书时，读者可能很快就会忘记她，不会有什么影响。但是，如果她硬生生出现在电影里，就一定会显得很不协调，因为找不到让她出现的必需理由，观众也很快就会明白她只是作者为了方便叙事而创造的人物。

彼得的选择有力在于，拒绝了令人窒息的、普通的学校庇护所，转而追求港口上那些未知的快乐体验后，主人公开始了他们的行动。他们兴致勃勃地进行探险之旅，一直到那个奇怪的老人出现。这个老人掩饰了自己的性挫折，这是他的主要特征。

让我们再来询问一下老人的核心问题：他正在努力获得什么、做什么事情或者完成什么目标？答案是什么？他可能希望通过询问男孩子们的恋爱体验获得一次替代性的性体验。但是，两个孩子很明显从来没有跟女孩子有过任何这类接触，老人也很快明白了这一点。他谄媚又亲密的举动显示出他正在探索男孩子的脆弱之处，这种令人不安的行为明显地透露出他的恋童癖好（瓦解一个男孩对于性冲动的抵

> **这个人物正在努力获得什么、做什么事情？**
>
> 当你深入了解你的人物时，一定要问："这个人物正在努力获得什么、做什么事情？"（What is this character trying to do or get？）在回答这个问题的过程中，常常会产生新的潜台词和潜在动机。从中你能找到一些更加重大的意义。把这个简单的小问题应用到你的真实生活上，能够揭示无限的意义，真正挑战你的观察力并评估你每天生活的内在驱动力。

抗）。男孩似乎发现了这些，他很快便逃走了。然而他的朋友马奥尼却没有感觉到，因为他太不敏感。这篇故事的深刻之处在于，从小备受呵护的主人公对成年人的性欲产生一种恐惧心理，因为他觉得成年人的性欲是不干净的。

示例2：《笨人晚宴》（*Le Diner de Cons*），作者弗朗西斯·韦贝尔（Francis Veber），路易斯·勒泰里耶改编

这则短篇故事是最近出现的作品。它的法文标题可以译为"无言的晚宴"，作者是著名法国作家兼导演弗朗西斯·韦贝尔，他的一些优秀作品被好莱坞改编成了电影，比如《超级玩具》（*The Toy*，1982）和《鸟笼》（*The Birdcage*，1996）等。

故事梗概　星期四的晚上对于彼得·布罗尚和他的朋友们而言，是个"无言的晚餐日"。这是一个晚餐游戏，它的规则相当简单：每个人带来他们认为最愚蠢的人，谁带来的人最愚蠢，谁就是胜利者。

这天晚上，彼得高兴得不得了：他找到了一个几十年不遇的呆子，十足的傻瓜，"世界级的蠢蛋"——弗兰基·皮容，一个就职于国家税务局的小公务员。弗兰基唯一喜欢的东西就是他用火柴做出的模型。

但是彼得不知道的是，弗兰基也是最倒霉的人，还是个十足的灾难制造者……

今晚，彼得感觉不是很舒服。他努力想取消这次会面，但是没有办法及时联系上弗兰基，所以弗兰基准时到达了彼得的奢华公寓。彼得的状况让弗兰基感到焦虑，因此弗兰基决定留下来，同时也拒绝了宴会主人要他离开的要求。这些仅仅是彼得长长的噩梦的开始，之后他的整个世界因为这个男人而崩塌了。

作者的潜在意图 作者的潜在意图是想向人们展示最有钱和最有才华的人往往都不是最快乐的人。他们总是有很多秘密以及关于他们的流言蜚语。同样，他们身上一贯的优越感有时也会让他们变得脆弱，尤其是当他们意识到自己眼中的"下等人"很多时候强于他们。因此，作者的意图也十分简单明了。这篇故事是对当下社会的一种委婉批评，即使我们相信等级制度已经消失，但事实上它们仍然存在。

问题和优势 在这个故事里，很多意外的巧合是很重要的情节点。它将故事全部压缩到一个晚上和一个地点（彼得的公寓），这是这篇故事的优点也是缺点。有时故事情节会重复，与两位主角发生互动的其他人物不免显得有些边缘化。而优势则在于，这种安排相当新颖，尤其对于美国观众而言，他们愿意去看这种情境下故事如何展开。如果我们把这个故事搬上银幕，它的成本也会出奇的低。这不正是我们在制作一部短片时一直苦苦追求的吗？

故事的最后，彼得认识到他对弗兰基的判断是错误的。他将与弗兰基建立起一种新的朋友关系，并且在这个过程中重新评估自己的生活。这个故事和我的两个主题是一致的：我们往往在最陌生、最奇怪的地点和环境遇到自己最真诚的朋友；另外一个人对自己建立认同也需要经历若干步骤。我们每个人身上都有彼得·布罗尚的影子，没有任何人是毫无偏见的。

这篇故事同样证明了把文字改编成影像的困难。在这篇故事里,你期待主人公有一种内在的改变,但是这种改变只能通过彼得判断人的能力有所提高来表现。路易斯也是被故事的道德目的所吸引——我们对别人的初步评价通常是基于等级的偏见——但是他没有解释出彼得是如何通过外在的、可视的手段表现出内心的转变的。任何表现内心转变的电影,只有把心理变化转换为一系列清晰的动作才有可能获得成功。只有这样,演员才能把故事的每一个转折点展示出来。

任何一种影像叙事,无论喜剧、悲剧或者其他任何类型,都需要拆解为一系列行为的总和——一个行为推动下一个行为,就像建筑工地上的流水线。在行为方面,动作比言语更有力量。改编的艺术在于将文学作品转化成源源不断的可视觉化的、可交流的段落,每个段落产生动作以及能够让观众理解的视听内容。

路易斯接下来的改编工作可能需要概括性地描绘主角的发展历程,然后找出彼得心理转变过程中表现出来的行为线索——这绝不是一件容易的事儿。

动作比言语更有力量

动作比言语更有力量(actions speak louder than words)。人们做了什么远比他们说了什么更能够展露他们的意图。

预期

预期(anticipation)。戏剧往往会呈现一系列建构好的行为和动作,它们组成了戏剧的不同部分,每一部分的谜团都令我们有所预期,并且每一场戏的结果都使得我们对接下来要发生的事情充满期待。预期也让我们成为积极的观众,而不是被动地观看。

综　述

　　两个例子都是通过主角的想法和认知来讲述的。这并不让人惊讶，因为只要是成功的短篇小说都会最大程度地利用文字的优势。出人意料的是，二流文学作品可能更容易改编，尤其当它是戏剧性的，那它就会更有电影性。让－吕克·戈达尔（Jean-Luc Godard）从不隐藏他从法国低俗小说（Serie Noir）中取用了一些情节。而与二流小说相反的是，当一部伟大的小说被剥夺了其核心且富有启发性的特质，只抽取其大概的情节线索之后，它往往就成为了原作拙劣的仿制品。

　　想把由文学作品改编的故事卖得好，你需要对如何运用银幕有相当强大又自信的感受力。在你经验不足的时候，很容易被华丽的台词诱惑（这几乎是最糟糕的）。也许一个精彩绝伦的故事会令你激动不已，让你迫不及待地想把那些华美的文字直接搬到电影叙事里。但是你会经历很多失败，也正因如此你才会真正体会到，艺术同生活一样，我们最多的收获都源于失败。

　　当然，这两个故事仍然可能成为一流电影，因为作者仅仅做了初步的评估。这个阶段是初步讨论，真正严肃的讨论需要等待些日子。真正喜欢的故事绝不会轻易从你的脑海中消失。在你做了大量工作去尝试解决改编时遇到的特殊问题之前，故事都不会被忘却，这个过程也会显现出故事本身的魅力和启发性。如果你迫不及待要把故事大纲扩展成完整的剧本或者其他形式的作品，请阅读第22章——"扩展故事大纲"。

深入探索

　　通常，一则短篇小说会包含一部故事片的核心内容，改编成的电影有时也可能会超越原著。尼古拉斯·罗伊格（Nicholas Roeg）拍摄的《威尼斯疑魂》(*Don't Look Now*, 1973), 改编自达芙妮·杜穆里埃 (Daphne du Maurier) 的短篇小说, 这一影片是对她极富魅力的作品完美、紧凑、高度电影化的改编。希区柯克的《后窗》(*Rear Window*, 1954), 改编自康奈尔·伍里奇 (Cornell Woolrich) 的《他一定是凶手》(*It Had to Be Murder*), 他所有的电影都呈现出自己独特的风格。《逃犯》(*Across the Bridge*, 1957), 这部我年轻时参与拍摄的电影, 改编自格雷厄姆·格林 (Graham Greene) 的小说, 主演是罗德·斯泰格尔 (Rod Steiger)。彼时, 斯泰格尔正处在自己事业的高峰, 扮演一位从国际刑警组织的追捕下逃跑的公司高管。

下面是一些关于电影改编及电影制作过程中可能需要的法律方面的参考书籍。斯卡格斯 (Skaggs) 的册子对于学习如何将古典小说改编成电影大有益处。此外, 如果我听到关于改编主观的短篇故事的消极声音, 我就会推荐他们去看约翰·科尔蒂 (John Korty) 的电影《音乐学校》(*The Music School*, 1974), 这会扭转他们的消极想法。它由约翰·厄普代克 (John Updike) 的一篇五页半的小说改编而成, 这篇小说的内容完全基于一个人的内心活动。你可以从 Facets Multi-Media 公司①找到科尔蒂这部电影的录像带。

乔治·布卢斯东 (George Bluestone):《从小说到电影》(*Novels into Film*)。这是一本重印的老书, 它对下列几部名著的改编作了精准到位的分析:《呼啸山庄》、《傲慢与偏见》(*Pride and Prejudice*)、《愤怒的葡萄》(*The Grapes of Wrath*) 以及《包法利夫人》(*Madame Bovary*)。

迈克尔·唐纳森 (Michael Donaldson):《许可与版权: 独立电影人必备指南》(*Clearance & Copyright: Everything the Independent*

---

① Facets Multi-Media 公司, 官方网址为 www.facets.org。它是北美最大、内容最丰富的录像资料库。——编注

Filmmaker Needs to Know, 2nd ed.)。这本书对版权、版权获取、公有领域知识产权、合写等其他更多内容有精辟、到位的讲述。

罗伯特·理查森（Robert Richardson）:《文学与电影》(*Literature and Film*)。这本书已经脱销了，它对文学和电影语言的基本要素作了透彻、精妙的比较。

琳达·西格（Linda Seger）:《改编的艺术：把事件和小说搬上银幕》(*The Art of Adaptation*: *Turning Fact and Fiction into Film*)。这本书对文学、戏剧和其他现实事件改编成电影进行了非常实际的探索，其中一章讲述了那个两头怪兽——纪录情节剧（docudrama）的叙事方法。

卡尔文·斯卡格斯（Calvin Skaggs）:两卷本《美国短篇小说》(*The American Short Story*, 2 vols)。这套书是我看过的最好的比较文学研究类书籍。书中包括了经典短篇小说作家薇拉·凯瑟（Willa Cather）、哈特·克莱恩（Hart Crane）、威廉·福克纳、斯科特·菲茨杰拉德（F. Scott Fitzgerald）、纳撒尼尔·霍桑（Nathaniel Hawthorne）、欧内斯特·海明威（Ernest Hemingway）、亨利·詹姆斯（Henry James）、尤金·奥尼尔（Eugene O'Neill）、詹姆斯·瑟伯（James Thurber）、约翰·厄普代克以及理查德·赖特（Richard Wright）等。除此之外，这套书还收录了许多评论文章，以及20世纪70年代从上述小说改编的电影剧本。这些电影大部分都可以在Facets Multi-Media公司通过VHS或者DVD观看到。

Chapter 16
基于新闻事件改编的十分钟故事

Ten-Minute, News-Inspired Story

本章结尾列出的习题将会向你展示怎样从一则新闻报道或者新闻摄影中寻找灵感以表达一个主题。在此过程中，我们会抛开优秀新闻的规则，从真实事件本身寻找灵感。这也能训练你有效地把自己的故事创意压缩到10分钟的长度。

每个故事都有它最初的长度，但是电影和电视通常会要求你在有限时间内把信息传递给观众。尽量不要把它看成是限制，而是把它视为一种挑战，让自己的故事更加简洁、生动、感人。怎样在有限篇幅内表现出丰富的信息呢？为了解决这个问题，利用你已经有所了解的戏剧性弧线，从弧线的顶点开始：

- 你能在戏剧性弧线顶点处表现什么内容？（这是你故事的戏剧性焦点。）
- 最少需要多少上升动作（建置）能把观众带到戏剧性弧线的顶点？
- 在顶点之后，你最少需要多少下降动作来表现故事的结局、人物的改变等？

图16-1 这是一幅表现士兵死亡瞬间的著名照片，拍摄于1936—1939年间的西班牙内战。(罗伯特·卡帕拍摄，版权属于康纳·卡帕/马格姆图片公司，2001)

图16-1是一张关于西班牙内战的著名照片，由著名战地摄影师罗伯特·卡帕(Robert Capa，1913—1954)拍摄，它展示了单独一个瞬间能够包含多么丰富的信息。[①]画面上是一名装备简单的民兵，在他死亡的瞬间，脑浆从头颅喷射而出。这个瞬间发生之前，他正在越过斜坡冲向敌人。但是从下一刻起，他将倒在地上，成为战场上又一具尸体。这个眨眼一瞬的画面强有力地捕捉到了战争的悲剧性真相：在一个不可逆的瞬间，一个人为了信仰失去了自己的生命，永远离开了爱他的家人和朋友。因此，这张照片展现出一个艰难甚至是可怕的问题：人类对战争、冲突的嗜好。

试想一下，如果一个富裕而古怪的家伙突然把手搭在你肩膀上，告诉你他可以为你拍摄一部10分钟的片子提供充足的资金，并且能在

[①] 关于这张照片是否来自卡帕的摆拍，从30年前一直争论至今，未有定论。即使真的是摆拍(我不相信)，照片蕴含的意义也丝毫不减。

宣传不同于戏剧

宣传不同于戏剧（propaganda and drama are different）。宣传可以采用任何必要的手段说服人们接受某件已有结论的事情；戏剧则把我们带向剧中人物的困境，他们正面临着复杂的通常也是对立的力量。它不妄加评论，而是等待观众得出自己的结论。

国家电视台播出，但是他接下来要问，你对一部真实事件改编的短片有什么主意？你首先涌上脑门的想法可能是，10分钟真是短得可怜，表达不了任何严肃的内容。但是想一下，你居然有10分钟的时间和观众交流，这可是卡帕拥有的时间的6万倍！

你的投资人接着告诉你，对于拍摄对象和政治观点是否客观这方面的问题，你没有任何限制。你只需要基于一件真实事件为大众开发出有趣的电影创意并表达出深层次的主题和价值。

你需要从相册或剪报中找到一些真实事件的资料，它们必须能够反映出现实生活的不确定性，并且能够承载起你的主题和价值观。这并不是要你去刻意宣传某种价值观，因为戏剧的真实是随时可以在日常生活中自然地表现出来的。你的挑战在于，你的故事必须基于人尽皆知、多人评判的事件，同时它还得能够引起广大电视观众的兴趣。

任何基于真实事件的作品，不管它看起来有多客观，都会反映出改编者的想法和信仰。和本书前几章改编虚构类作品的习题一样，本章的改编也会反映出作者既理性又感性的想法。事实上，如果你的故事对你来说没有任何意义，那么它根本不值得你去写。所以可靠的方法是，每当你写作故事时，把你的思想和主题放置其中。

制定"工作假说"

不管你正在开发的是虚构类或者非虚构类的故事创意，你都需要

> **工作假说**
>
> 工作假说是对虚构故事或非虚构故事的预先陈述。首先从你独特的思考出发形成一个工作假说，它可以描绘出我们的主人公在特定情境下面临的特殊事件，并且为你的故事要唤起观众怎样的情绪和领悟划定一个范围。制定工作假说可以让你明确自己的目标。每次大规模改稿后，你都要重新调整工作假说，这对你检查自己的故事创意而言大有裨益。

把自己的想法和意图转化成文本陈述，这被称作工作假说[①]。要想充分利用这个大有裨益的工具，你只需按照下面句子的提示来做：

- 生活中，我相信……（和这个话题相关的你的信仰）
- 我会在故事中通过下列行动来表现这种信仰……（你的话题）
- 故事的冲突发生在……和……之间（主要的对抗力量）
- 故事的视点人物是……
- 我想让观众明白……
- 我想让观众感受到……

拍摄一部基于现实事件改编的电影时，没有一种确定的形式或结局，所以任何可以帮助你聚焦于叙事的办法都是有益的。正如我一位多年的同事沙普·弗里曼（Chap Freeman）所言，工作假说架设了一座桥梁，把你的个人信仰和观众的想法连接起来，因此你构建的是一个戏剧传输系统。当然，你可以不断修改自己的工作假说，添加新的事件和更好的创意。不过说来奇怪，很多搞创作的专业人士似乎从来都没有注意到这一点。当他们被问到故事创意的目标时，自己都迷迷

[①] 此处"工作假说"是字面直译，制定工作假说是科学实验的必备工具，此处指开发故事创意时，基于真实事件或影像的一种预先猜想。——编注

糊糊、说不清楚。如果编剧这样的话，很容易在自己的工作中迷失方向，误入歧途。

不管你将选择做哪个习题，尽可能多地按照如下要求来做：

- 找出作为故事起点的新闻报道或者照片，复印一份或者简要概括。
- 讲述你的电视短片创意如何报道与呈现出来，避免让主持人、记者、专家对着镜头做枯燥的访谈与来回切换脸部特写，这样做可以把故事和观众之间的中间角色（主持人、介绍者、采访者、记者等）排除在外，从而让观众直接面对故事中的人物和他们的困境。
- 你需要特别写出来的是：

  如果可以合理地预估影像的长度，可以写下；

  拍摄时，预计影片中的事件会产生哪些行动，虽然它所借鉴的真实事件已经发生过了；

  可以用主角或其他角色"内心独白"的访谈录音，这些录音来自声音专访，需要剔除访问者的声音，只保留受访者说的话。
- 关于下列几个问题要做笔记：

  你为什么选择这个故事或照片来开发创意，用工作假说的形式阐述你计划完成怎样的故事；

  你想让观众感受什么、发现什么；

  你的初稿有何优势、有何缺点。

习　题

习题16-1：一张照片与背后的故事

从某个次要人物的角度出发，调查某张照片背后的故事。这个次要人物可以是照片中的人，也可以是你推断出的和照片上的中心人物、话题有关的人。比如，你可以假设某个人在调查卡帕照片上的士兵（见本章图片）是不是内战时失踪的亲戚；还可以把次要人物设置为士兵的儿子，如今他已经长大，正在探寻父亲的去世给家庭造成的缺失。

习题16-2：电视真人秀

摘选合适的剪报、图片或者电视新闻事件，以此为基础策划一档电视真人秀节目方案。电视真人秀节目涉及真人参与的游戏，参与人员会接受一些真实的、严苛的考验或测试，节目的过程中他们的行为和互动会被摄像机记录下来。下面是当下美国电视台播出的一些真人秀节目，你或许能从中获得一些启发：

- 《改头换面》(*Extreme Makeover*，http://abc.go.com/primetime/extrememakeover/)。那些对自己的外观不满意的人把自己交给美发师、化妆师甚至是外科整容医生。观众可以看到他们改头换面之前和之后的样子。
- 《改头换面之家庭再造》(*Extreme Makeover: Home Edition*，http://abc.go.com/primetime/xtremehome/)。和《改头换面》一样，但是节目对象是那些条件比较差的房子，比如被水淹过的房间或者遭人强烈厌恶的屋子。疯狂的房屋修建队伍会在5天之内对它进行改造。
- 《遗嘱》(*The Will*，http://www.cbs.com/primetime/the_will/)。10位继承人相互竞争，向即将去世的家长证明为什么最应该由自己继承他那五百英亩的农场。
- 《简单生活》(*The Simple Life*，www.fox.com/simplelife/)。两名年轻女演员（该节目网站称之为"富家千金"）在一个陌生家庭暂住，需要作为没有报酬的实习生尝试一项新工作。可供她们选择的工作场地包括机场、托儿所以及太平间（她们最不喜欢）。

- 《米西·埃利奥特带你走上明星之路》(Road to Stardom with Missy Elliott, http://www.upn.com/shows/missy_elliott/)。这个节目将会在不同的城市举办巡回音乐比赛，节目中，选手会和米西的名人朋友见面，学习"怎样成为一名艺人"。
- 《酷儿救兵》(Queer Eye for the Straight Girl, www.bravotv.com/Queer_Eye_for_the_Straight_Girl/)[1]。选取一名将要迎来"好日子"——比如30岁生日——的年轻女士，让四位形象顾问帮助她为生日派对做准备，从内到外改善自己的着装、品位等。

习题16-3：纪录情节剧

在本项习题中，你需要以真实事件为基础进行戏剧化的改编。如果可能的话，让真实人物重述对话，还原事件的动作、行为，为故事设计一份工作假说以找出丢失的线索。善用档案资料或者外景拍摄素材，做好计划以便随时在真实环境下拍摄。登录广播通信博物馆[2]（Museum for Broadcast Communication）的网站以获得更多资料和示例。

习题16-4：基于一个真实故事……

有时候，真实记录的镜头素材能表现的内容实在有限，所以你只能以某个真实事件为框架，把它虚构化以深入探讨某些无法用其他方式表现出来的话题，比如美国中士凯文·本德曼[3]（Kevin Benderman）的故事。2005年1月，凯文出于自己的良心而拒绝服兵役，不管这会产生什么样的后果。他曾在伊拉克看到野狗在一堆乱坟里撕咬人的尸体，一个10岁伊拉克女孩抱着自己三级烧伤的手臂乞求帮助，从一旁经过的美国军车却视而不见。凯文的长官和军队牧师断定他是一个怯

---

[1] 该节目是《粉雄救兵》(Queer Eye for the Straight Guy) 的姊妹节目。——译注
[2] 广播通信博物馆官方网址：http://www.museum.tv/archives/etv/D/htmlD/docudrama/docudrama.htm
[3] 想要了解凯文·本德曼事件的来龙去脉，请参考网址：www.cnn.com/2005/US/01/13/objecting.soldier.ap

弱之徒，但是他真正的问题是："我真的想要留在一个以杀人为唯一目的的组织里面吗？"他的妻子看到了他的怀疑是怎样一步步成形的，她可能是他唯一的支持者。

这个故事在很大程度上是真实存在的，但是军事法庭却不这么想（如果军队坚持这样说的话）。这样的故事能引出很多关键问题。如果拷问战俘是不合法的，那么，给一个民族带来巨大的伤害就是合法的吗？况且是因为某种不清不白的所谓"防御性"原因。一个士兵难道不应该遵循良心的指引来判断是非吗？

习题16-5：表面的背后

这道习题探讨的是反讽。也就是说，某物看起来的样子和它真实的样子之间差距很大。比如之前提到的真人秀节目《米西·埃利奥特带你走上明星之路》，展示了成为明星的诱惑与成为明星需要付出的努力之间的巨大落差。你还可以找到一些反差更大的例子，比如在一家高档餐厅远离大家视线的厨房中，一群人正在地狱般的高温下忙得死去活来；又比如在一场时尚秀上，魅力四射的妙龄女郎最后却被发现是一名有易装癖的男性。

习题16-6：到此为止，不要太过分

这道习题要求做一部关于某人山穷水尽后决定做出巨大改变的电影。习题16-4中，凯文·本德曼的故事就是一个非常好的选择。他有自己坚持的底线，应该能制作出很有戏剧性的电视短片。当然，切记避免喋喋不休、枯燥无味、来回切换的脸部特写镜头。

习题16-7：分析四个新项目

选取四则新闻报道，找出各自的视角、主要冲突、主题，相互比较并得出你的结论。

习题16-8：开发人与人之间的不同个性

找到一则有趣的或者含糊的新闻报道，至少涉及两个人物，以此为基础改编成一部虚构作品，并且画出每个人的发展弧线。下面是一个改编自我所在的城市报纸的例子：19岁的小伙子和他的前女友在一条小巷里争吵；一个二十来岁的男人走过来，他和小伙子吵了起来，刺了小伙子肚子一刀，然后逃走了；小伙子被送到当地医院，伤势很严重，但是病情稳定；当警察问起事情经过时，他却回答说，"我只想让这件事就此过去。"

这其中到底发生了什么故事？它真的能引起观众的兴趣吗？

注：我纽约大学的学生关于新闻事件的例子有些过时，并且我也设置了一些新的习题，所以就自己动手为其中一些编了示例。

讨 论

（1）你看到或听到的创意是否适合本章要求的10分钟长度？
（2）这些创意是否包括必要的解释性细节？
（3）是否能引出有价值的社会问题？
（4）它们是否能在结尾处让人得出一个满意的结论？
（5）改编后的作品体现了怎样的信仰体系？
（6）改编后的作品是否足够电影化？

深入探索

如果你希望从真实事件中开发故事创意，或者想深入探索纪录片和故事片之间的陌生领域，可以参考下面的资源：

希拉·柯伦·伯纳德（Sheila Curran Bernard）:《纪录片也要讲故事》

(*Documentary Storytelling for Film and Videomakers*，中文版已由后浪出版公司推出)。一本纪录片叙事指南，包含作者的自身经验以及对纪录片制作者的访谈。

罗宾·赫姆利（Robin Hemley）：《变生活为小说》（*Turning Life into Fiction*）。把真实的生活改编成故事，在回忆录和小说之间划开心理距离。当你随心所欲改编现实时需要注意伦理和自我保护问题。

史蒂文·N·利普金（Steven N. Lipkin）：《真实的情感逻辑》（*Real Emotional Logic: Film and Television Docudrama as Persuasive Practice*）。探讨源于"真实故事"的纪录情节剧的本性，以及情节剧叙事结构的效果。追溯纪录情节剧的发展历程、当下状况及未来前景。

迈克尔·拉毕格：《纪录片创作完全手册（第4版）》。关于纪录片历史的概述，参见第2章"纪录片简史及功能"；第3章和第4章讲述如何寻找并开发纪录片创意；第8章和第9章讲述纪录片拍摄前的调研以及如何撰写纪录片方案（包括如何设计工作假说）。

艾伦·罗森塔尔（Alan Rosenthal）：《为什么是纪录情节剧？》（*Why Docudrama Fact-Fiction on Film and TV*）。该书是一本论文集，讲述纪录情节剧这种混合的、有时并非可靠的影像形式的历史、规则和使用。

艾伦·罗森塔尔：《纪录片编导与制作》（*Writing, Directing, and Producing Documentary Films and Videos*）。

琳达·西格：《改编的艺术：把事件和小说搬上银幕》。务实地讲述文学、戏剧和真实事件如何改编成电影，其中一章讲述了纪录情节剧的相关内容。

Chapter 17

纪录片主题

A Documentary Subject

纪录片制作是非常迷人的,因为它频繁地展示了平民百姓的生活如何丰富多彩且具有戏剧性。正是了解到这些,小说家和电影编剧才会进入到他们作品中描述的人物的生活情境,进行辛苦的研究。当然,纪录片和小说还是不一样的——它们通过不同的方式探寻人类的生存状况。

即使你从来没想过制作一部纪录片,调查研究现实世界也是极富有收获的。因为无论你的想象力有多丰富,想象出的世界都不能完全替代现实世界具有的深度和未知领域,但这也不意味着真实生活存在故事模板。如果你想要描绘一位瑜伽修行者、一群矿工或一位辛勤工作的年轻非洲牧羊人,存在同样的挑战:要讲述什么故事,采用哪种视点。就像艺术家决定要把石头雕刻成什么一样,纪录片创作者必须

调查研究

当作家调查研究(research)时,他们试图弄清楚自己想要写的人物在现实中是什么样子的,会发生什么事情。这种真实性让他们的小说更具深度、更加可信,甚至可以带领观众看到一个独特的世界。

确定把哪些内容从细节过多的主题下解放出来。

现代纪录片很少拍摄刻意安排的情节，相反会试图捕捉偶然发生的情节。生活有时是不可预知的，因此纪录片导演总在试图捕捉一些未知情形，它可能是可以预测的，也可能是上帝给予的礼物或者打击。为一部尚未拍摄的纪录片撰写剧本看起来非常让人不可思议。人们也许会问：你怎么能描写还没有发生的事情呢？为什么要这么大费周折？为什么不能等待，然后捕捉当下发生的事情呢？这种消极的方法将会记录下事件，但是很少能成为一部纪录片，因为创作一部纪录片需要有全局性的视野和观察力。

如果你想让自己的纪录片展现的内容清晰、连贯，必须提前把它写下来，这样你就能把已知的内容串联起来，并且对未知的内容也做好准备。如果你是初学者，这样做尤其重要。说到底，只对外界事件做出回应并不等同于指导一部电影。在导演一部纪录片之前，写作意味着思考，思考意味着做准备。提前思考、深思熟虑，为一部影片做好充分的准备，是制作一部睿智影片的关键。举例来说，你要拍摄一部关于19世纪60年代某场战争的电影，如果你有一个计划，并且能够按照计划行事，就能提前看到影片的大体结构。

纪录片的创意必须做到两点：纪录片要表现的内容应当符合一种合理预期；应当尽可能多地预测到可能发生的事情。举例来说，如果你要拍摄一部关于军事演习的电影，就不能预见一名炮手要被大炮车轮辗压；如果你要拍摄一部关于19世纪60年代的战争电影，就不能让战场上出现一支现代的救护小组。因此你一定要做足功课，弄清楚现实生活的情境，并且提前预测出可能会发生的未知状况。这是你能做的最好准备了。

相反，如果你要拍摄危机中的婚姻，你会面对真正的不确定性，同时还要保证电影有适当的戏剧性张力。大卫·萨瑟兰（David Sutherland）的《农民的妻子》（*The Farmer's Wife*，美国公共电视网

> **观察型电影、参与型电影**
>
> 观察型电影（observational cinema）和参与型电影（participatory cinema）表现了制作纪录片的两种哲学。前者使用摄像机观察世界，避免介入或者打扰它的拍摄对象，静静地等待有趣的事情发生，然后及时捕捉它们；后者则认为电影制作者对拍摄事件的介入以及与拍摄对象的互动是纪录片制作中一个有效环节，它们使得电影制作者能够对事件作出引导，从而发现一些未知的真相。

纪录片，1998）讲述内布拉斯加州一对夫妇争夺家庭农场的故事，他们恶化的婚姻关系中每一个新的危机都会带来很多不可预计的结果。导演一定要预测到每个可能的突发事件，并且做出相应的拍摄方案。

你可能已经了解到，纪录片制作吸引的是那些喜欢即兴展现生活的人。他们是电影制作方面的爵士音乐家，而剧情片制作者则像交响乐演奏一样按照脚本表演。但是很多故事片导演同样强调演员的即兴表演，比如英格玛·伯格曼（Ingmar Bergman）、约翰·卡索维茨（John Cassavetes）、让-吕克·戈达尔和迈克·李（Mike Leigh）等；演员的即兴表演也是很多喜剧片成功的关键，比如导演拉里·戴维（Larry David）就经常采用这种方式拍摄影片。

本章习题旨在让我们运用感情处理那些对我们而言重要的事情，进而引导我们批判性思考。以访谈为基础的电影太像电视新闻，所以大多数纪录片制作者会尽量避免"演说者脸部特写"的景别，除非受访者透露一些不寻常的秘密或者深刻的感受。现代纪录片，像胡贝特·苏佩（Hubert Sauper）的《达尔文的噩梦》（*Darwin's Nightmare*，2005），试图用影像、动作和行为讲述他们的故事，而不是简简单单对着镜头叙述出来。每种规则都有例外。埃罗尔·莫里斯（Errol Morris）的《细细的蓝线》（*The Thin Blue Line*，1988），除了它著名的还原场景的情节，还有大量访谈。但是人物、故事以及莫里斯的呈

> **阐　释**
>
> 阐释（exposition）用于交待故事的真实情况和背景信息，让观众完全了解人物、故事冲突和语境。阐释应该在故事发展的动作中自然地传达出来，避免对叙事造成干扰。

现方式极具原创力、与众不同，因而使得这部纪录片自成一体。

首先你的电影必须建立起语境或者建置信息，这个阶段称为阐释。一部关于社区商店经营失败的电影，不仅要展现出店主的窘境，还要展现他与银行经理和供应商交涉的场景，这样就展示了像他这样的小生意人必须面对的可怕的市场压力。你必须在情节的阐释上，透露出连锁超市是怎样通过牺牲员工利益和减少利润来实现商品价格的下降的。

你的任务不仅是引导观众把注意力放在故事的核心情境上，还要提供相应语境的信息，使观众保持强烈的兴趣。这意味着你要收集优质素材和同一事件的不同版本。那些很有料的场景会被拍摄下来，但是在剪辑之前，影片的内容和顺序通常都是不确定的。

人类出现种种问题是因为他们如此脆弱，承受不住内在力量和外在力量的联合压力。你不需要完整描绘这些问题——划分这些问题的类目是社会历史学家或社会学家的工作——但是如果电影情节不合乎常理、过于简单或者单纯宣扬善恶对立的意识形态，观众会本能地发现这些。然而，当你通过某个人（例如陷入困境的店主那名十几岁的儿子）的视点表现一家商店破产的过程时，如果对于这个人来说商店的破产就是一场善与恶的斗争，再加上一些他无法理解的更为复杂的压力，那么观众就完全可以通过这个简单的视角了解到他的辛酸。

就像优秀的故事片一样，当创作者着重用动作表现人物时，纪录片才会发出最强有力的声音。动作是正在发生的事情，而访谈通常是讲过去发生的事情，反映的是已经结束的事件。一个历史事件已然被

> **戏剧调查人类**
>
> 戏剧调查人类的生存状态（drama investigates the human condition）。高质量的纪录片和小说不仅仅把真实照搬出来，或者再现任何人在生活中都可以轻易看到的事情。戏剧让我们直面人类的各种困惑。但是，为这些困惑找到解决的方法，或者判断价值观的对错，不是戏剧的任务，它们是道德教育者或者传道者的任务。

> **戏剧张力**
>
> 戏剧张力（dramatic tension）是我们作为观众所感受到的不确定性以及对戏剧的预期，它也是智慧的戏剧演员促使观众对戏剧一直保持兴奋的秘诀。优秀的戏剧通过让观众了解戏剧内容、与剧情产生互动，带领观众体验剧中的矛盾冲突，从而全面调动观众的情感、评论和分析能力。

拍板定型，不会有其他可能；但是正在发生的事情，随着事件慢慢展开，则有无限的可能，扣人心弦。比如，观看两个没有水上经验的人驾着独木舟笨拙地顺湍流而下，远比事后听他们复述更为精彩。但是，如果是一个认为只要祈祷就能活下来的不可知论者在划独木舟，那么，再多的摄影操作也不能揭示他的内心活动，只能通过画外音或面谈，我们才能知道他在船上的想法。

　　制定一个计划，拍摄那些能够引导观众去观看、感受、思考的片子。要想做好这一点，你需要策划并找到相互冲突的两股力量。但是，这不就成了操纵吗？是的，就是这样。在电影制作中，操纵是不可避免的，因为如果你都不能呈现出客观的镜头，那更何况做出客观的影片。每台摄像机的位置、每一个动作的长度、剪辑中的每一个选择，这些都是主观的、人为决定的，拍摄因此被操纵。电影制作没有任何客观因素可言。

事实上，所有电影，甚至所有艺术作品，都是某种设计好的概念，旨在引导观众或者读者进行一次独特的体验。当我们坐在银幕前，我们希望通过别人的眼睛去观察世界，了解他们对世界的感受。如果矛盾冲突的双方在你的纪录片中没有正面交锋，那么你应该尽量让他们于镜头下直面彼此。比如，在你的鼓励下，已经长大成人、身怀六甲的女儿终于可以鼓起勇气，直面她的母亲。二十年前，她被暴虐的父亲赶出家门，母亲并没有给予她应有的保护，因此她至今仍耿耿于怀。现在，她将向母亲提出那个一直困扰她的问题：你当初为什么没有介入此事，为什么没有试着挽救我？

还有一个棘手的伦理方面的问题，解决它能为你的电影注入现实的质感。你需要展现出（而不是用言语讲出）是什么让一个理性人物走向你电影中的结局，与此同时你也要避免让自己看起来像个喋喋不休谈论因果循环的传道者。因此，明智的做法是，你可以将自己苦苦思考而不得的问题尽可能推迟解答，仅在银幕上呈现分歧和矛盾。理想情况下，你的观众会根据已知的内容得出自己的结论。（参见使用拖延法）

关于本章改编制作一部纪录片，我们的目标是：

- 找到一则真实的新闻报道，或者和你选择的主题能够产生共鸣的事件；
- 把你找到的真实事件改编成银幕故事，要与你自己的意志和兴趣相一致。

使用拖延法

使用拖延法（the uses of delay）。悬疑小说之父——威尔基·柯林斯（Wilkie Collins）主张通过在故事叙述过程中使用拖延的方法来吸引读者的注意力。"他们笑也罢，哭也罢，一定要让他们等。"这对任何类型的叙事都是一条很好的建议。

从你收藏的新闻剪报里选择一个事件以发展你的纪录片主题，要求如下：

- 事件可以被改编成一个30到60分钟的纪录片；
- 事件应该包括潜在发展的情节和不断改变的人物，使电影不只是静态的阐述和不变的情境；
- 事件要引导你的观众关注现实世界中有意义的事情。（这样做意味着以某种迷人的、令人不安的、恼人的、可怕的、有趣的、引人入胜的——随你怎样命名的——方式使观众参与其中。）

当你讨论纪录片的主题时，考虑下面的内容：

- 你讲述的主题是什么？要向观众展示生活的哪个角落？哪些因素能够保证你的主题是有趣的、有意义的？
- 故事的视点人物是谁？
- 主要人物面临的核心冲突是什么？
- 电影中的人物是否要面临两股相反的力量，进而形成某种对抗？
- 主要人物是否可能或者期望得到某种发展？
- 你认为电影是否形成某种非常有特色的风格？
- 电影是否真诚地展示或者倾诉？
- 你认为电影会对普通观众产生什么影响？

很多纪录片都是传记形式的，因此整个片子是由人物驱动的。人物在生活中总会遇到一些问题、困惑，而这些又是他们的性格造成的。仔细观察生活中的人物如何克服障碍、努力实现人生目标，这是探讨性格和命运关系的一种极好的办法。事实上，通过摄像机记录的演员的表演，你可以深切地体会到自己在生活中面临的最大难题，而不用真的把自己暴露在镜头前面。

除了人物驱动型纪录片，还有下列其他种类：

> **性格决定命运**
>
> "性格决定命运"（character is fate）。我们基于自身的经验和气质不断作出选择，最后铸就了我们的命运。当你在塑造人物或者在现实生活中观察、思考某个人时，一定要问自己：
> - 人物在短期或者长期想要获得什么、做什么事情？
> - 每个案例中，是什么在阻止人物实现其目标？
> - 人物对障碍做出什么回应？

- 事件驱动型纪录片，记录一个事件及其对特定人物的影响；
- 日记式纪录片，这种情况下摄像机就相当于记事本；
- 论文式纪录片，完成的是照片或者书面论文的工作；
- 历史纪录片；
- 旅行见闻纪录片；
- 旅程或者过程纪录片；
- 反思型纪录片（reflexive documentary），这种纪录片对电影制作本身或者电影制作者的构思过程进行反思；
- 伪纪录片（fake documentary），也称作假纪录片（mockumentary），这种纪录片经常用于针砭时弊，讽刺那些陈词滥调或一本正经的人和事。

每个人都有自己想要表达的东西，都有自己喜欢的表现形式。以上提到的有些纪录片种类会在下面的习题里遇到，这些习题要求你制作出简单的纪录片，而不仅仅只是撰写纪录片创意。

习 题

习题17-1：纪录片主题

当你写作纪录片时，应该做到下面的要求：

- 简要概括故事的背景或情境；
- 描述你的主要人物（一个或多个）及其面临的主要难题；
- 让你的电影重点关注、放大某一个事件，这个事件可以很小，但是非常重要；
- 避免新手常犯的错误，不要把你能想到的所有生活经验都放进电影里；
- 阐释电影的故事架构，通常你需要：

  考虑如何处理电影的时间进程；

  决定是否以主角作为视点人物，或者是否有其他合适的人物可以作为视点人物。
- 描述在拍摄、执导、访问过程中可能要用到的特殊方法，以及用来表现主题的某种特殊的剪辑技巧。

习题17-2：简单的有画外音的个人题材纪录片

为了拍摄一部5—10分钟短片，需要先针对某个特殊事件拍摄一组照片，或者使用别人拍摄的一组照片，然后：

（1）让某个人尽可能详细地采访你，以确立短片需要表现的事件以及它对你的意义。同样地，你也可以用相同的方式采访某个在场的人——短片中的事件对他/她来说也很重要。

（2）转录采访视频。复制一份，在上面作标记，然后使用简单的视频剪辑软件，按照时间顺序把它剪辑为精简的线性序列。注意受访人说话时的自然节奏，插入一些能够阐释受访人以及照片内容的材料。

（3）为每张照片拍摄录像，让摄像机接近被摄照片以拍摄照片的局部细节。这样每个照片可以得到五六个镜头。

（4）使用简单的视频剪辑软件，把静态的照片和口头录音剪辑到一起。如果同时收录到受访人说话的画面以及说话的音频，只保留音频，把全部视觉元素换成静止的照片。

习题17-3：简单的有画外音的历史题材纪录片

和习题17-2几乎一样，但这次需要你从某本杂志或者摄影集里找出关于某个特殊历史事件的一组照片，然后拍摄下来。像2004年海啸、油轮沉没、土耳其或者伊朗地震等自然灾害都可以成为你选择的主题。从照片里找到一个合适的人，你可以以他/她的口吻以第一人称叙事。研究他们和事件可能有什么关系、他们的处境如何、他们的感受如何。比如，你选择的主角可以是在被摧毁的街道上露营的年轻男孩，或者是刚刚被人从海里救出的浑身青紫的妇女，仍然在不顾一切地寻找她的家人。

注意，这些电影的制作只能作为你的个人练习，你不能未经授权使用任何一位摄影师的作品进行公开展示。

针对习题17-1的示例

示例：安杰拉·加林

蒂米·B——10岁，讨厌去学校。因为他频繁逃课，父母不得不带他去看心理医生，医生给他开了百优解（Prozac，一种治疗精神抑郁的药物）进行治疗。起初，蒂米对药物的反应是正常的。直到医生给他增加了药量，蒂米才开始出现强烈的情绪波动。蒂米的妈妈辛迪在后来的法庭听证会上说道："他有时会突然变得很愤怒，冲你怒吼。但是几分钟以后，他又百般体贴，拥抱你，甚至不记得自己刚才发过那么大的火。"

蒂米服用百优解几周后的一天，这个四年级的小孩竟然抓起他3岁的侄女做人肉盾牌，用一把12毫米口径的猎枪指着副警长，大声喊道："我宁愿向你开枪也不去学校。"随后，不出所料，蒂米的律师把蒂米的反常行为归罪于抗抑郁药。

蒂米的案子是第一个关于儿童服用百优解的已知案例。百优解还没有被证实在任何条件下给儿童服用都是安全的，它的标签上声称，百优解对于儿童治疗的安全性和有效性尚未被确认。但是在实际情况中，56%抑郁倾向的儿童都是用百优解进行治疗的，因为它已被证实对成人有效。

"事故发生时，蒂米·B仍然处于抗抑郁药物的影响期。"蒂米的律师提到。百优解是世界上销量最大的抗抑郁药，每年销售额超过10亿美元。虽然百优解很成功，但是也有人认为它会导致抑郁症患者强烈的情绪波动和自杀倾向。

这个故事特别吸引我是因为它牵涉到一个明显失衡的家庭以及百优解的谜团。我一直非常害怕使用百优解，因为我曾经仔细研究过我认识的人在服用它以后的反应，观察他服用前、服用时、服用后分别是什么样子的。对于这个案子，我尤其感兴趣，因为它影响了一个孩子的生活和心理。蒂米举枪的决定不是他愿意做出的，但是却毁了他一辈子的生活。

这部电影将首先专注蒂米、他的父母、他产生厌学心理以前的生活状况和去看心理医生以前的情况，然后电影会关注蒂米采用百优解治疗时的情况以及持枪事件本身。我想进一步探寻审判将会对蒂米产生什么样的后果，以及事件平静下来后他的生活情况。我只关注蒂米的生活状况，这将构成整部电影的核心。

通过呈现蒂米过去和现在的生活方式，我可以传递出蒂米真切的、独特的生活经历。电影的叙事结构将取决于我的采访得到的反馈——蒂米的、蒂米所在社区的、法院案件参与者的。这些人将在电影中起到非常重要的作用，但是我的目标是尽可能减少表现外部世界，集中精力挖掘蒂米在药物影响下的心理状态。

我以前从来没有做过纪录片，因此在全身心投入此项目之前将会做大量准备工作。乍看起来,这个故事似乎可以自然而然呈现出来,但我认为这是纪录片制作者一种常见的错觉。采访其实是一件很有讲究的事情,它需要你和受访者建立起一种非常亲密的关系。如果条件允许,我希望尽可能花费更多时间和蒂米相处,这样可以让他在接受采访时尽量放松、敞开心扉。

我对于抗抑郁药物的道德判断非常简单——它们是危险的、不必要的,这将是电影的道德价值所在。我对这个主题充满热情并坚定不移。按照我的理解,随着故事逐渐深入,电影应该在其参与者身上传递出一种积极的信息,并且我希望能和这个家庭有进一步的沟通、合作。我比较排斥纪录片中出现过于消极的表达,我将不惜一切代价避免这样的情况发生。

安杰拉说:"乍看起来,这个故事似乎可以自然而然呈现出来,但我认为这是纪录片制作者一种常见的错觉。"确实是这样。但是她的策略相当实用,包括把纪录片分成三个部分,如同经典的三幕式戏剧结构:

(1)背景故事和阐释。即男孩在使用药物之前的生活状况、逐渐形成的学校恐惧症——这是他需要接受治疗的原因。
(2)出现更大的冲突斗争。当他开始服用药物以后,原本的小问题反而变得更加糟糕。他的问题从单纯的学校恐惧症演变成强烈的情绪波动以及暴力倾向。故事的戏剧性在人质劫持事件中得到增强,在激烈交锋的法庭上达到高潮。
(3)故事的解决。这是唯一发生在当下的部分。这一部分展示了男孩的负面形象和恶名对他日常生活产生的影响。由此引发了一项疑问:这种药物是否应该被大众服用,更不用说是儿童了。

这部纪录片的主角处于一种失常的状态,第三幕以前他可能拒绝承认自己有任何问题。那到底是什么冲突使得这部纪录片充满戏剧性呢？那就是存在于蒂米和其他人之间的冲突。它可能存在于蒂米的医生身上，他贸然地将一种尚未证实完全安全的药物给孩子使用；也可能存在于蒂米的父母身上，他们太过粗心，不应该轻易相信这样一位专家。我们也可以根据纪录片的需要在这三种视角中切换，以达到最佳的效果。无论蒂米事件最后如何解决，其影响是深远的，并且超越了蒂米这一个案。考虑下面的问题：

- 患者和他的家庭有多么绝望，才会同意医生用冒险的方案治疗自己的孩子？毕竟，像艾滋病患者，需要痛苦地等待食品药品监督管理局（Food and Drug Administration）漫长的药物检验程序。
- 我们应该什么时候相信专家，什么时候不相信？在声名狼藉的塔斯基吉梅毒实验（Tuskegee syphilis experiment）中，可怜的南方黑人农民被美国公共卫生署（U. S. Public Health Service）当做试验品研究了长达40年，他们从未被告知自己患有梅毒、从未被提供任何治疗。这种残忍的种族迫害几乎可以匹敌纳粹医学实验，这也可能提示了为什么非裔美国人在寻求医疗帮助时，总是被无视、被耽搁。

安杰拉制作这部纪录片的坚定信念，源于她受到了那些创伤的刺激。为了避免电影过于片面、过分简单，我建议安杰拉把那些曾经受到药物帮助的案例也包括进去，就像那些受到药物伤害的案例一样。基于患者和环境的不同，每一种药物都有一定的副作用，都可能成为一份礼物或是诅咒。

深入探索

如果你需要制作一部纪录片或者纪录情节剧，下面是一些更深入的指南。

比尔·尼科尔斯（Bill Nichols）:《纪录片导论》(*Introduction to Documentary*)。这本书主要讲述纪录片的伦理道德问题、作为类型电影的纪录片、世界范围内纪录片的历史和重要作品、怎样为纪录片写作等内容。

迈克尔·拉毕格:《纪录片创作完全手册》。这本书讲述纪录片的历史、发展前景、拍摄练习、纪录片教育以及如何规划纪录片创作者的职业生涯。书中详细解析了纪录片拍摄的各个程序，分析了很多概念上或者美学上的困境，助你排除障碍，完成电影。书中还附有海量参考书目。

艾伦·罗森塔尔:《纪录情节剧写作》(*Writing Docudrama: Dramatizing Reality for Film and TV*)。这本书专门讲述了纪录情节剧这种混合影像形式的问题和优势。它从概念到操作，全面、务实地讲述了纪录情节剧写作的方方面面。其中一章讲述了把现实和虚构结合起来时需要注意的责任问题。

艾伦·罗森塔尔:《为什么是纪录情节剧？》。该书是一本论文集，讲述纪录情节剧的历史、实践和可能会面临的问题。

艾伦·罗森塔尔:《纪录片编导与制作》。作者罗森塔尔在电视新闻制作方面经验丰富，在这本书里面他强调了拍摄之前写作的重要性。

Chapter 18
三十分钟原创故事短片

Thirty–Minute Original Fiction

制作短片对于锻炼创作能力而言是简而有效的方法，因为情节、人物、情境、风格以及主题等这些长片必备的要素，短片同样不可或缺。下面列举三部经典短片作品，以打消你对此观点的疑虑。诺曼·麦克拉伦（Norman McClaren）的经典怪异动画电影《邻居》（Neighbours，1952，加拿大）讲述了如下故事：两位邻居在邻近的两个院子里交谈，他们发现了一朵在栅栏边界开放的花，便为花的归属争夺得不可开交。在电影《猫头鹰桥事件》中，罗伯特·恩里科以美国内战为背景，成功地改编了安布罗斯·比尔斯（Ambrose Bierce）的原著，其影响存留至今。通过"逃离"的视角，观众足可以感受到剧中被指控之人身处濒死边缘而求生不得的辛酸。克里斯·马克（Chris Marker）的作品《堤》（La jetée，1962，法国），全片很大篇幅采用剧照，展现了第三次世界大战之后，时空旅行者将要面对的荒凉而灵异的地下世界。

一直以来，优秀的短片鲜见于世，尽管这对于职业导演或是作家来说都是通往成功的快车道。短片制作者需要精练的、攫取人心的东西作为作者视点以揭示人类的处境，这一点和长片完全共通。它可以

> **作者视点**
>
> 作者视点（authorial point of view），是作者（或电影导演）对于作品中的人物和事件的独有观点。一个清晰有力的作者视点会赋予作品个性、紧迫度和生命力。

全面考验你的能力，有如散文写作时需放一首精练的诗歌。

短片和短篇故事类似，通常需要：

- 在特定背景下快速而经济地设定一个主角；
- 表现主角正在努力获得某物、做某事或者完成某项目标；
- 把主角推向某种困境，促使他必须采取行动；
- 聚焦于主角如何解决他/她面临的问题；
- 通过主角处理困境的方式，凸显他/她的处境、弱点和能力；
- 确保观众或主角在故事的发展中有所收获、有所成长；庆幸的是，并非所有故事都是为了表现胜利者。

上述要点并不是某种必须遵循的特定公式，因为短片还可以由情节推动，或者可能由情绪、特殊事件或其他重点形成影片的叙事主干。然而以上总结的这些要点展示了如何能够在有限时间内有效地讲述故事。

为什么这些要点如此有效？我认为就在于故事像是一场关于主人公的仪式，他/她吸引着我们，赢得我们的关注和共鸣。观众希望主人公以喜剧收场，但主人公的结局往往不尽完美——不过观众仍可从中获得满足。我们都明白，生活有如赌局，悲剧往往比喜剧更接近真实。真实的事物哪怕是悲剧，其本身也是美好的。究其原因，它隐藏着人类亘古不变的需求，正如迈克尔·罗默所言：

> 故事（或神话）和宗教仪式的关系不断被提及并引发争论。

宗教仪式和故事一样，为我们提供一处安全场所，我们可以在其中膜拜神圣或"真相"、承认自身的无知和局限、卸下武器和防御、放弃无谓的控制、宽恕他人也求得原谅。宗教仪式和故事也都把普遍性与特殊性结合。更有趣的是，现实生活中人们深藏的恐惧、失败和脆弱让人与人产生隔阂，然而它们又在宗教仪式中把人们重新聚集在一起，就像悲剧故事或喜剧故事所表现的那样。[1]

故事经常会唤起我们在生活中遇到的令人困扰的东西——道德的冲突、欲望的挣扎、与自然力量的对抗等，反过来故事又帮助我们和这些困扰共存。

在构思短片的过程中我们要考虑：

- 你打从心底里觉得这个故事怎么样？
- 故事属于什么类型？
- 它探讨的是哪种道德力量？是如何在影片中具体呈现的？
- 在故事的世界里，主角代表着什么？
- 主角面临的风险足够大吗？随后的故事发展中你会发现，在不损害故事真实性的前提下，风险可以大大地加强。
- 故事的危机是什么？你对它有何看法？
- 人物有任何改变、发展吗？如果有，这种改变、发展是否可信，是否让人满意？
- 你认为故事的原创力怎么样？
- 你认为故事的整体影响怎么样？

---

[1] 迈克尔·罗默：《讲故事：后现代主义和失效的传统叙事》，罗曼和利特尔菲尔德出版公司（Lanhan，MD：Rowman & Littlefield）出版，1995年，第7章，第89页。——编注

习 题

习题18-1：三十分钟原创故事短片的情节大纲

围绕影片中的一个人物编写一部原创故事片的情节大纲，要引导观众弄明白他/她的主观视点，但并不要求观众赞成或者喜欢这一角色。把故事建立在你深入观察过或者体验过的事情上，避免虚构让你觉得有困难的内容，否则你的重心会转移去解决这些未知的问题，这会让观众对故事的真实性产生怀疑。你的情节大纲需要包括：

- 概括出故事的分场大纲；
- 故事的目标和意义；
- 一份镜头清单以及它们的预估时长。可以通过自己表演每个镜头来预估时长，把每个镜头用影像表达出来，同时也要注意周围的动静（否则你被观光车拉走了都没发觉就糟了）。

习题18-2：基于一张图片创作一部三十分钟原创故事短片

用你收集的一张或几张图片启发你的灵感，其他要求遵循习题18-1。你可以回忆一下第五章提及的英国小说家约翰·福尔斯受到一张图片的激发创作了两部小说的例子。

习题18-3：基于CLOSAT游戏创作一部三十分钟原创故事短片

用第三章讲述的CLOSAT游戏启发你的灵感，或者使用CLOSAT观察法收集到的素材作为故事元素，其他要求遵循习题18-1。

针对习题18-1的示例

示例1：三十分钟原创故事短片的创意（迈克尔·汉图拉）

分场大纲 今天是一家企业的总裁被强制退休的日子，这家企业规模很大，但是没有什么名气。很多人——尤其是那一群副总裁——正跃跃欲试地想要从中捞到点好处，然而总裁拒绝配合，他早就把办公室建成了一座堡垒，把一切可能的入侵者都挡在外面，放倒一切试图取代他位置的人。这些普通员工——入侵者，总是试图登上高位，将总裁的地位据为己有。然而，他们每次不是被伤得够呛，就是被废掉了。就这样，副总裁手下的秘书、助理甚至是连送咖啡的人都没有了。在彻底放弃以前，他们想起了一个孩子，在地下室管理邮件的法拉戈。

他们递了封信给法拉戈，告诉他大家急需他的帮助，要是帮忙的话，他就能得到梦寐以求的升职。法拉戈冲进总部大楼的大堂，副总裁和各个部门的负责人已经在这里搭建了他们的总部。桌子都被放倒，面对远处墙壁的一排电梯门构成了一道防线。人们都在四处走动，翻阅报告，绘制地图和作战计划。

首席副总裁简要地给法拉戈介绍了形势，告诉他总裁的邪恶企图和把他赶下台的必要性。这时，"哔"的一声电梯门打开了，每个人都迅速趴下，藏到了桌子后面。一个秘书手脚并用地爬出电梯。很多人都冲过去帮助他，很明显他死于一种情况不明的伤病。他撑着最后一口气报出了总裁最后的位置，并警告说想夺取总裁的堡垒是不可能的。法拉戈感到十分沮丧。然而，首席副总裁又一次提醒他晋升的机会。法拉戈还是同意执行任务，拿起装备和地图，乘着电梯向楼顶进发了。

在电梯里，法拉戈想象着晋升给他带来的权力和尊荣，他会因打倒总裁而受到其他员工的拥戴。他来到顶层，从电梯里走出来，首先看到的是许多令人目眩的办公室小隔间。他在这迷宫般的地方奔来走去，好多次跑进死胡同，周围满是死去的敌人和阻碍他的陷阱。

在前进的路上，他遭遇了总裁的保安。他们扭打在一起，不久，保安就占了上风。法拉戈好不容易从保安那里逃脱了，潜回迷宫，在一个陷阱前面停了下来，躲在旁边的走廊里避难。快速追赶他的保安也跑到拐角处，仍未减速，一下子跌落进陷阱。当法拉戈走过去准备结果保安的性命时，竟然发现那位保安就是他自己。他下不去手，保安乞求他帮助总裁——夸赞总裁的种种好处，咒骂那些篡权者。随后保安死去。法拉戈感到很困惑，疑惑中他穿过那些隔间，搜索他的目标。最终，他在一间办公室找到了他的目标。总裁此刻正望向窗外。他察觉到法拉戈的到来，却没有采取任何行动。

总裁明白法拉戈的来意，请求在他离世以后，要有人好好照料公司。总裁讲述了他最初对公司的美好愿景，以及多么想为公司多做一些好事。但是当他实施的时候，员工们却激烈地反对，试图把他赶下台。带着这些高尚愿望的总裁竟然被员工们称作"人民公敌"。法拉戈环视这间屋子，里面摆满了各式各样的奖杯、慈善机构的感谢信和其他种种"善举"的纪念。此刻，副总裁和那位保安的话语同时在他脑中回响。总裁很清楚他们给法拉戈开出的条件，也认为这是他获得晋升的最好途径。然而，法拉戈对晋升的热望却渐渐被忧虑所取代，他害怕晋升带来的权力会让他变成职员那类人。他走向总裁，卸下武器。

总部大楼里，许多员工都在焦急地等待，还有一些正处于巨大的骚动中（与其他公司谈条件，向他们许诺总裁一定会被赶下台）。电梯从顶层缓缓地下降，控制室里的钢索也随之越拉越紧。片刻之后，电梯到达底层。铃声响起，门一下子弹开，法拉戈和总裁一起冲了出来。

故事的目标和意义　　这个故事是关于权力的堕落和向善的抗争。法拉戈渴望晋升，准备付出任何条件来达到他的目的。他开始被员工们的许诺所操纵。在他行动的时候，遇到了那位保安，开始思考自己的所作所为。当他面对总裁，才发现那个人与其他人并没有多大不同，并非像其他员工口中那样十恶不赦。法拉戈为民除害的冲动消失了，他看到总裁身上拥有更多道德光辉。然而，他知道帮助总裁意味着失去晋升的机会。他面临的最大抉择，变成是获取职位提升还是做一个好人。最终他站在了总裁的一边，和他一起进行一场未知结果的战斗。

段落清单

（1）用蒙太奇照片的形式展现大堂里的行动。使用画外音和其他音效介绍背景故事（在此之前试图除掉总裁的行动、员工们召唤法拉戈的决定）——45秒。

（2）法拉戈坐在杂乱的信件堆中，努力工作。一封信从他上方掉落下来，信里面写着让他上楼见副总裁，谈谈晋升的事情——45秒。

（3）法拉戈进入总部大堂，由其他员工简要地介绍了目前的情况。他目睹了失败的行动，随后同意出发，被送上电梯——4分钟。

（4）法拉戈在电梯里想象光辉的前景。电梯到达顶层，法拉戈从想象中惊醒过来——30秒。

（5）法拉戈看到眼前的迷宫，开始前进。碰到死胡同，看到死去的秘书和种种陷阱——2分钟。

（6）法拉戈遇到保安，搏斗、逃跑、躲藏；保安受伤，法拉戈与他交谈，然后继续行动——3分钟。

（7）法拉戈发现总裁，进入办公室。总裁讲述故事。法拉戈面临抉择，作出决定——4分钟。

（8）法拉戈和总裁回到大堂，人群震惊，开始战斗——1分钟。

预计时间　16分钟

这是一部出色的蒙提·派森式（Monty Pythonesque）喜剧，然而再优秀的喜剧也需要遵循戏剧标准。任何类型，无论是闹剧、黑色喜剧、

> **类　型**
>
> 　　每一种类型（genre）都有它的固定形式，对创作者而言，既是便利，也是约束。固定的类型可以迅速和观众建立起联系，也可能使作品失去悬念。任何优秀的作品都会颠覆所属的类型，突破标准，这样可以建立起每个故事所需要的紧张感。

神经喜剧、历史剧、伙伴电影还是惊悚片，都要伴随观众的心理预期。艺术家们可以利用同时也可以颠覆这种预期。

　　尽管有些镜头长度会超出迈克尔的预期，但整个故事还是达不到30分钟的长度。仅仅从这一点来说，毫无疑问还需要进一步拓展故事情节。故事开始时的情景（员工们被一个一个派上去谋杀总裁）过于重要，并且过于喜剧化了。这样的设定不符合"故事背景"的定义。也许我们可以选择一个更早的阶段来展开故事，比如当我们的英雄还是地下室里的小人物的时候。

　　以这个角度继续审视，我们似乎可以察觉到一些故事元素的缺失。当我们把这个故事与那些相似的传奇、历史或神话进行比较时，我们会意识到它还有更多潜力可以挖掘。在迈克尔的故事里，公司就像一个王国，总裁就是国王，迷宫般的大楼是他的城堡。国王被包围了，马上就要被他的爵爷们废黜，这是正史甚至是商业报纸里熟知的情境——一位领导者，随着年龄、伤病、腐败和致命的错误等原因，在权力的宝座上受到排挤。野心勃勃的下属们把自己推向高位，整个组织变得不再稳固。而领导者如此眷恋他的权力，不肯下台。他被围困在大楼高处，与世隔离，下属们甚至不知道他的存在。现在他们只想从他手中夺取权力。

　　法拉戈好比民间传说里地位低下的帮工。他被选去执行任务，仅仅是因为其他人都失败了，而且他看起来头脑简单。这也符合法拉戈自己的愿望——一次巨大的飞跃，而不用一点点地攀爬。法拉戈的行为是有动机的，但并不明确；他或许是天真，或许和那些把下属派去送死的狡猾副总裁一样怀抱着投机心理。法拉戈的道德不确定性提升了故事的悬念，这一点作者还有更多文章可做。作为一个没有道德感可言的平常人，法拉戈并不配获得胜利，所以故事越向前发展，累积的悬念就越多，结尾的戏剧化效果就越强。

当法拉戈看到奖赏在向他招手时，他冲入了布满陷阱和死尸的迷宫。他遇到了每个像样子的迷宫都不会缺少的守卫者——化作保安形状的米诺陶洛斯（Minotaur，希腊神话中著名的半人半牛怪物）。经过对法拉戈运气、毅力和机智的考验，他必须战胜守卫，从而进入最后的密室。在通过这层考验的过程中，他获取了一条信息——总裁其实是个好人。他好像轻信了这一说法。这个安排是有问题的，它削弱了故事的紧张感。法拉戈应该怀疑这条信息的真实性，因为他可能会被引入圈套。另外一个严重的问题就是"他自己"的出现。如果这个镜像能融入整个故事就会很有趣，但在后面的故事里，这一情节没有得到发展，也没有再次加以利用（例如，法拉戈可以发现总裁也是他自己）。这个单独出现的镜像令人困惑，和整个故事并不搭配，所以我建议删除它。相反，我们也可以保留这一场戏，让死去的保安把法拉戈引入最后的陷阱。

保安是一个"变形者"，他从法拉戈的敌人变成了善意的帮手。反过来说，他也可以先给法拉戈提供帮助，后来却让他落入陷阱，这也可以是一种"变形者"类型。为了保持故事的紧张感，我们可以采用后一种方法，让法拉戈相信他，然后暗示最后的密室是个致命陷阱。为了进一步提高故事的紧张感，应该在法拉戈的一路上设置一些非常危险的局面，就像《绿野仙踪》中多萝西和她的朋友们在进入奥兹魔法师幽灵城堡以前经历的诸多危险状况。总裁没有对法拉戈设防，这也可以是增加悬念的意外事件。当总裁宣称自己是好人的时候，法拉戈起初应该不相信他。为了吊起观众的胃口，他可以质问总裁，引出总裁与下属对峙的缘由，或者质问他拒绝辞职的原因。就像浮士德①（Faust）和魔鬼争论一样，法拉戈不断说服自己，总裁是被大家误解的。当法拉戈相信这一点的时候，他是否处于更危险的境地？在迈克尔安排的结尾里，法拉戈和被围困的总裁计划一起冲出电梯。法拉戈的最终选择应该在电梯门打开的瞬间揭晓，这样才能够始终保持故事的活力。但是这一结局有些怪异。实际上这对伙伴最后会怎样呢？如果寡不敌众，他们会在邦妮和克莱德②式的枪战中死去吗？也许其后，总裁会暴露他的邪恶本质，抓住无辜的法拉戈用作人体盾牌，在夕阳下成功逃亡。

假设他们的伙伴关系是真实的，动机是良好的，那么他们必须用智谋战胜那些副总裁，让公司重归正义。通常，搞笑喜剧的结局是皆大欢喜的，但是这个故事的开放式结尾留给我们一些疑问：如何延续一个好人在总裁位置上的在任时间，还能让他受到人们的爱戴？他是否忏悔与赎罪，以证明自己学到了某些道理？他绝对不能假装这一切都没发生过。

如果员工们可以接受旧秩序回归，那么在这个故事里他们需要更不确定的道德立场。这很困难，因为那些顺从的低级员工已经被杀光了，剩下的只是贪婪的中层管理者。好人都被杀光了，还能和剩下的坏人谈得通，这样的故事是不足信的。现实生活很少会这样，哪怕在喜剧里也从来不会。

另外一种可能出现的结局是法拉戈和总裁策划了一场逃脱，在夕阳中脱身，在别的地方重新开了一家公司。这是喜剧常见的幸福结局（令人遗憾的是，公司里的恶棍们总是能够得到善终），但是它违背了故事的中心假设，即公司是一个你死我活的封闭空间。

---

① 《浮士德》（*Faust*, 1832），德国著名作家歌德（Goethe）的代表作之一。——编注
② 《邦妮和克莱德》（*Bonnie and Clyde*, 1967），阿瑟·佩恩（Arthur Penn）导演的电影作品。影片讲述了20世纪30年代美国经济大萧条时期一对雌雄大盗的故事。——编注

总体上来说，如果处理得当的话，法拉戈短暂的英雄之旅——从地下室到顶层，再回到大堂——是说得通的。他在迷宫里东奔西走这一段落需要强化，死去的保安这一角色应该具有更多重含义。总裁办公室里的终极考验需要更多层次、紧张和悬疑——尤其在最后关头，总裁除了善意以外毫无表现。大堂里最后这一场戏需要重新书写。

我的建议仅仅是发展这个故事的几种可能性，请注意，这只是一家之言。他人或许对故事的发展有其他建议。然而任何评论家都会建议把法拉戈置入更危险的境地，让他面临更多竞争和障碍，处理更困难的选择。

上述诸多建议已经可以让故事得以深入发展了，超过要求的30分钟长度应该不成问题。

示例2："本尼迪克特蛋"（"Eggs Benedict"），米歇尔·阿诺夫

故事梗概 "本尼迪克特蛋"是关于一个穷学生梅格·本尼迪克特（Meg Benedict）的悲喜剧故事。在严峻的财务困境中，她前往生育中心捐出了一枚卵子，从银行换了笔钱。

一对无法受孕的年轻夫妇凯文（Kevin）和玛丽·多诺万（Mary Donovan）前往生育中心选择人工授精，他们用了梅格的卵子。之后两年的日子还不错，直到玛丽在一场悲剧的车祸中不幸身亡。凯文被彻底击垮了。在家庭和朋友爱的鼓励下，他渐渐走出了悲伤。三年之后，凯文着迷于找到孩子生母这一想法。他开始行动了。他通过各种渠道找到了梅格。她单身、迷人，对新闻事业以外的事物毫无兴趣。凯文起初对梅格并无感情，直到遇到了她，他开始受到感情和欲望的考验。在疑惑和担忧中，他开始追求梅格。了解凯文的最初动机后，梅格感到震惊和困惑，但最后她还是被这对父子深深吸引。接下来发生的事，就不言而喻了……

故事的目标和意义 故事隐含的目标和意义是命运与生死

轮回的观念。尽管玛丽的死是悲剧的，但孩子的出生以及梅格和凯文的相逢是不可避免的。他们随后的相遇并不是偶然的，而是命中注定的，这种宿命般的安排也让我们明白"因祸得福"的道理。

段落清单

（1）内景，梅格的公寓：梅格满是忧虑，她从杂志上找到了生育中心和捐助卵子的文章——7分钟。

（2）外景，生育中心外：梅格迟疑着是否进去——2分钟。

（3）内景，生育中心内：梅格离开的时候，玛丽和凯文从她身边走过，然而他们都没注意到对方——2分钟。

（两年后）

（4）玛丽离开房间——1分钟。

（5）玛丽遭遇车祸——1分钟。

（6）内景，凯文的房间：凯文沉浸在悲痛之中——2分钟。

（7）内景，梅格办公室：梅格接到一个电话，是关于一篇好故事的线索——2分钟。

（8）外景，咖啡馆外面：梅格和凯文会面——3分钟。

（9）外景，蒙太奇段落：凯文和梅格在城市里一起散步、吃饭、兜风——6分钟。

（10）内景，凯文房间：凯文给梅格写信——2分钟。

（11）外景，梅格家门前：凯文到来，梅格满怀爱意地迎接他——2分钟。

预计时间　30分钟

这也是一部喜剧。内容有些简略，尤其是段落清单。米歇尔遗漏了关于婴儿的重要内容。但这个故事是很有潜质的。就米歇尔对故事蕴含的哲思所作的感人注解来看，喜剧形式是这则故事的理想载体。

她说道,生命是轮回的,命运也是大体公平的:失之东隅,收之桑榆——反之亦然。

米歇尔有意使故事成为悲喜剧,她很早就去掉了故事的一个主人公。我对此稍有想法。这样的安排过于巧合,而且给男主人公过重的压力。从类型这个角度看也存在问题,在浪漫喜剧里安排一场死亡的戏是有风险的,尽管这并不是没有出现过。乔治在《宋飞正传》[1]（*Seinfeld*）中不小心杀害了他的未婚妻,观众觉得很搞笑,这种反应是建立在观众对整部连续剧的忠诚和期待上的。

故事能用更温和的方式实现同样的结果么?比如故事开端让玛丽对婚姻表现得心猿意马,她可能会回到旧爱身边,留下怀抱着婴儿、试图拯救婚姻的凯文。我们可以淡化玛丽这个角色的退出而不采取死亡的方式,这样可以使剧情的转换显得不那么突兀。现在凯文可以名正言顺地给孩子找一个母亲来补偿玛丽的出走了。在这个时刻,如果还想让观众继续喜欢凯文的话,他的行动必须显得可信。如果玛丽真的死去,按常理凯文应该要经历完整的库伯勒-罗丝（Kübler-Ross）"痛苦五部曲"。这会阻碍故事主旨（父亲为自己的孩子寻找生母）的呈现,并且缺乏喜剧色彩。所以我建议安排玛丽逃脱婚姻而不是死去。

故事剩余的部分没有太棘手的问题,只不过是讲述追求者的花招罢了——凯文努力争取主动,用魅力和智慧展开追求,当然还有他的孩子作为秘密武器。

故事的中心是如何考验梅格。梅格作为独立的女权主义者,她的自我认知与做母亲的原始本能有所冲突。在最终选择到来之前,她必须在理性和情感、事业和孩子之间权衡一番。游戏规则是什么?除非她接受凯文这个父亲和她将来在家庭里要承担的角色,否则她不能拥有这个孩子。

---

[1]《宋飞正传》,美国NBC电视台播放的经典情景喜剧。——编注

我们现在清楚故事将怎样发展了，可以把它分段，看看还需要补充哪些东西：

第一幕 第一阶段我们给主角们施压，通过他们对困境的应对来展示他们的性格。梅格需要在经济困难的情况下生活下去以实现她的职业理想。我们知道这对她很重要，因为她表现得很极端——卖掉身体的一部分。凯文和玛丽需要一个孩子。但是，如果玛丽离开的话，凯文就成为了单身父亲。他首要的需求是找一个共同抚养孩子的伴侣，这驱使他去寻找孩子的生母。

第二幕 凯文面临的问题很清楚了，影片可以试图交换性别的身份特征，让他变成一个单纯为孩子而组建家庭的"母亲"角色。凯文必须努力把梅格拉进来，而梅格必须激烈地反对，这就是作品的亮点。尽管我们都可以预料到结局，但作者必须尽可能把悬念留得久一点。怎么做呢？梅格或许正忙于她职业生涯里的最好作品，前途一片光明；凯文隐藏着孩子的真相，担心这会让梅格疏远她，事实上这恰恰是他最好的武器。在写作梅格的故事时，可以通过表达强烈的女权主义原

每个故事都有自己的需求和特性

每个故事都有自己的需求和特性（every story has its own needs and identity）。明确知道情节发展以前，故事可能就已经诞生了。不断完善和权衡故事正是作者独享的乐趣。你可以通过不断提出"也许……"来实现你的目的。

情 节

情节（plot）就像一个容器，塑造每个事件。章节构成连贯的因果关系，主人公在其中遭遇必须克服的阻碍。这需要大量工作，以使故事连贯地发展到最后。

> **意志力**
>
> 意志力（will power）是推动戏剧向前发展的重要因素，无论是悲剧、喜剧还是其他类型。大多数的故事都会关注主角的主观意志，让他们战胜困难来获得对他们重要的东西。

则和观念，使凯文的计划看起来毫无希望。

故事必须使他们各自的需求保持冲突，理想的话，这种对立会一直上升到危机顶点——梅格意识到这也是她的孩子。

为了提升故事张力，梅格的新闻故事主题可以设定为"代理父母"，意外的是她的新闻学素养使她发现了一个严酷的事实——正追求她的男人的孩子就是她的。这给剧情提供了更多曲折前进的可能性，以及一个转折点——孩子——它吸引着梅格，使她的态度瞬间转变。

第三幕　如果玛丽是离开而不是死去，这会出现另外一种哭笑不得的可能：梅格和凯文在一起之后，玛丽回来了，却发现她已经失去了凯文妻子的位置。最后的问题可能会是：梅格和凯文是否宽容，能够满足玛丽的最新愿望——允许她看望他们三个人共同的孩子？这样发展下来，你会拥有一部真实的现代爱情戏。

关于喜剧

看看你自己写下的或听到的那些故事是如何处理视角的。米歇尔的故事预告了我们下一章的习题——如何处理拥有两个平行视角的故事，并且其中任何一个视角都不占主导地位。

只有竭尽全力探索人物的性格之后，你才能把人物的潜力完全发掘出来，这需要持久、专注的努力才能做到。这对喜剧而言也很关键，因为它和悲剧、其他戏剧类型一样，同样依赖于戏剧化元素。人物的

> **了解你的人物和他们所处的世界**
>
> 了解你的人物和他们所处的世界（know your characters and their worlds）。如果编剧、导演和演员没有深入到人物内心，影片就会失败。要和人物变得亲密，需要你孜孜不倦地钻研他们每一个侧面和可能性。如果做好了，就会产生立竿见影的效果。

> **故事发展**
>
> 故事发展（story development）需要调整每个戏剧元素——无论是人物、动机、危机还是结局，只有这样每个段落才会保持张力，一个接一个衔接下去。在挑剔的读者看到他们期望的完美故事以前，每轮草稿都需要大量修改。喜剧无疑是各种类型当中要求最为严苛的。

危机和风险需要强化，这样他们为信仰和需求所做的斗争才显得有意义。这些斗争应该是有趣而有力的，也需要在故事中得到发展和转变。观众们的笑声就是对你的最好回馈。

所有故事，无论任何类型或表现形式，都需要通过保持个体和道德力量之间的冲突，将戏剧引入高潮。在一个完善发展的故事中，人物的身份、动机和动作都存在一种适当的平衡，它们彼此之间维持着确定以及合理的因果关系。没有这种平衡，观众会觉得故事不符合逻辑。例如，如果凯文把追求梅格看作是个亏本生意的话，这个故事就不复存在了。

喜剧是最难处理的戏剧类型，因为它几乎不允许任何错误和失衡。尽管生活中充满牵强、巧合和难以解释的事件，但艺术作品必须不遗余力地追求可信性。这使创作变得有趣、富有挑战性和成就感。当你的故事合理发展起来的时候，你会感受到完成一份艰难工作后的激动心情。

深入探索

帕特里夏·库珀（Patricia Cooper）、肯·丹西格（Ken Dancyger）:《电影短片写作》(*Writing the Short Film*)。就像诗歌和散文的关系一样，创作短片的难度在很多方面要超过创作长片。这本书帮助你抓住其中要点，它对戏剧元素的解读是对本书的有效补充。

琳达·J·考吉尔（Linda J. Cowgill）:《电影短片写作》(*Writing Short Films*)。这本书讲述了如何突破教条去创作内容充实的短片，它特别分析了短片的情节和结构，还援引了很多你可以找到并参考的例子。

肯·丹西格、杰夫·拉什（Jeff Rush）:《超越套路的剧作法》(*Alternative Scriptwriting: Successfully Breaking the Rules*，中文版已由后浪出版公司推出）。这本书探究了非传统短片的多种可能性，它的内容包括反结构、对类型的遵循和突破、人物的特点和局限、人物推动型故事与情节推动型故事、控制剧本基调、有效的反讽以及创作案例等。

迈克尔·拉毕格:《导演创作完全手册》。该书讲述了制作一部影片过程中的精华内容，包括从演员、导演和编剧的视角进行创作。书中某些部分十分有趣，例如，演员如何掌控角色的内心世界等。

Chapter 19
剧情长片

Feature Film

每个编剧都梦想写出一部成功的剧情长片,但即使是写出一份优秀的故事大纲也是很难的。为了使观众在90分钟时间内感到满意,编剧需要把细节丰富的人物、主要情节、次要情节无缝编织在一起,使主题深刻、贯通,并且具有一定深意。简而言之,写作一部剧情长片剧本如同写作一部文学小说,需要付出精力,准备大量叙事材料并深化主题。在这一章,我们也只能到达剧情长片写作这座高峰的山脚下。但是,写作一份初期的剧情长片大纲,仍旧是一件重要并且令人感到兴奋的事情。

30分钟原创故事短片的练习需要你专注塑造一个人物,但是本章习题需要你塑造更多人物。你需要做到如下两点要求:

(1)描述两个人物的行动和发展,让两个角色同样有趣;

(2)让你的观众至少认同一个你所反对的观点。

当你写作时,不再需要对人物产生认同。相反,你必须客观地从外部去创造属于不同人物的情境,以此来发掘作者的二元性。你还不得不进入不同角色的内心,花时间去适应每个主角的特点,即使他们

> **人类的一切都和我息息相关**
>
> "人类的一切都和我息息相关"——特伦斯（Terence，公元前195—前159年）。人类需要伟大的宽容心和同理心去接受别人的所作所为。这意味着，即使遇到那些与自己对立的价值观，也要保持尊敬、同情与客观。要做到这些需要从理解开始，不过，通过练习你也能逐渐心领神会。

是不完美的甚至是可恶的。你眼前的工作就是要感同身受，深入体验社会生活的各种阴暗面和不同情境，就像战地医生那样救治朋友和敌人。（请参考：人类的一切都和我息息相关。）

习 题

习题19-1：使用两种观点构思剧情长片创意

你的创意展示需要包括以下内容：

- 一个分场大纲形式的故事梗概；
- 故事能够表现出的主题；
- 段落清单和每个段落的预估时间，它们加起来约需90分钟。

讨 论

评价一部剧情长片创意时，你应该考虑以下内容：

- 你内心如何评判这个故事？
- 这个故事属于哪种类型，它是如何呈现、拓展这个类型的？
- 这个故事展示了怎样的道德力量，想要表现什么主题？
- 电影中两个核心人物代表的是什么？

- 电影中每个核心人物是否面临同样大的威胁?
- 每个核心人物面临的障碍否是可信,是否有利于表现他/她的特点?
- 故事的危机是什么,你怎么看待它?
- 人物是否在故事中得到了发展?如果有,这种发展是否可信、令人满意?
- 这两个人物是否用相同的力度来表现,是否同样有深度?
- 你如何评价这个故事的原创性?
- 你如何评价这个故事的总体影响?

示　例

这则示例恰好是一部历史小说,这种类型我们之前还不曾遇到过。如你所见,这则故事有很多问题需要详细讨论。

示例:剧情长片创意,保罗·弗拉纳根

情节大纲　在美国特拉华州,体格强健的19岁烟农亨利和一个独来独往的21岁小伙子约翰正站在帐蓬里一位上校面前。他们刚刚加入美国军队,希望能够为美国取得独立战争的胜利贡献一点力量。他们立正站好。这时,坐在办公桌后面的上校开口说话,向他们讲述了目前面临的艰难时刻以及抵抗运动的形势。12月29日,乔治·华盛顿(George Washington)将军和他的军队正驻扎在宾夕法尼亚州福吉谷市,情况非常糟糕。他们正饱受寒冷、饥饿,甚至连可穿的衣服都没有。在布兰迪万河的一次混战中,他们甚至失去了自己的旗帜。鉴于旗帜的重要性,上校决定派亨利和约翰去福吉谷送一面国旗给华盛顿。上校让两个士兵解散时,他们正纹丝不动地仔细倾听。

约翰和亨利正在帐篷里收拾行李。约翰不想接受这个命令，因为这显然与上阵杀敌毫无关系。亨利也同样对这项任务不上心，但是他知道参与战争的时刻即将到来，他或许应该听从命令。

　　两个小伙子到达费城，步行穿越城区。约翰完全不认得路，只能紧随看似很熟悉这里的亨利。街道上车水马龙，人来人往，他们一路上都被人群推着向前走，直到快速绕过街道的拐角处，到达他们的目的地。

　　两个人站在一个看起来很传统的家庭里。所有东西都干净整洁，摆放整齐。一位上了年纪的妇女贝齐·罗丝走了过来，交给他们一面叠好的美国国旗。他们友好地寒暄几句。亨利把国旗放进背包，然后他们彬彬有礼地告辞离开了。

　　因为有旗帜在身，亨利和约翰避开城市，转向广袤的乡间小路。他们步行了好几个小时，一边走一边交谈，强打精神。亨利一边走一边上下抛掷着背包，有一次背包撞到了树上，但是亨利却没有注意。

　　他们在一条湍急的小河边停住脚。约翰明白他们即使不情愿也必须趟过这条及腰深的河。尽管为弄湿衣服感到沮丧，约翰还是立即走进水中，想尽快赶过去。亨利跟在后面，朝着约翰大喊让他带自己过河。

　　等他们过了河，亨利开始质疑约翰的引路能力，他们吵了起来。两人筋疲力尽，于是在河边支起帐篷住一夜。亨利坐在火堆旁边加热食物，约翰则在附近不停踱步。亨利在地上坐了一会，感觉很不舒服，于是把书包放下来当坐垫。过了一会儿约翰也坐了过来。他们吃完饭，尽可能多找了些东西盖在身上保持温暖，以度过这个寒冷的夜晚。

　　第二天黎明时分，约翰醒来。他站起身，环顾四周寻找前进的方向。哦，他们走错了！他叫醒亨利，自己拿着旗子，但是已经没有太多心思保护它了。他们翻越山坡，跨过山沟和溪流，直到最后约翰崩溃了。去他的吧！约翰心里想着，生气地扔掉了背包。他们累得快要散架了。约翰再也走不动了，他已经被冻得麻木了，连一句抱怨的话都没力气说出。两个好好的大活人竟然被一个愚蠢的运送指令折磨得不成样子。亨利捡起旗子，虽然脑中依然坚守着那个命令，但还是和约翰一起坐了下来。过了一会，他们勉强能够控制自己发抖的身体。哦，那是什么？英国军人！约翰和亨利拔腿就跑。他们在浓密的树林里跌跌撞撞地奔跑。枪声密集响起，约翰跑进一条岔路。他们一边跑一边随时准备回击。约翰被来自身后的子弹射中了胳膊，他倒下了，逃不掉了，他们被包围了。

亨利和约翰被捕了，不停地被殴打，身心俱疲。过了一会儿，两个人被带回一个小型英国营地。他们被径直押进去。英国人把他们绑在两棵树上，一名指挥官模样的人从头到尾询问他们华盛顿的下落，他们始终没有招供。

他们的枪和工具被搜了出来，掉在地上。英国人仔细检查两个人的随身物品，结果发现了背包里的国旗。他嘲笑地举起国旗，人群中喧闹起来。英国人挥舞着旗帜，把它扔来扔去。其中一个人甚至用旗子裹在身上，在地上来回打滚。

约翰和亨利感受到一种前所未有的感觉。他们努力想挣脱绳索的束缚。如果不是亨利的膝盖恰巧被击中一枪，他几乎就可以获得自由了。最终英国人的戏弄游戏结束了，国旗被随意丢弃在地上。他们两人被扣在外面，度过整个夜晚。

夜幕降临，亨利悄悄挣开自己身上的束缚，又过去给约翰解绑。两人捡起地上的国旗，塞了两口食物之后悄悄逃掉了。恐惧中，他们跑啊，跑啊。约翰中弹的胳膊情况糟透了，动弹不得。两人彻夜无眠，靠着一棵树度过了寒冷的夜晚。

第二天早上，他们拖着疲惫的身子继续行走。他们看到树林中有一座幽静、隐蔽的小木屋，还没有走过去，一把枪就悄然指在他们的脑后。那是一个年轻的女人，名叫克莱尔。约翰被枪吓到，斗大的泪珠从脸颊滚落下来。克莱尔看到他们身上的伤口，于是放下枪，带他们进入小屋。

克莱尔的房子看起来整个装修过一番，品位精致。屋里一面墙上挂着美国国旗。3个10岁左右的孩子，环绕在年轻人周围。一个少年站在角落，身上挂了一把步枪，但看起来却很和善。

克莱尔和孩子们让他们躺进毯子，给这两个年轻人包扎伤口和敷药。简单地吃了一餐后，亨利和约翰解释他们的来历以及刚刚发生的一切。从克莱尔他们那里，亨利和约翰了解到，华盛顿和他的军队秋天刚从这里经过，克莱尔确实遇到过他。看到脏兮兮、血迹斑斑的国旗，克莱尔用自己的和他们做了交换。如果要送给乔治·华盛顿，它必须是干净如新的。

经过一天的休息，他们在第二天黎明重新上路了。亨利搀扶着约翰走路，约翰喋喋不休地念叨着小木屋，他多么希望可以继续留在克莱尔家啊！

身体稍稍复原一些，他们重新开始了长途跋涉。过了一会儿，下起雪来，走了几公里后，雪已经有一脚深。他们实在走不动了，于是停下脚步。他们在布兰迪万河畔坐了下来，寒冷难耐。亨利突然发现河对面的大岩石上有一座房子，他激动地站起来。如果继续留在这里，毫无疑问，他们可能被这冰冷的河水冻死。绝望地相互对视之后，他们决心趟过这湍急的河流。半途中，亨利跌倒了，他挣扎着站起来，意识到自己丢了背包。被湍急的水流冲走了！亨利在被河水卷走的背包后面穷追不舍。

约翰已经到达对岸，他沿着河边走着。雪下得越来越大，亨利沉了下去，约翰找不到他的身影。

约翰重新跳进河里，到处寻找亨利。终于，他抓住了亨利的一条胳膊。他一边游，一边拉着亨利上岸。两个人在河岸边的岩石下面大口喘气，摊着四肢看着对方，一动不动。他们的行李丢了，国旗也丢了。死亡和寒冷正在逼近，深夜开始降临……

约翰和亨利醒来的时候，发现他们被裹在毯子里，用担架抬着。此时，他们全然不知自己竟然已经在福吉谷的外面了。

这地方看起来像极了地狱，人们被寒冷和死亡包围。亨利和约翰被带进营地的避难所。部队里的人们惊愕地看着这两个刚刚死里逃生的年轻人，他们慢慢靠近被带进来的这两个人，但这两个人因为冻得半死，晕了过去。

第二天早上，约翰醒来时，身边只有亨利，别无他人。他叫醒亨利，然后两人开始吃部队留给他们的食物。他们没有说话，因为他们并没有带来国旗。约翰站起身，走向帐篷外面。他站在那里一动不动。亨利注意到约翰的变化，约翰似乎在说什么。他凑到约翰身边，看看约翰在看什么。原来福吉谷的人们已经用他们身上的衣服，拼凑制作了自己的国旗。

这个故事表达的主题如下：

- 两个男孩走向成年；
- 关于希望和抗争的主题。两个男孩面临着许多不可置信的事件，但是他们抗争到底；福吉谷的部队也一直在抗争着，他们正遭受有史以来最严寒的冬天；
- 最后也体现了希望的主题，部队士兵用身上的衣服制作了自己的国旗，他们脱掉衣服制作国旗是为了表明自己在为谁而战；
- 同样也体现了同情的主题，克莱尔对他们的同情，以及他们彼此之间的同情。

段落清单

（1）在帐篷里接受命令——10分钟。

（2）打包行李、出城——5分钟。

（3）到达费城，从贝齐·罗丝处取到国旗——10分钟。

（4）第一天的行程，走进森林、穿越溪流——15分钟。

（5）第一晚宿营，做饭、争吵、打哆嗦——5分钟。

（6）他们醒来，第二天继续赶路，约翰拿着国旗——5分钟。

（7）约翰蹒跚前行，一度想放弃——5分钟。

（8）英国军人追捕他们——5分钟。

（9）他们被捕，然后被带到英国军营，整个营地的场景——15分钟。

（10）他们从英国人那里逃脱出来——5分钟。

（11）夜晚宿营——5分钟。

（12）他们到达克莱尔的家，然后被请进家里——10分钟。

（13）他们逃离的时候在河水中丢失了国旗——10分钟。

（14）他们被带到福吉谷，得到悉心照料——10分钟。

（15）他们在第二天醒来，看到手工制作的国旗——5分钟。

预计时间 120分钟

这个故事创意的优点在于它是一部以旅行为原型的电影，主角如果想要完成任务、求得生存，必须通过种种死亡之旅的考验。在我看来，"烈火炼真金，困境出好汉。"[①] 如同他们正在兴起的国家一样，这些刚刚从乡村中走出来、没有任何作战经验的伙伴们——美国的革命分子、英国殖民者的"叛徒"——在走向成熟的路上必须经历贫困和失败的层层考验。

---

① 英文原文"Fire is the test of gold; adversity, of strong men."引自卢修斯·塞涅卡（Lucius Seneca，公元前4年—公元65年）。——译注

> ## 戏剧引出问题
>
> 戏剧引出问题（drama poses questions）。好的戏剧会艺术化地把我们带入人物所面临的困境，让我们关注他们是如何解决难题的。每一场重头戏都应该引发问题，让我们期待答案，引导我们期待后面的故事情节。戏剧不再只是告知我们结局，而是让我们通过戏剧体验自己作出判断，这也是我们今后解决自己生活中问题的一种预演和排练。

处理每一场戏时，应该考虑它会引出怎样的问题。这涉及到每一场戏在这个故事里的功能，是非戏剧性的解释情境，还是引发新的选择和困境。在这个故事里，大多数场景代表约翰和亨利需要通过的考验：

（1）迎接挑战——这两个新兵能够完成任务吗？

（2）行为举止——这些出身农村的小伙子能够在一位女士家里表现得体吗？他们能在大城市里不迷路吗？

（3）耐力——他们能否在冬天的乡村，坚持这一场没有尽头的艰苦跋涉，特别是穿越溪流、被冰冷的河水浸泡？

（4）合作——关于行程和使命，他们能否达成共识？

（5）智慧——他们是否会做饭，是否会为自己创造更舒适的环境？

（6）耐力——他们迷路以及体力消耗殆尽时，是否还坚持使命？

（7）忠诚——他们遭受英军的嘲讽和欺凌时，是否仍然对华盛顿的行踪保密，特别是当约翰受伤和生命垂危的时候？

（8）智慧——他们是否有足够的智慧从笨拙的英国军队手中逃走？

（9）耐力——约翰病重的时候，他们的身体和精神是否能够战胜严寒？

（10）运气——他们逃避士兵追击的时候，能否找到避难所？

（11）骄傲——约翰在女人面前哭泣的时候是否感到难堪？

（12）失去安乐——他们是否能离开克莱尔的庇护所，重新回到艰苦的环境中继续完成使命，特别是当约翰情感崩溃的时候？

（13）耐力——当他们不能确定河对岸的房子是敌是友时，是否会冒着危险穿越一条更危险的河流？

（14）失败——几乎要死在河里也失去最珍贵的国旗时，他们是否找能到继续坚持的理由？

（15）优雅——他们是否能克服令人感到幻灭的认知——他们的使命其实根本没有必要？

奥逊·威尔斯（Orson Welles）的《公民凯恩》（Citizen Kane, 1941）用印有"玫瑰花蕾"的雪橇来象征新闻报业大亨凯恩失去的童年，而前面这部电影的剧本却是用手制国旗来象征美国建国和独立。升起国旗的时候，美国这块曾经的殖民地，公然挑衅它的殖民者——英国，并逐渐发展状大。国旗是一件会让年轻人丧命的东西，所以当它成为年轻人的坐垫、几乎被遗弃，最后弄得脏兮兮、血迹斑斑，被敌人亵渎、被河水冲走时，就形成了一个精彩的悖论。最讽刺的是，男孩们为了国旗遭遇的一切显得那么没有必要。影片的主题正是这种悖离效

比喻性语言

比喻性语言（figurative language）。一旦开始创作故事，你就需要找到可以表达这个故事抽象概念的元素。诗化的语言包括：

- 象征，用一些真实的东西表达抽象的含义，比如用沙漏表现时间的飞逝；
- 隐喻，或者富有想象力的类比，比如把表现交通的镜头切换到描述血液循环的医学图像；
- 明喻，把一件东西比喻成另一件东西，比如把抱怨的政治家的镜头切换到淋了水的鸭子；
- 符号，代表某件东西，比如用两条蛇缠绕着匕首的图案代表医学专家。

> **关键物件和画面**
>
> 关键物件和画面（key objects and images）可以给影片重要的主题或者含义带来直观的、可视化的表现。影片《愤怒的葡萄》中超载的破旧车辆可以用来比喻人类在跨越苦难时面临的各种未知。电影观众如果没有获得适当的提示，很难理解这种抽象的暗示。

果，这意味着国旗的象征意义才是要传递的，而不是任何具体的、实际的物品。

保罗给某些段落分配了过多的时间，这表明这份故事创意目前而言仍有不完善之处，要想解决这一问题，要么把过多的时间填满，要么把主题蕴含的意义扩展成为一部完整的银幕作品。为了证明这一点，请闭上眼睛思考5分钟，想象一下两个男孩接到任务的那一场戏。像这样一个固定的建置场景大概只需要保罗分配的时间的十分之一。

这个故事目前欠缺的地方是约翰和亨利的个性，他们两个人十分相似，将他们合二为一也没有什么问题。他们遇到的配角也都非常平淡，特别是克莱尔。但是对于早期的剧本大纲来说，任何这样的问题都是非常正常的。

保罗可以将两位主角差异化，比如给他们设定相反的性格、不同的出身背景和动机等。可以这样设置，约翰是位已婚人士，他经常提起自己的妻子和小孩。如果亨利还单身，他可能会嫉妒，会更加孤僻，焦虑自己是否也应该寻找一位伴侣。他也许会在这场旅程中被克莱尔深深地吸引，虽然这不太现实，但我们仅仅是"提高一下赌注"（让主角面对的局面更加复杂化）。我们也可以尝试给他们设定截然不同的气质，比如一个强壮勇猛，另一个则谨小慎微。这将使他们面临新的困难时互相争吵。因为有些情况可能需要迅速回应，而有些情况则需要预先谋划，所以任何情况都会令他们看清对方的品性。

这种显著复杂化的剧情，会在男人成长过程中产生更多、更深刻

> **复杂化**
>
> 戏剧情节的复杂化（complication）是指人物遇到困难、障碍、干扰等问题，在这些问题中人物的特点得以体现出来。大多数问题我们在现实生活中也会遇到，它们指引故事的发展。

的问题和冲突，这也为故事第二幕提供"复杂化"的情境。从男孩转变为男人是这个故事的深刻内涵所在，它意味着你要学会分享、向他人学习，即使别人和自己不一样，也要平等看待他人。

通过深入开发人物，我们不再简简单单地看他们在做什么，而是透过他们的视点观察整个故事。我们看到约翰如何看待亨利以及亨利如何看待约翰，这样我们就可以放弃既定的、中立的、全知的视角，转而贴近每个人物，体验每个人物的内心困境和感受，更加贴近丰富多彩、错综复杂的现实生活。既然我们是创作艺术作品，而不是复制现实生活，就必须剔除生活中烦冗的地方，使剧本更加紧凑、简洁。例如，剧作家阿瑟·米勒（Arthur Miller）的剧本初稿有800多页。进一步的编辑工作删至690页。在创作过程中，初稿内容过多是正常现象，但是接下来一定要做必要的精简和压缩。

电影短片和小说通常只有一个主角，但是长篇小说和故事片往往会发展出一系列人物和次要情节。D. W. 格里菲斯（D.W. Griffith）说通过阅读查尔斯·狄更斯的作品，他学会了如何运作两条故事情节线。我们称之为平行叙事，它可以压缩时间，制造对比、多样性，控制影片节奏。

我们可以在故事里尝试使用平行叙事吗？目前，每场戏都有两个主角的身影。次要情节会把他们分开，展示每个人物和其他角色之间的关系，甚至也可以完全把他们两个人排除在外，只展示其他几个次要人物。例如：

平行叙事

次要情节和平行叙事（subplots and parallel storytelling）：次要情节是指一条独立的情节线穿插在一条已经存在的情节线之中，它会与主情节线形成对比，或者将其变得更加复杂。

次要情节的好处：
- 插叙。情境、人物和其他问题可以在主情节线之外铺展开来。当我们在其他人物关系中看到主角时，可以发现主角的另外一面。
- 张力。当观众看到那些和主情节线有一定距离的人物和问题时，他们知道次要情节终归要回到主情节线上，因此会期待这个过程怎么发生、何时发生。

平行叙事的好处

平行叙事的好处：
- 压缩叙事。通过几条情节线之间进行切换，可以删去每条情节线的烦冗部分，保留精华。
- 想象力。多重情节线能够反映生活的复杂形势并且激发观众用自己的判断、猜测和预见能力参与故事。
- 积极参与。一个复杂的故事能够激起观众心中很多疑问，促使他们积极主动参与电影，而不是被动接受。
- 多重视点。因为行动、存在和观察有很多方式，所以多重情节线可以激发我们的想象力，促使我们进入到其他不断变化的视点中。

- 贝齐·罗丝制作国旗的镜头和两个年轻人接受任务的镜头交叉剪辑；
- 克莱尔和她的丈夫告别；
- 克莱尔的丈夫宣告阵亡，克莱尔变成寡妇；
- 两个人踏上旅程的镜头和克莱尔其后生活镜头的交叉剪辑；
- 华盛顿的军队失去了他们的国旗，但是他们在没有国旗的情况下仍然坚持作战，遭受磨难；
- 华盛顿的士兵们撕掉自己身上的衣服，冻得直打哆嗦，但还是用它们制成了新国旗。

平行叙事可以帮助塑造这两个人物，但不会困扰观众对故事的理解。让我们以另外一种方法思考这个问题：或许故事的重点还是在于两位主角的患难与共，而不是那些次要情节。这毕竟是一部公路电影，所以，为什么不让他们一直在路上呢？当然这样的话，他们的经历可能会更加夸张。多做一些历史资料的研究，虽然它可能会打开潘多拉的盒子，但同时也可以让故事的历史背景、人物的说话方式以及各种政治问题更加真实，最后即便是历史学家也会喜欢你的电影。

关于写作过程和接受批评建议

因为我们评论的是作者的初稿，所以到此为止就可以了。保罗会倾听、做笔记，然后去思考这些建议背后的故事创意。他最好彻底静下来几天，什么事也不要做，然后看看哪些建议一直在他脑子里出现，哪些建议最有说服力、最让他兴奋，然后接受这些建议。

作为一名作家，你的主要工作就是不断修改稿子，但永远不要试图以任何方式动摇你最基本的创意。如果你过度批判、质疑自己的作品，将陷入无休止的自我否定并失去自己的艺术完整性。任何有尊严的艺术家都会绝对坚持自己原始创意的完整性。没有什么比合理的工作思路对你更有帮助了。

一件艺术作品就像一顶帐篷，要想制作外观和功能都合适的帐篷，你不能脱离其他人物而单独描绘一个人物。在你的帐篷达到最完美的状态之前，你需要大量调整，还需要很多行之有效的帐篷理论。

通过不断提问题和解决不足，作者和他的合作者会一起审视故事，

> **写作的真谛在于不断改写**
>
> 写作的真谛在于不断地改写（writing is really about rewriting）。下面是关于改写的一些小建议：
> - 在新的草稿中，不要试图修改所有问题，只修改最主要的问题即可；
> - 找到正确方案之前，坚持自己的看法。每个故事总会有很多次要、细小的问题，到最后你会解决所有这些问题；
> - 经常检查你的修改方案是否偏离主题，这样做没有坏处，因为你必须保持自己的故事一直处于正轨；
> - 如果改写工作一直没有进展，你需要停下来，做点其他事情，等有了新的感觉、恢复精力后再重新开始写作；
> - 保留初稿，以备不时之需。完美主义是一种微不足道的强迫症。一些作者总是无休止地修改自己的稿子，这反过来让他们的作品支离破碎。但是如果作品真的修改得体无完肤了，那就安慰安慰自己吧，想想自己是多么敬业。

在摸索中得到一个更加丰富、和谐的整体。分场大纲里禁止出现对话，人物必须通过动作、表现和行为来塑造，这也正是视觉媒介的力量所在。不过，文学、散文也是凭借说明性的动作而不是大段的叙述来塑造人物的。但是，在剧本大纲里，无论任何对话都只能用一两句话概括，人物也要坚持自己的特性。

深入探索

对编剧更深入的指导，可以参见第22章"扩展故事大纲"。这里附了一些著名的编剧书。参与一个项目前，强烈建议你先打磨自己的作品，明确自己的需要，然后你才能与那些沽名钓誉、自私自利的电影圈人士打交道。买这些书之前，先看一下书的风格特点是否符合自己的口味。除非你能找到一本你自己真正喜欢、信任的编剧书，否则你仍然是自己最好的老师。

欧文·R·布莱克（Irwin R. Blacker）:《剧本写作的元素：电影电视编剧指南》(*The Elements of Screenwriting: A Guide for Film and Television Writing*, 1996)。

悉德·菲尔德（Syd Field）:《电影剧本写作基础》(*Screenplay: The Foundations of Screenwriting*, 1984; 中文版已由后浪出版公司推出)。

悉德·菲尔德:《电影编剧创作指南》(*The Screenwriter's Workbook*, 1984; 中文版已由后浪出版公司推出)。

安德鲁·霍顿（Andrew Horton）:《创作人物驱动型电影剧本》(*Writing the Character-Centered Screenplay*, 1999)。

卢·亨特（Lew Hunter）:《卢·亨特电影剧作课程》(*Lew Hunter's Screenwriting 434*, 2004)。

尤金·韦尔（Eugene Vale）:《电影电视剧本写作技巧》(*The Technique of Screen and Television Writing*, 1998)。

关于剧本写作的更多讨论和对话（不是所有内容都对你有帮助），请登录网址：http://www.cyberfilmschool.com，其中提供了更多相关链接。

第五部分

作家身份逐渐成形

Chapter 20
再次回到你的艺术个性

Revisiting Your Artistic Identity

只要你渴望解开生命中的疑问或谜题，随时准备用灵魂书写，而且愿意一直写下去，那么你就可以成为一名作家。我的朋友洛伊丝·迪肯（Lois Deacon）曾经说："直到我真正动笔，一切才会变得真实。"我想，她的话证明了一个观点：写作不仅仅是为了赢得公众的赞誉而表达观点和感受，作家往往需要经过深思熟虑才能发掘出对生活更加完整的体悟。

大多数艺术家，不管他们独自工作还是参与团队协作，总会发现自己在无所不容的生活面前显得很卑微。生活总能教给艺术家很多东西，而他们也更偏重于成为学习者的角色，而非领导者。艺术视野（如果这个夸张的、极具误导性的词真的存在）大多数时候源自生活赠予艺术家的真理，而非艺术家自我较真的结果。艺术家若在作品中强行施加自我的影响，最终会把作品引向过分暴力与傲慢的歧途。最动人的小说、绘画、歌曲或电影，总是来源于生活给予艺术家的启发。写作之路向你敞开了吗？你能让写作为你所用、为你创造出想要的生活吗？你可能需要花费一段时间，或许很长一段时间，做点别的事情谋生，但写作可以成为你的秘密生活，是你对未来更完整的、更有意义的生活所做的投资。不管怎样，你总是可以返回那片宁静的、专属于自己的空间。这会是你最初的蝶蛹期，一旦成长为艺术家，人们就会对你产生认同——不论以何种方式或是在哪里。成为作家没有快车道，就像成为一个完整的人一样没有捷径。

在本书的第2章，你做过一个自我调查并初步确立了自己的艺术个性。既然你对自己偏爱的主题、感兴趣的人物和最拿手的类型有了更加深入的了解，那么你就可以从中找到一个更加精准的方向。解决了各种各样的问题之后，你找到了自己的专属方向并写出了独具特色的故事大纲。现在你可以回过头去，重新审视当初与自己的创造性自我产生共鸣的那些创意了。你到底是谁、是做什么的，这种问题不应该成为你的困扰，因为真实的你是变化的、不断成长的，甚至很大程度上是无法确知的。但是由于你在创作过程中始终评估各种选择和应对方式，因而你的结论还是有迹可循的。

我建议你避开一条太过明显的方向，也就是绕过你最喜欢的主题。除非你格外与众不同，否则这个方向会引发现身说法式的道德说教。尽管写作自己了解的事情看起来是一种诱惑，但真正动起笔来就会感到异常枯燥乏味。我认为这种方法之所以行不通，原因很简单：我们只会对自己不了解的事情产生足够的创作张力，但永远不会对自己熟知的事情燃起太大热情。但是你可能会问，假如我坚持追问不了解的事情，是否真能找到某种主题或意义呢？答案是，只要诚实地面对吸引你创作的事情，潜在的困扰总会解开——答案会冷不丁地从哪里冒出来。所以要睁大眼睛，等待它浮出水面，它一定会来，而且常常伴随着惊喜，你从前不知晓的事情会一一浮现。

创作方向

你大概已经明白，本书讲述的创作方法根植于一个前提，那就是每个人都拥有独立、完整的人格，都能遵循内心的指引找到自己想做的事情。不管怎样，这是唯一能保持你创作激情的方法。

所以你该往哪个方向发展？该怎样利用自己的新知识，利用自己业已提高的写作技能？据我几十年的观察，一些人取得了进展，另一些人却没有。我发现许多平庸的人都有如下特征：

- 对未来抱有希望，却不做计划；
- 希望学校或一份工作能指引自己前进；
- 让运气决定下一步做什么；
- "全面"发展，拒绝术业专攻，生怕丢掉哪个机会；
- 不管什么工作、合适与否，一概接受。在无谓的工作中把时间消耗殆尽。

这本质上是一种任由宿命主宰自己的消极方式，把主动权让给命运或机遇。我这么说是有根据的，因为缺乏有效的指导，我自己早年的职业生涯就沿着上述轨迹展开。自那以后，我在自己的教学经验中观察到一些人是怎样规划自己的方向从而达到令人羡慕的高度的。他们知道（或决定）自己想要什么，并愿意专注于自己选择的领域。这种人：

- 既享受工作的成果，也享受工作的过程；
- 富有远见，不陶醉于一时的满足；
- 是积极的学习者，能够充分利用各种设备、课程、导师资源并和其他学生协作；
- 预先设定一个目标，然后设法把它变为现实；
- 积极寻找同样精力充沛、雄心勃勃的伙伴；
- 不那么在意同行的认同与否；
- 利用网络寻找自己需要的人脉和建议。

任何一个领域，人们之所以能够做好某件事情并以此谋生，是因为他们时时刻刻都对自己的工作投入激情和能量。每个人都想和那些喜爱自己工作或者做自己喜爱的工作的人打交道。

几乎没有人天生就有这样的决心。这是人为选择的结果。你需要勇敢地下定决心，扩充自己的能量、勇气、信念与幽默感，打造一个更好的自己，而不是用这些宝贵的品质寻求家庭、团队、公司同事或任何机构的认同。这意味着你要从自己最真实的价值观中进行创造，做出选择，承担所有结果，而非融入他人或与人攀比。

所以好好思考一下，在人生的这个节点，你最关心的事情是什么。

习 题

习题20-1：再次回到你的艺术个性

重新概括之前你为自己确定的写作主题（参见第3章，习题3-1），总结你在稍后的习作中自然而然表达出来的主题，把二者都写到纸上，比较异同。这些习作包括：

- 第11章：童年故事；
- 第12章：家庭故事；
- 第13章：重述神话、传奇和民间故事；
- 第14章：梦的故事；
- 第15章：改编短篇小说；
- 第16章：基于新闻事件改编的十分钟故事；
- 第17章：纪录片主题；
- 第18章：三十分钟原创故事短片；
- 第19章：剧情长片。

习题20-2：陈述你的目标

准备一个七分钟的口头陈述，列出自己喜欢的故事。下面的句子可作为辅助性提示：

- 最初我喜欢的主题有……
- 在我创作的故事里，一些主要的主题是……
- 我觉得我想要观众明白……
- 我希望让观众感受到……
- 通过写作，我发现自己对生活的态度是……
- 通过与其他作者合作，我学到了……
- 我的下一部作品可能关于……（简要描述主题、类型和细节）

习题20-3：想法和雄心壮志

从下列问题中选出四个或以上选项，收起虚伪的谦虚，列出你的想法和雄心壮志：

- 在之前的习题里，你分别跟回忆、事实、口述历史、民间故事、改编以及原创故事打过交道了，哪些类型最吸引你、最能激励你创作？哪些类型又让你觉得费力或提不起兴趣？坐下来通读你的随身记事本，然后在第二天提笔写下还能记得的部分。哪些人物、地点、物件、情境、动作和主题仍然盘踞在你的记忆里？它们有何重大意义？
- 生活是否给予你别人不曾拥有的专长？这项专长体现在你的作品中了吗？如果有，是怎样体现的？如果没有，又是为什么？
- 你最喜欢以怎样的形式开始一个故事？（从一个人物、一种场合、一则神话、一个传奇、梦境还是一幅画面等——哪一种？）
- 当你试图成为作家时，最让你害怕的是什么？（不管我们害怕的是什么，我们都需要去解决。）

- 你的内心告诉你该做些什么了吗？作品中体现你的用心良苦了吗？
- 哪一种类型的故事能够真正和你产生共鸣，为什么？
- 哪些作品从别人那里得到了最好的评价？这告诉了你什么？

习题20-4：设定个人日程表

总能令人折服的马克·吐温（Mark Twain）曾经说过："成功的秘密在于开始，开始的秘密在于把复杂庞大的任务分解成易于处理的小任务，然后从第一个小任务开始。"你可以按照马克·吐温说的去做——思考自己关于未来的想法，你想获得什么、做什么事情或者完成什么目标。基于在习题20-3中的判断：

- 制定一个野心勃勃的三至五年职业规划，可以列出自己喜欢的项目或课程，明确你想从事哪一门类的专业工作。
- 把每个目标分解成易于管理、可以分步完成的小目标，并为每个小目标设定时间表，从而一步一步把计划推向顶点，完成宏伟的目标。
- 以图20-1作为模板，为每个项目制定一个三至五年计划。图中画出了每个项目的生命周期，并为每一个步骤设定了目标期限。

这些项目几乎不可避免会重叠在一起。在可控的时间范围内为自己规划一个方向，弄清楚为了实现目标自己必须做哪些事情。

你的日程表是用来完成一个个目标的。你需要怎样做才能让自己在想要涉足的领域变得受欢迎且为人信服？大刀阔斧地订立计划，但是要有耐心花时间完成每项工作。你一定不想被不切实际的目标折磨得麻木吧。留一些时间去调查各个领域，或许你也应该了解一下经纪人是如何运作的，考虑一下自己什么时候也得找一位经纪人以及怎么找。另外，你还得设置计划，在合适的时机为自己找到一位导师。

当你实现了一个关键的阶段目标时,尤其是按时完成了进度,给自己一些奖赏吧。去新的地方走走,给自己买点特别的东西,做些不一样的事情。不要过多谈论计划,因为你很容易说服自己推翻计划,或者让别人帮你完成。

项目	步骤	开始日期	截止日期	工作内容
名称____ ———— ———— (10分钟电影短片项目)	1	06/01/15	06/02/10	展示创意,开发故事大纲。
	2	06/01/25	06/02/01	调查场地,准备人员、布景等。
	3	06/02/06	06/04/01	撰写并修改剧本。
	4	06/03/07	06/03/20	选角,组建剧组。
	5	06/03/15	06/03/19	选择拍摄场地,获得安全许可。
	6	06/03/22	06/03/29	指导演员。
	7	06/04/10	06/04/15	拍摄。
	8	06/04/11	06/05/10	剪辑,调查可以参加的电影节。
	9	06/05/12	06/05/25	制作DVD及宣传资料。
	10	06/05/14	06/07/15	参加20个电影节,拿一些奖项。

图20-1 项目日程表

讨论和回顾

回头仔细想想人们是如何评论你的作品的,然后讨论下列问题:

- 在完成这些习题的过程中出现了哪些问题?
- 其他人在完成这些习题的过程中出现了哪些问题,其中哪些最让人印象深刻?
- 你从别人那里学到了哪些经验教训?
- 最让人惊奇或意想不到的事情是什么?

- 什么事情比预期更简单或更难？
- 哪种叙事方式或故事能够让人眼前一亮？
- 当你撰写一部电影短片故事时，从中学到了什么？
- 当你转向剧情长片的写作时是否发现它们有什么不一样的地方？
- 别人的创作有哪些比你出色的地方？

下一部分将讨论如何把大纲扩展成剧本。

第六部分

把创意扩展成最终形式

Chapter 21
修订故事大纲

Story–Editing Your Outline

本章的目的在于发现并解决一些戏剧性问题。如果你认为自己的分场大纲仍然存在问题,而这种想法又如同被铐在散热风扇上一般让你焦灼不安,那么就不要过早地把它扩展成最终剧本。编剧常常幻想情节的问题会在剧本写作过程中自行消失,然而这就好比建筑师祈求施工蓝图上的错误会在建筑工人盖房子的过程中自行消失一样不切实际。

寻找故事中隐藏的问题的办法是把大纲拆分成几个部分。你可以自制场景卡片,每张卡片对应一场戏。如果你要写一部剧情长片,试着利用这些提示卡片陈述一个完整的故事。口头陈述时,你会自然而然发现其中的问题。

考虑其他的叙事结构时,你可以把场景卡片摆在桌子上,重新调配顺序。这种方法能帮助你快速、便捷地思考几种不同的故事结构方案。但是使用这种方法前,需要用大纲形式呈现故事并保持紧凑的故事节奏。

> **使用场景卡片**
>
> 使用场景卡片（using scene cards）。给场景编号，把每场戏的概要粘贴到一张索引卡片上。把这些卡片在桌子上排成一列，试着移动、合并、删除场景。通过这些场景卡片的帮助，你就可以在故事讨论会议上明确阐释哪些方案行得通、哪些行不通，并且能专注阐述故事创意、解答疑问。你甚至可以邀请一位评论家重新编排故事结构，和他详细讨论出另一种可能的版本。

选择故事结构

拿故事结构做实验，可以呈现出多种戏剧形式。你可以按照自己的奇思妙想进行选择。试着回答以下问题：

如何处理故事中的时间？

- 按时间顺序。影片的时间顺序和事件发生的时间顺序一致。
- 不按时间顺序。按照以下方式展开故事：
  人物如何感知或以何种方式回忆这个事件；
  电影优先采用的某种叙事方法。

主要采用谁的视点？

- 故事中的一个人物。如果故事中的人物像阿甘（Forrest Gump，电影《阿甘正传》[Forrest Gump, 1994] 男主角）或斯嘉丽·奥哈拉（Scarlett O'Hara，电影《乱世佳人》[Gone with the Wind, 1939] 女主角）那样古怪或自身有某种局限性，那么他们看事情的视角会跟大多数人产生有趣的偏差。
- 多重角色的多重视点。有利于展示每个人对于同一件事不同的主观性认知。

- 全知视点。电影之眼与电影之耳拥有通行特权，可以看到和听到每件事和每个人。这种"上帝视点"（God's POV）适用于纷繁复杂的史诗故事，因为任何一个人物都无法看到恢弘史诗的全貌。

时间性和非时间性叙事有时也被称为线性和非线性叙事，你任意指定一个人物讲述故事，故事的视点就从那个人的认知逻辑展开。线性故事可以参照克里斯·哥伦布（Chris Columbus）的《哈利·波特与魔法石》（*Harry Potter and the Sorcerer's Stone*，2011），影片依照哈利的旅程，固守一条直接明了的情节线。这种讲故事的方式意味着从旁观者的角度叙述事件会比较客观或符合历史观。按照时间顺序的叙事方法是：

- 逻辑清晰的，能把原本可能很复杂甚至奇异的剧情以最平实简单的方式讲述出来；
- 受限的，因为如果你不去改变事件的因果关系，就不能变换事件的发展顺序。你可以用梦境或回忆暂时把我们带回过去，或者用一种"想象"和"假使……会怎么样"的小插曲把我们送往未来，但除非能把回忆和想象都编织进故事中，否则它们终归还是它们本身——一个个独立的小插曲。这是一种方便叙事的方法。

重新思考如何运用视点，这可能会改变你处理时间的方式。例如，把一个按照时间顺序、以全知视点讲述的故事变成一个由冲突推进的、以两个主角的主观视点讲述的故事，你将会得到两个不同的版本。这样做你会收获什么，又失去什么？

非线性叙事似乎是魅力十足的偶发事件的串接，但是实际上，这些事件根本不是随机拼凑起来的，它们只是按照不同的逻辑发展。大卫·林奇（David Lynch）的《穆赫兰道》（*Mulholland Drive*，2001）传达了强烈的紧迫性和主观性，该片对观众的要求很高——对有些人来说简直太高了。观众必须主动去寻找是什么主导事件的因果逻辑，从而解决"究竟发生了什么"这个问题。是什么让原本的事件变得支离破碎？当然是艾琳的失忆症，它主导着林奇故事里互相关联的碎片段落。

转　场

电影中，一个段落向另外一个段落的过渡叫作转场。电影的转场镜头有什么暗示吗？描述每一个段落并把它简要记录在索引卡片上，然后来回排列卡片，这样能帮助你思考段落过渡时可以产生哪些不同的含义。镜头间的过渡与段落间的过渡有不同的处理方法，它们有不同的意义。总体来说，转场可以表现以下几种含义：

- 连续性，即镜头或段落之间的切换，表明故事不断地发展：
  信息或阐释；（一系列展示一栋建筑如何被分步拆毁的镜头；或镜头从一棵干瘪的树苗切换到一株藤蔓缠绕、供人采摘的葡萄树。）
  动作；（镜头从一个人起身切换到他打开窗户呼唤楼下的朋友。）
  时间。（镜头从一个女人骑着自行车切换到救护车开往急诊室，然后再切换到女人拄着拐杖。）

- 蕴含特殊意义的对比：
  动作；（镜头从甲擦拭眉毛切换到乙擦拭汽车挡风玻璃。）
  形象；（镜头从夜里逐渐逼近的汽车前灯切换到搜寻猎物的猫的眼睛。）
  声音。（镜头从嘈杂的交通噪音切换或叠化到音乐会上响起的掌声。）

- 在矛盾冲突中具有重要意义的辩证：
  动作；（镜头从逐渐汹涌暴涨起来的河水切换到小镇居民拼命用沙袋修筑水坝。）

声音；（镜头从宁静的林间鸟鸣切换到造船坊的轰鸣。）

情绪；（镜头从实战演习中对新兵嘶吼的军官切换到一个小男孩努力给一幅画着色；或者从圣诞节忙碌的购物者切换到矮墙下颤抖的流浪汉。）

比例和尺寸。（镜头从庞大的卡车切换到同一条公路上穿行的毛毛虫。）

短片《猫头鹰桥事件》常常设计一些表现结构或主题上对比的镜头，利用这些抓住我们的兴趣。篇幅较长的作品通常都需要更充分的、闭合式的设计。法国20世纪五六十年代新浪潮（new wave）小说家，像阿伦·罗布-格里耶（Alain Robbe-Grillet）、娜塔莉·萨洛特（Nathalie Sarraute）和米歇尔·布托尔（Michel Butor），他们都在小说的结构和组织上做了大胆的尝试，法国新浪潮电影也同样别出心裁。尼古拉斯·罗格（Nicholas Roeg）的神秘之作《现在别看》（*Don't Look Now*，1973）就是一本表现电影叙事和结构的活词典。正如影片描述的那样，人物在巨大的心理压力下，几乎意识不到时间，感觉不到饥饿，甚至搞不清事件的真实顺序。为什么会这样呢？

想象一个人醒来后发现自己的钥匙和钱包都被人从公文包里偷走了。他不会按照时间顺序回忆自他最后一次看到财物时起的每一件事，相反，他的记忆会直接翻到他认为最重要的那一刻；接着他的身体会盲目听从大脑的使唤，所以他首先会粗鲁地翻查所有口袋，寻找遗失的物件；然后全面搜索自己的记忆，找寻别人可能打开他公文包的时刻。他暂时会想到三个可能的场合，然后大略重现每一种场合，以便快速从中找到显而易见的答案。如果找不到，他就继续详细勘察每一种情况，修改记忆或生成新的记忆，回顾"可能发生"的时刻并比较不同的可能性。最后，他突然想起那个坐在他身边的家伙，当时他神情古怪，突然转过身子，唐突地站起身后离开了。那个人才是罪魁祸首。

情绪会影响我们在时间、空间和记忆中的旅行。它会屏蔽掉我们熟悉的世界，让我们迷失方向，或者让我们按照自己内心的意愿进行选择。情绪可以延长时间（像等待一辆不存在的公车一样无聊），也可以压缩时间（劫匪突然抢了钱包后窜向门口，英雄大喊"抓贼"，有人拦住了匪徒却又被他逃脱了）。

当主观性占主导的时候，事件的顺序和节奏就由视点人物掌握。在一部动作惊悚片里，比如安德鲁·戴维斯（Andrew Davis）的《亡命天涯》（The Fugitive, 1993），动作的先后顺序和对事件的反应本身就已经表现出理查德·金布尔博士的感受、他的弱点以及他的当务之急。

意识流

视点的选择和如何处理电影中的时间息息相关。尽管摄影机有明显的客观性，但电影故事的确是人类的意识流动。视点可以先来自某一个人物，再从这个人物转移到另一个人物身上。就叙事本身而言，当我们跟随电影世界的思维（或者说是思维的集合）行进时，视点也可以随之改变，我们把这种移动当做是隐藏的故事叙事者的意识流。每一部电影都隐含一个讲故事的人。

关于故事结构，可以试着考虑以下几个方面：

故事的主题往往能在很多重要方面影响其结构

- 一部依托于复杂历史背景的时代剧将要求你在合理推进剧情之前就已经设立好人物、事件、时代和背景故事；
- 关于消防员秘密纵火的超现实故事，可能需要适当借鉴噩梦的特点，并且不合逻辑地变换地点、人物和情绪；
- 双胞胎在出生时就被迫分离的故事，可能需要用两个平行发生的故事来展示两人最终相遇之前经历了怎样极其相似的偶然事件；
- 关于考古学家的故事可能要按照时间顺序回溯，通过倒叙的方式展开，回到对考古学家而言某个重要的过去的时间点。

故事的类型影响其结构
- 在印度拍摄的电影可能会借鉴印度本土戏剧节目的特点，按照一系列情绪变化来建构故事，而不是像好莱坞大片那样节奏紧张、情节跌宕起伏；
- 关于17世纪的妇女因被认为是女巫而惨遭迫害的故事，可能会利用一系列静态画面或模仿同时期的绘画著作来表现。

故事也可以采用两种截然对立的叙事逻辑，在不同的情绪和叙事结构间转换。有一个故事是关于一位饱经风霜的心理医生试图接近一位遭受创伤后应激障碍症困扰的士兵，叙事线在两种不同视点间切换，每一种视点都有各自的情绪。医生的叙事线为当下发生的事件，病人的叙事线则要回顾很多过去的恐惧体验，以及很多可能是想象出来的或记错的事件。随着电影视点的转换，电影语言也会作出相应的调整。

综　述

我们可以这么说：不是所有故事都得按照主流现实主义电影那样无聊的线性顺序发展。故事的结构和情节发展可以源自与它相似故事的情绪和文本，也可以源自人物的逻辑、心理或情绪状态。电影再现了对世界的感知，每个人物的所思所为可能源于迥异的内心冲动或外界施加的压力。内心冲动与外界压力可能和谐相处，也可能起冲突，这一切的终极裁判就是创造了这个故事的看不见的讲述者。

不管选择哪一种故事结构与视听语言，你都应该让观众觉得它适用于故事的人物、叙事风格、主题、类型或其他特点。

疑难解答

以下建议旨在找出故事中可能存在的问题，提供解决方案。

尽快让主角登场　不要浪费时间营造氛围，比如慢吞吞地为观众介绍一处地貌崎岖的风景等。这种刻意放缓的节奏对于19世纪的读者而言没有问题，他们手上有大把空闲时间可以挥霍，因此会对牧区住宅的描写兴致盎然。这种慢节奏对剧院、音乐厅和电影院里痴迷的观众亦是如此。但是当艺术以一种独立消费品形式出现的时候，若不能大胆地吸引住观众的注意力，他们就会转向别处。所以要把人物置于充满压力的环境里，这样他们的动作才能抓住我们的眼球。这是你和观众博弈的契约。如果能以某种极富冲击力的场面作为开端就再好不过了，就像莎士比亚的戏剧总是以一系列激烈的动作开场，逼迫你拼命追赶。

让观众快速了解你的作品是关于什么的　如果几分钟过去后，观众仍然抓不住故事的焦点，那么这就是你剧本的致命缺陷，就像在一家差劲的饭馆干等，却没有服务员想到给你一份菜单。简单研究一下别人的故事是如何开始的：观看几部剧情片的开头几分钟，总结它们以多短时间、通过何种方式成功地抓住你的注意力。以同样的方法阅读几部小说。托尔斯泰（Tolstoy）在《安娜·卡列尼娜》（*Anna Karenina*）的开篇写道："幸福的家庭是相似的，不幸的家庭各有各的不幸。"小说一下子就抓住了观众。幸福的家庭单调乏味，不幸的家庭却因为家庭成员之间的冲突而凸显活力。即使你不同意他的论断，也还是一定会继续读下去。

隐藏故事的阐释性信息　当我们意识到作者用语言讲述故事的必要信息时，会觉得自己是被别人操控的木偶，这让我们沮丧。所以，

戏剧开始时，电影和观众之间就建立了"契约"

戏剧开始时，电影和观众之间就建立了"契约"（contract）。为观众埋下的线索暗示了整部剧将处理什么问题，以及如何处理。有效的契约（也称为钩子［hook］）将会引导观众深入剧情，让他们暂时停止怀疑。

阐释时代、地点、背景、人物、人物关系和人物的经历时，要确保把它们隐藏好，把它们以视觉化的手段呈现出来或把它们包含在人物的动作中。

复核关键的阐释性信息　作家对自己故事的基本情况太熟悉了，因此很容易遗漏一些重要信息。训练自己像毫不知情的读者初次阅读那样检验作品是否存在问题，这本身就是一条铁律。

最小化阐释性信息，留出空间　当观众吸收新情境或面对新人物时，你应该把所有跟当下情境不相干的信息延后展现，不然观众会对过剩的信息感到烦躁。要把每一条信息留到我们真正需要的那一刻再展示出来。

这是谁的故事　检查你用哪个人物的视点进行叙述，思考哪种视点应该占主导。如果这依旧是一个问题，就意味着你还没有决定这个故事是关于谁或是讲什么的。每个人时不时都会经历这种左右为难的困境。关于这个问题的一种解决办法是，实验性地采用其他可能的视点。在任何新情况下，都要重新制定工作假说。对于尚未完成的剧本，这样做是很有趣的。

"让他们笑，让他们哭，更重要的是让他们等。"　讲故事就像脱衣舞表演，一定要让观众持续猜测。脱得太快，你的这一场戏也就告吹了。确保观众在观看时始终有问题要解答，有困境去判断，有矛盾去权衡。要让你的观众不断思考，这样他们的思绪和情感才能充分调动起来，并且始终保持对故事有预期。

故事的连贯性不应被新角色的出现打断　引入新角色时不要打断戏剧动作。动作是一部影片的韵律，在爵士乐中，当你引入新的独奏手时，肯定不会把节拍停下来。

不要为了解决情节问题而创造新角色　如果一个角色是不可或缺的，就要先让他成为故事结构有机的一部分，然后再让他发挥重要的情节功能。

> **进入每个角色**
>
> 进入每个角色（inhabit each character）。每次阅读故事的时候，分别选定一个角色，全程进入选定的角色中。体验此角色的主观需求、感觉和认知，不管角色是否出场，都试图去揣摩角色的心理状态。这样做能够帮助你找到故事缺失的内容。它能帮助你把毫无生气的扁平人物改造成立体人物，因为这些人物会从他们复杂的动机和需求开始行动起来，即使出场很少，也能栩栩如生。

确保各个人物之间有足够的对立和冲突 冲突是所有戏剧的核心，所以确保人物的性格、社会背景、习惯、好恶和行为动机存在偏差，这会让他们的关系拥有戏剧需要的摩擦。所有有趣的人物都存在内在和外在的冲突，这表明他们还有待完成的目标。很多人都把追上自己的对手作为人生追求的一部分。

了解人物的需求和目标 确定一个人物的主要动机后，缺乏经验的作者常常不能把人物发展下去。改写的过程中你要不停问自己一个重要问题："这个人物现在到底想要获得什么，做什么事情？"不断去寻找这个简单小问题的答案，你会创造出既有追求又有活力的人物，而不是无所事事、单调乏味的人物。

加剧人物面临的困境，但要保持可信 不管阻挠人物达成既定目标的是什么，它通常都会加剧故事的紧张感，使每个人物不得不付出更多努力、忍受更多痛苦、冒更大风险。讲述品行优良的中产阶级过着物质充裕、平静舒适生活的戏只会平淡无奇，因为只有通过引入更强烈的感官刺激，才能提高人物的风险。让现实生活成为你的老师：在普通人的生活中，什么才能真正让矛盾变得紧张？不要满足于一种固有的模式，而要为每一个人物写传记，这样他们才是独特的。参考一些关于普通人的纪录片，看看如何能获得关于普通人生活的信息。

改变影响观众的方式，但要保持他们对戏剧强烈的需求 新手作者的小说常常显得单调，因为类型、节奏或内容太过相似，而多样化和反差才能让我们保持新鲜感。另一种常见的错误是给观众制造了不连贯的、时高时低的需求。有时，刻意压缩或截断复杂情境会让观众过于疲劳；有时，啰唆的晚间闲谈或用讨巧的蒙太奇片段预示春天来临的镜头会让观众觉得无聊。带着"强度表"浏览剧本，评估观众对每一场戏的反应。给它们在0—10之间打分，然后画一个图表，把所有情节点按顺序在纸上标绘出来，连成一条起伏的情节线。你绘出的曲线应该沿着横轴延伸，起伏有致、"呼吸"均匀，在合乎逻辑的位置渐次加强，直至把情节推向高潮。如果它不符合上述要求，你就需要重新编排场景并改写剧本了。

检查戏剧高潮点是否合理设置　第8章讨论过，故事的戏剧性弧线图会显示每一场戏的高潮点在哪里，以及它们是否足够有张力。这些高潮点中应该会有一个是整个故事的转折点。这些高潮点如何分布？它们是否过于集中？是否在故事里出现得太早，留给观众太多难以提起兴趣的情节？试着调换场景卡片，重新分布这些高潮点。这也揭示了你可能用错了主要的视点人物，故事开始得过早或过晚，或者花了太长时间建构人物要面临的问题。

删掉你的"心头肉"　任何一场戏，不论对于作者来说多么珍贵，只要对于整体剧作而言可有可无，那么它就是多余的包袱。这条准则对于构建人物同样适用。少即是多。请果断删除：

- 任何可以用动作呈现含义的对话；
- 任何不必要的人物；
- 任何不必要的场景；
- 缺乏戏剧功能的所有人物和事件。

检查多重结局　故事结束时与观众告别的结束段落最能为观众所铭记。克里斯·艾尔（Chris Eyre）在《烟火讯号》(*Smoke Signals*,

1998）这部滑稽而讨喜的电影中讲述了印第安原住民的生活，本片有三个结局，也因此而饱受争议。这让故事失去了最强有力的武器——结束镜头。多重结局似乎是创作者试图传达过多信息而采用的手法。严格检查你的作品，辨认核心主题，然后保留唯一、最有效的那个结局，丢弃其他的。

反复思量工作假说　每写出新的草稿，工作假说就会随之改变，所以要不停地更新工作假说。虽然你的意图常常改变，但工作假说会让你重新回顾写作本意。你需要彻底搞清楚自己在做什么（请响亮地说出来）——然而大多数人并不清楚。重新制定工作假说，这会帮你设计出对故事而言最合适的结局。

把作品搁到一边，过几天再重读　作家可能会面临一种职业风险，那就是对熟悉的作品近距离凝视而失去部分判断能力。拉开一些距离，至少应该发现任何新读者能够轻易看出来的问题。

收集观众的反应和回馈　观众是传播的媒介，所以早早学着从你的老师和观众那里收集意见吧。提出一些开放式的问题，不要争论或解释。倾听，然后你就会有所领悟。

遵守戏剧传统

现在，你大概正在反感自己的作品被外界力量影响与改变。你是对的。这是正在彰显威力的戏剧传统，它对所有艺术创作都会产生影响，如同月亮对潮汐的影响一样强大。所以在我们继续扩展大纲之前，暂停一会儿，考虑一下为什么戏剧传统有如此强大和深入的影响力。

每个作家，无论他们是否意识到，都依从各自艺术形式的传统来创作。比如我自己在写作的时候，就必须设法充分运用英语这种语言，否则我就有极大风险失去你们——我友好而忠诚的读者。语言的含义是约定俗成的，它已经演化为社会生活的必要工具。我们视语言为一种惯例，使用并把它传给下一代。戏剧化和诗化的表现传统几乎和语言一样悠久，承载着同样重要的功能。它们是约定俗成的规律，并且影响着一部作品的：

- 长度。我们期待不同长度的作品表现不同的内容。
- 语言。我们期待有趣的措辞。暗喻、象征、明喻、类比和韵律都是复杂作品的一部分，它改变艺术家和观众之间的对话，和修辞之于歌曲一样重要。
- 类型。我们期待某种特殊类型的作品以特定风格阐释某种主题。一部关于小男孩成长历程的电影可能被归类为成长电影或纪录情节剧，但不可能被定义为一部性爱片或低俗喜剧。关于暴力犯罪的故事通常被拍成推理片，而恐怖片则通常讲述来自超自然力量的威胁。类型可以把我们带入故事，让我们专注于故事更加细微的方面。
- 媒介。我们会对诗歌、歌曲、短篇小说、动画电影、纪录片、实验电影、先锋派戏剧、电视、现代舞等媒介抱有不同的预期。媒介本身也是信息。
- 情节。个人意志和自然法则之间的较量产生的戏剧张力，从某种程度上取决于当下社会关注的焦点，取决于社会对生产和消费文艺作品的需要，取决于传统以及人们的困惑和信仰。
- 风格。编剧或导演会对影片情绪、节奏、视点、语言密度、引用诗歌和表达个人观点作出风格化的选择。导演对风格的选择更多是基于电影内容本身的主观选择。
- 道德和伦理。大多数艺术作品都利用了人们根据二分法评判事物的心理，比如对善恶的关心。然而，"对"与"错"的较量却远没有中间地带里"对"与"对"的较量更有趣。

传统之所以能够长存和兴盛，是因为它们能够让我们自由地交换故事。任何能够打动我们的艺术家，无论他们是作家、演员、舞蹈家、词作者或喜剧演员，都擅长使用新方法和旧传统。电影只有一个世纪的历史，它不得不联合与借鉴其他姊妹艺术，拓展旧有的艺术形式，尤其是视觉艺术和语言艺术。类型和结构是这些艺术形式的一部分，所以你常常可以从其他艺术中获得灵感和帮助。

像语言一样，类型建立了一套规范，它应该让沟通更便利，而不是限制沟通。当你扩展大纲时，应该记住观众期望看到的是什么并沿着此方向着力呈现。你的观众会有所期待，但你不能完全按照他们的预期发展，因为那只是维系戏剧张力的一种途径。讲故事的人为了让故事保持鲜活，往往会把类型和叙述风格拼贴杂糅起来，从而提高或颠覆观众的预期。戏剧传统虽然陈旧，但总有变化和讨论的余地。就像口语一样，要想保持强劲的活力和广泛的用途，就必须不断演化。

如何广泛地吸引观众是叙事者的一个难题。倘若陈述过多观众已知的事实，叙事者可能会失去故事的真实性来源，失去自己的见解和想法。反之，倘若叙事者排斥共识，而是向内聚焦于个人关心的事，那么他最终可能会援引一些对于别人来说太过艰涩的示例，让人无法理解或不甚关心。

在这些极端情况之间有一种折中的办法——源自个人经历、关注焦点和良知的既富深度又具普世性的故事。通过与他人的深入接触，叙事者缩小了人与人之间的鸿沟。最重要的是，任何作品都可以既广受欢迎又具有思想深度和良好品质。几个世纪以来，莎士比亚一直保持着"畅销作家"与"终极诗歌和戏剧作家"的双重桂冠。艺术本没有高低之分，只是在一些文化界的投机者看来并非如此。在"优质"与"流行"之间并不存在天然的冲突。通过描述你最熟知的文化，可以把谨慎审视人类状况的杰出作品的严肃性灌注于流行作品中。

这始于作者和观众之间的关系。娴熟的叙事者不会把观众和读者当作待填满的空壳。相反，他们知道我们多么想和自己的所见所闻产生互动，唤醒自己内心思想和情绪上的交流。近来，纪录片正春风得意，就是因为它把观众当作成熟的、有所探寻和追问的成年人。没有多少流行视觉娱乐产品做到了这点。

艺术创作的过程要把你的创作意图和传统结合起来，还要将观众或读者的内心和灵魂连接起来。在写作、拍摄电影或其他向公众表达想法的艺术形式中，构思以及与观众建立联系是创作过程中首要的、也是最关键的步骤。观众和创作者拥有共同的动力——尽管我们的人生很短暂，也要去探索生命中美好的事物与人类的情绪波动，而不是去追踪空虚的生活。我们需要发现"它是什么"，而且要尽快采取行动，免得为时过晚。如果你积极活跃、富有革新精神而且无所畏惧，那么你就可以把文化握在手上，写下属于自己的新篇章。

深入探索

杰德·丹嫩鲍姆、卡罗尔·霍奇、多伊·迈耶：《由内及外制作创意电影：创新电影电视制作的五个关键元素》。该书由三位经验丰富的电影老师教你如何通过内省、调查、直觉和互动创作出让人印象深刻的电影。它专门探讨了艺术家的伦理责任和无意识的刻板印象的危险。同时书里还提供大量实践习题。

巴里·基思·格兰特（Barry Keith Grant）：《电影类型读本：第三卷》（*Film Genre Reader III*）。专注分析美国电影类型。

丹尼尔·洛佩斯（Daniel Lopez）：《类型下的电影》（*Films by Genre:* 775 *Categories, Styles, Trends and Movements Defined, with a Filmography for Each*）。贯穿电影史，讲述各个国家电影类型的区别。

迈克尔·罗默：《讲故事：后现代主义和失效的传统叙事》。这是一本卓越的、极具挑战性的书，探索叙事的历史、哲学、心理学基础。该书从远古叙事一直讲到后现代主义，以那句让人困惑的断言开篇：

"所有故事在开始之前就已经结束了。"作者博学多才、不受规矩拘束，全书语言通俗易懂，引导读者对所有关于叙事的定义进行反思。作者认为，归根到底故事是人类的某种原始仪式，目的是为了通过讲故事掌控自己的命运。罗默本人也是一位经验丰富的电影制作者，他还是耶鲁大学电影学和美国研究专业的教授。

Chapter 22
扩展故事大纲

Expanding Your Outline

如果你有一份优秀的、经得起考验的故事大纲,现在就可以把它扩展成一部电影剧本、纪录片方案、舞台剧本、短篇或长篇小说。扩展大纲的同时,还会有新的创意浮出水面,它们会对你的最初意图提出挑战,甚至促使你修改最初的想法。小说中有时会出现一些过于强大的角色,甚至能把编剧挤到一旁,自行发展故事。

大部分作家只有通过写作才能发现自己真正想写的是什么,因此故事大纲就可能成为正式写作的预先演练。对于人物驱动型作品来说尤为如此,但在情节驱动型和短片作品中,大纲阶段就已经可以解决剧本的大部分问题了。

扩展自己的作品时,试着尽可能依靠自己的资源解决问题,只有在遇到棘手难题时再去求助书本或老师的指导。如果本章后面的指引显得有些粗略,那是因为更全面的指导信息很可能会让你感到窒息。以下是针对不同媒介写作的小贴士,最后附带简短的参考书目表,你可以在需要的时候从中获取更专业的帮助。

要有规律地写作,即便在不想写的时候也要坚持下去。定期写一点要比随机的马拉松式写作完成得更多、更好。不要害怕把你认为最具吸引力的部分先写出来。每个人的写作方式都略有不同,灵感最有可能在你用自己的方式处理真正吸引你的事情时涌现。

准备提交作品前,确保文字处理软件打开了拼写检查功能。把作品打印出来,请两位朋友仔细校对。拼写错误能以最快速度把一部作品变为废纸;相反,始终正确的拼写和句式能为一部作品赢得尊重。

银幕电影写作

撰写电影剧本时,请把焦点放在电影的戏剧手法和美学意义上,而不是放在技术层面上。写作时要充分考虑到电影的预算,以及如何最大化利用电影这种媒介。如果先假定好自己在写作默片剧本,那你就不会把剧本写得过于离谱。

美学

- 电影是一种视觉化的、并置的(juxtapositional)甚至是情节剧似的媒介,不要把它归入戏剧或文学的范畴。用视觉化方法而非言语来讲述你的故事,描写画面、动作、反应和行为,而非对话。
- 时刻谨记你的视点,这样就可以展示出人物和叙事者的主观态度。
- 尽可能少提供信息,不要提供过多的信息,给观众留下发挥想象力的余地。
- 充分利用观众对类型的了解和预期。

视觉化

- 从电影的视觉和动作角度考虑选择主题、人物和布景;
- 为每场戏营造出不同的、强烈的情绪氛围;
- 通过视觉化的并置、象征性的意象和隐喻传达潜台词。

淡入

外景，地铁站，晚上

破败的街区，垃圾散落在马路边。凯蒂，30岁出头，矮胖身材，提着一个沉甸甸的购物袋艰难地前行。听到火车进站的声音，她突然笨拙地跑起来。

      凯蒂
     （自言自语）
   完了，我赶不上火车了。

外景，地铁站台，晚上

凯蒂哗啦哗啦地跑下楼梯，来到站台上望着离去的火车。忽然一只手从后面拍了拍她的肩膀，她急忙警戒地转过身来，一脸疑问。

      凯蒂
   你怎么这么快就到了？
   你吓到我了。

瓦迪姆，40岁出头，穿着深色衣服，灰白胡子，嘲弄似的笑着看她。他一把夺过购物袋，朝里瞅瞅，拆开一包饼干，递给她一块。她不情愿地接过来。

      瓦迪姆
     （咀嚼着）
   他们还不知道我已经到了吗？

      凯蒂
   当然不知道！这回该你打电话了，我不打了。

瓦迪姆敞开外套，从里面口袋里拉出一条黄色的蛇形雪貂，把它像围巾一样围在脖子上，然后用雪貂尾巴拂去鼻子上的灰尘。凯蒂害怕地往后退，瓦迪姆却笑得更开心了。

      凯蒂
   好臭！我在这儿都能闻到！到底是什么动物？

瓦迪姆把它递给她，她却本能地退缩。

图22-1　标准电影剧本格式范例

对白与声音

- 重现日常对话的精髓，而非冗长的信息；
- 让每个人物发出自己的声音，而不是你的声音（用便携式摄像机研究类型人物并录下他们的话）；
- 运用感情和声音叙事，这是营造情绪的有力元素（研究故事中每场戏的特点）。

经济性

- 尽可能使用现成的布景和情境；
- 保持较少的剧组成员；
- 避免使用特效；
- 避免使用古代的服装、场景和道具；
- 尽量把故事设置在当地。

合　作

- 电影依赖于导演、演员和技术人员，你要相信他们的投入，不要用过于详细的剧本指导他们的工作；
- 完成拍摄、投放市场前，请征询别人的观感和意见。

标准的电影剧本格式

最终版电影剧本应该遵照行业的标准格式，否则专业人士根本不会看它一眼。在标准的剧本格式下，一页剧本大概相当于一分钟电影时长（见图22-1）。打印出的剧本不要装订，只需在左上角用一枚曲别针固定，以便对剧本感兴趣的投资方能够把它复印出来，分发给其他人阅读。具体请参考关于版权和其他保护性内容的参考书目。

字体（适用于英文）　Courier，12磅字号，10磅行距，等宽字距。无字体变化。

页边距　左边距，1.5英寸；右边距，1.0英寸；上边距，距页码0.5

英寸，距正文 1.0 英寸；下边距，0.5～1.5 英寸，取决于分页符（page break）的位置。

页码和栏外标题　给每页标页码，包括标明编剧和电影名称的栏外标题。

行距　单倍行距。

书名页（title page）　片名和作者名居中，位于页面三分之一处，然后在页面底端右下角标上作者的姓名、社保账号和联系方式。

分页　永远不要把场景标题和场景描述分隔开，也不要把角色的名字和台词分隔开。

场景标题（scene heading）　每一场戏都以一个左对齐场景标题开始，场景标题首字母需要大写并列出以下要素：

- 内景或外景（缩写为内/外）；
- 地点；
- 时间（白天、夜晚、黄昏、黎明等）。

剧本正文（body copy）　对场景、动作、情绪的描述和表演说明等用单倍行距，但它们与场景标题和对话应以两倍行距隔开。"剧本正文"有时也称为"表演说明"，应该：

- 以精练而丰富的语言唤起某种情境，激发演员的共鸣；
- 只提供相关的、实用的信息；
- 建构场景印象，绝不要全面地罗列（例如，"尚未做好的单人床、塞得满满的烟灰缸、内衣从抽屉里翻出来、十字架弯弯地悬挂着"）；
- 设定场景氛围时要简洁直接，并且能唤起某种情感共鸣（"阴冷的黎明漫入潮湿、暗淡的街道"就足以唤起读者的视觉想象，也能对摄影师有所启发）；
- 交代动作描述的时候要给演员的发挥留有余地（"约克紧张地

四下环顾"，而不用"约克把右手食指放到下唇中间，一点点向前挪着步子，环顾着阴沉沉、漆着灰白墙面的楼道"）；
- 只有人物的名字第一次出现在场景中时，才需要在正文里用大写标明，其后重复出现时用小写。

对话 包括以下内容：

- 以角色名字的大写首字母开头，左右两端各缩进约4.0英寸；
- 减小缩进，两端对齐（左边距3.0英寸，右边距2.5英寸）；
- 首尾各空一行；
- 单倍行距；
- 对话被迫在一页上中断时，标注比较特殊，在页尾标注"（待续）"，然后另起一页在人物名字的后面加上"（续前页）"；
- 严格来讲只有在必要情况下才在括号里加注表演说明；
- 若想让对话高度有效，需要做到如下：
  简洁凝练；
  突显特定表演者的个人风格和说话节奏；
  是一种语言上的动作——在对戏演员表演的基础上采取某种行动，或引发某个事件；
  含有丰富的潜台词——和生活中的人一样，电影中的人物很少直白地说出他们的真实感觉或想法，但会以潜台词的形式间接表达出来；
  聚焦于观众看不到的东西，而不是那些他们看得到的东西（比如，人物这样说话会显得滑稽——"你穿着一件剪裁得体的棕色花呢外套"）。

摄影和剪辑说明

- 摄影和剪辑说明会让读者分散注意力，同时也表现出你剧本的不专业，因此永远不要在剧本中写出这部分内容；
- 转场术语像"切换""叠化"都应大写，而且只有当它们对于理解故事而言不可或缺时才写出来，统一左对齐或右对齐。

音响和音乐说明

- 只有当音响有助于推动情绪或叙事时才需详细说明；
- 永远不要指定乐曲名称或指定插入乐曲的位置，除非这样做对于情节而言有特殊意义。

剧本格式对于马虎的人来说可能会成为一个陷阱。剧本的戏剧化结构布局暗示了电影是由对话推动的，然而大多数令人难忘的电影都更偏重视觉和动作，而非语言。要想知道一部电影剧本最短可以有多短，就去仔细分析一部你喜欢的电影。需要注意的是，务必多读剧本原作，而不是电影播出后的誊写本。

在文字处理软件中设置侧边栏，这将帮助你把剧本写得更完美。要想毫不费力地写出正确的格式，你最好花钱购买一个剧本写作软件，像"电影魔力"（Movie Magic）或"完稿神器"（Final Draft）这样的编剧软件[1]都行。这些软件自带影视剧本、话剧及小说格式的写作模板。它拥有多种令人期待的出色功能，像拼写检查、分类词汇汇编、索引卡片和大纲功能等，都有助于减轻通篇改写剧本的痛苦。像"学术超市"[2]（Academic Superstore）这样的教育软件很乐意为教育人士和学生提供折扣优惠。美国编剧工会[3]（WGA，也称"美国编剧协会"）运用写作软件审阅剧本，它的网站还贴出了标准合同形式及大量其他信

---

[1] 可以去以下链接核查最新版本并下载：http://www.screenplay.com、http://www.writersstore.com 以及 www.finaldraft.com。
[2] "学术超市"官方网址：www.academicsuperstore.com
[3] 美国编剧工会官方网址为：www.wga.org。它的前身为"银幕编剧工会"（Screen Writers Guild，简称SWG），由东西岸两工会构成（WAGE和WAGW），是好莱坞重要的工会组织之一，与美国演员工会、美国导演工会地位相当，其每年评选的剧本奖，是奥斯卡奖的重要参照。

息。罗伯特·M·古德曼的《故事是什么？》(*What's the Story?*)还图文并茂地综述了各类编剧软件的特性和使用心得，从而帮助编剧们更好地创作故事。但同时该文的作者也提醒道，要想创作出好故事，依靠的是精致、严谨的戏剧结构，而不是这些软件。

剧本写作方面充斥着大量令人眼花缭乱的文章。要提防那些承诺让你快速通往好莱坞的秘传攻略，同样要对那些承诺用一个周末就能传授职业秘诀的高价工作室持怀疑态度。你可以租来斯派克·琼斯（Spike Jonze）的喜剧《改编剧本》(*Adaptation*, 2002)查看一番。这部由查理·考夫曼（Charlie Kaufman）编剧的作品讲述了一个富有自我影射意味的故事：一个叫查理·考夫曼的剧作家尝试把一本叫作《兰花窃贼》(*The Orchid Thief*, 关于一个酷爱兰花、经常偷窃兰花的小偷)的小说改编成剧本。在充满自我指涉意味的镜像中，你将看到很多娱乐噱头和大量愤世嫉俗的指涉。

要想从电影导演的视角学习剧作，参见《导演创作完全手册》一书里"剧本创作"那一章节关于故事片导演的叙述。这段内容描述了导演如何评估和阐释一个剧本，以及如何补充你现在做的事情。

纪录片方案

剧情片会先制定一份蓝图，然后按照线性发展向前推进，相比之下，纪录片更像一种环形操作，从调研逐渐演化到构思、拍摄和剪辑，这些大多在曲折互助的关系中实现。纪录片方案描述了一部建立在研究和已知预期基础上的假设性影片。要详细阐明如何做出一份提案，还需要大量详尽的讨论，章末的书单可能对你有所帮助。

设计纪录片提案的过程会非常痛苦，但它对传播你的意图及寻求融资等其他方面的支持是不可或缺的。写作和不断地修改亦是帮你提炼观点的最好方法，它能帮你厘清自己喜欢的电影风格、内容、戏剧结构和主题意义。

和故事片不同，纪录片没有专门的编剧，如果没有对影片制作细节方面的深入了解，也没有办法为纪录片写作。如果想写出一份有说服力的纪录片方案并为之募集到资金，你需要广泛观察专业人士的实践工作，或者深入阅读一本讲述纪录片制作的书籍来积累经验。我的《纪录片创作完全手册》广为业内人士使用，它可以指引你在纪录片的道路上继续深入探索。制作纪录片对于小说家或导演而言也大有裨益。

戏　剧

戏剧的力量在于能够让人物在舞台上真实存在，让戏剧和观众进行互动。演员是立体的，不是银幕上的影子。好的表演富有生命力，它是在你观看的同时被即时创作出来的。

戏剧深深吸引我们探索人类的困境，因为它是由强大的角色驱动的，因而戏剧其实是人类关系的实验室，不管是迈克尔·弗雷恩（Michael Frayn）所著的《哥本哈根》（Copenhagen）里面核物理学家之间敌对的友谊，还是莎士比亚笔下的《哈姆雷特》（Hamlet）里无力反抗杀父仇人的悲痛，或在阿瑟·米勒的《推销员之死》（Death of Salesman）里，琳达·洛曼竭力劝止疲惫的丈夫因儿子不争气而企图自杀的悲剧。戏剧可以表现人类的内心世界。

戏剧只需使用一些抽象的、极简主义的场景就可以表明时间和地点，不用像电影一样，在摄影机的逼迫下，不断与现实主义进行斗争。尽管现代戏剧惊人地灵活，但你若想把场景从悉尼切换到伦敦苏霍区，仍需要不时把演员从舞台的一边拉到另一边。

如今很多城市都有"研讨"新形式戏剧的公司，也就是说，演员将在舞台上读出剧本，观众和参与者会在排演结束后对作品提出批评和修改意见。无论表演得有多初级，把一部戏暴露给观众都有助于作品的提高和成熟。这种活动还能宣传新作，我曾目睹过一些剧本历经相似的过程后收效甚佳。

标准的戏剧剧本格式

舞台剧演员不得不把台词揣在手里排练，所以符合格式标准的剧本看起来满页纸都是台词（见图22-2）。戏剧剧本的格式标准有所不同，但有以下几处要点：

字体　12磅，Times或其他简单易读的字体。

装订与页码　剧本副本在使用过程中会饱经磨损，所以你要用结实的纸张打印出来，然后用类似"学期论文"的封皮装订起来，里面用无头钉固定。按顺序给剧本编上页码。

书名页　标上作品名称、作者姓名和联系信息。

起始页

- 列出人物清单并附简要的人物介绍；
- 一份剧本概要；
- 分配男女角色，哪些角色可以由一个演员同时饰演；
- 任何特殊布景和技术要求。

对白页

- 角色姓名首字母大写，居于各自台词上方；
- 左对齐排列对白，1.5倍行距，布满整个页面。

舞台说明　标注在圆括号里，单独成行，单倍行距，缩进少则一个空格，多至页面中部。

场景　每条都要编号并加标题，结尾处标明"场景结束"。

剧本结尾　标上"结束"。

第二幕
第一场

（梅甘和阿特的公寓，夜晚。简陋的家具，门廊通往卧室。梅甘怀孕了，挺着大肚子，试图看懂一架古旧脚踏缝纫机的说明书。阿特刚起床，从卧室里走出来，穿上他的夹克。看到她抬起脸，就随便给了她一个吻。）

阿特
嘿，宝贝，不用等我了。我要去布莱基家见汤米。

梅甘
你要出去？你说过你要待在家里的……

阿特
我刚刚还不知道汤米已经到市里了。

梅甘
你说你不会再频繁地出门了。你这样说过的。

阿特
但是汤米回来了。他是我在底特律时最好的朋友！（她沉默。）你知道的，汤米。

梅甘
但是我们答应要去看你妈妈。

阿特
我们改天再去吧。汤米打来电话的时候你在睡觉。

梅甘
这是你第二次和你妈妈失约了。

阿特
天啊，你别再唠叨了行吗？我到酒吧会给她打电话的。

梅甘
阿特，她可是癌症晚期呀。

图22-2　标准戏剧剧本格式范例

长篇小说与短篇小说的格式

小说手稿的格式根据不同出版社的偏好略有差异，所以按照出版社的说明去做就可以了。他们偏好的页面布局能够让忙碌的编辑尽快估算出已完成的作品有多少页以及生产成本有多高。写作时利用文本处理软件的版式设计功能，可以重新设置页边距、缩进、字体或标题，以提交给全球不同的出版商[1]。下面是一些简要的指南[2]：

字体　取决于出版商，但通常使用 Courier 字体，12 磅行距。不要把文本两端对齐——应该左边对齐，右边可以不对齐。

书名页　作品名称和作者姓名位于页面下三分之一处居中，作者姓名居中靠下，联系信息居于页面底端右对齐。

页边距　左右均为 1.5 英寸，上下均为 1.0 英寸。

页码和标题页　标记页码，添加一页由作品名称和作者名字构成的标题页。这一页要用单面打印，并且采用较厚的纸张（20 磅）。

行距　双倍行距，段落之间不留多余空行。

段落缩进　1 英寸。

章节编号与名称　居中，章的编号（如"第一章"）单独占一行，位于章的名称上方。在第一段前留双倍行距。新的一章另起一页开始。

文本间多余的行距　如果你要插入多余的空行，请使用井字号（###）标记，以便排版工具能分辨出空行并非是偶然的。

样式　你可以参阅字体指导手册获得标点、空格、缩进等方面的指导，比如约瑟夫·吉巴尔迪（Joseph Gibaldi）的《MLA 科研论文写作规范（第 6 版）》(*MLA Handbook for Writers of Research Papers*,

---

[1] 对于小说格式详尽的分解可以在这个链接中找到：http://eirefuryssanctu‑ary.bravepages.com/novelformat.html

[2] 以下为英文书写剧本或小说的格式。——编注

6th ed.，美国现代语言协会出版 [Modern Language Association of America]，2003 ）。本书对精确性的要求极其苛刻，这将使排版工具在排版时出现最少的错误。

深入探索

英国广播公司[①]（BBC）的网站制作的《作家聊天室》节目为立志成为传媒作家的观众提供了绝佳资源。节目包含一些提示、技巧以及不同类别作家的访谈。你可以在"Scriptsmart"板块找到一些格式模板（故事片剧本、电视剧剧本、BBC风格的广播稿、英国或美国戏剧剧本格式，甚至还有漫画书的格式）。在英国编剧工会[②]（WGGB）或美国编剧工会的官网上，你能找到大量有用的信息，包括访谈、行业新闻，还有一些对热门话题的谨慎暗示等。你也可以选择弗朗西斯·福特·科波拉于1997年创立的文学季刊《西洋镜：所有的故事》（*Zoetrope:All-Story*）[③]，该刊旨在探索故事与艺术、小说和电影的交叉。

阅读专业日志，浏览相关网站、博客和电子杂志是了解作家职业的好方法，你可以从中汲取他们关心的话题和热衷讨论的事情。当你需要成为一名职业人士的时候，这个方法能帮你做好准备，让你说做就做。表演不只属于演员。

下面列出了很多有用的文字和指南，但在它们真正吸引你之前可以在网上或者实体书店浏览。你可以在下列网站中找到好书信息，比如作家书店[④]、亚马逊[⑤]或是巴诺书店[⑥]。其中后两个网站是大型网络在

[①] 英国广播公司官方网址：www.bbc.co.uk/writer-sroom
[②] 英国编剧工会官方网址：http://cgi.writersguild.force9.co.uk
[③] 此刊的官方网址：www.all-story.com
[④] 作家书店官方网址：http://www.writ-ersstore.com
[⑤] 亚马逊官方网址：www.amazon.com
[⑥] 巴诺书店官方网址：www.barnesandnoble.com

线书店，通常会展示章节目录和正文样本，也会方便你查找相关书名或你喜欢的作家的书。如果想购买一些便宜的二手书，就上作家书店或者亚伯书库[①]（Gargantuan Abebooks），比如，我在搜索框里敲入关键词"剧本写作"，就得到了4725个结果，前50个价格都在2美元以下。然而要警惕的是，有些便宜货可能是假的。

下面的书目可能会对你有所帮助：

法律类

迈克尔·唐纳森：《许可与版权：独立电影人必备指南》。这本书帮助你保护自己的作品版权，以及如何与他人谈判作品的版权。涉及权利、豁免、合作、注册版权、合理使用以及其他备受关注的问题。

电影类

肯·丹西格、杰夫·拉什：《超越套路的剧作法》。讲述另类的、实验的电影剧本写作，同时也提供了通向主流电影的便捷方法。书中提供了大量练习、案例研究、个人剧本和非好莱坞电影作品。

拉约什·埃格里（Lajos Egri）：《编剧的艺术》（The Art of Dramatic Writing，中文版已由后浪出版公司推出）。至今仍影响深远的一部经典之作，重点讲述了戏剧性结构。"近百年来关于戏剧写作为数不多的几本权威书籍之一"，罗伯特·M·古德曼在美国编剧协会官网上如是说。

悉德·菲尔德：《电影剧本写作基础》。业内人士的最爱，对体裁和结构提出了很多中肯建议。如果想在传统的好莱坞体制内获得成功，该书会让你受益良多。但是很多人也认为悉德·菲尔德是超越体制的，

[①] 亚伯书库官方网址：www.abebooks.com

因为他揭开了很多好莱坞规则，告诉大家制片人想要的是什么。

悉德·菲尔德：《电影编剧创作指南》。这本书提供了剧本写作练习和一步一步的说明指导，也包括对初学者的一些忠告。

悉德·菲尔德：《四个剧本：美国电影剧本研究》(Four Screenplays: Studies in the American Screenplay)。对几部著名美国电影的剧本分析和解剖：《末路狂花》(Thelma & Louise，1991)、《终结者2：审判日》(Terminator 2: Judgment Day，1991)、《沉默的羔羊》(The Silence of the Lambs，1991)、《与狼共舞》(Dances with Wolves，1990)等。该书阐释了这几部电影的剧本是如何运转起来的。书中附赠了对以上电影编剧的访谈。

西德尼·吕美特（Sidney Lumet）：《拍电影》(Making Movies，中文版即将由后浪出版公司推出)。虽然没有专门讲述剧作，但是精辟、到位地展示了如何拍摄故事片。

迈克尔·拉毕格：《导演创作完全手册》。电影导演的全方位指南，尤其强调了作者的责任感。重点参考第三部分"故事及其发展"、第四部分"美学和作者风格"和第五部分"前期制作"。

迈克尔·拉毕格：《纪录片创作完全手册》。纪录片创作的全方位指南，讲述了大量纪录片美学知识，以及拍摄前期的方案写作方法。

艾伦·罗森塔尔：《纪录片编导与制作》。详细说明了怎样撰写策划案，怎样拍摄、制作纪录片，尤其是怎样为电视产业制作纪录片。

戏剧类

香农·迈克尔·道（Shannon Michael Dow）、简·亨森·道（Jan Henson Dow）：《写作一流戏剧剧本》(Writing the Award-Winning Play)。

加里·加里森（Gary Garrison）：《完美的十分钟：写作、制作十分钟戏剧》(Perfect 10: Playwriting and Producing the 10-Minute Play)。

写作短剧是训练、进入行业的绝佳办法。

史蒂夫·古奇（Steve Gooch）:《写作戏剧剧本》(Writing a Play)。

罗杰·A·霍尔（Roger A. Hall）:《写作第一部戏剧剧本》(Writing Your First Play)。

安妮·哈特（Anne Hart）:《从现实事件中写作戏剧》(How to Write Plays, Monologues, or Skits from Life Stories, Social Issues, or Current Events)。如果你需要写作任何一种基于现实事件的戏剧——肥皂剧、喜剧、政治剧或讽刺剧，该书都将是一本卓越指南。

杰弗里·哈彻（Jeffrey Hatcher）:《戏剧剧本写作的艺术和方法》(The Art and Craft of Playwriting)。

肖恩·麦克洛克林（Shaun MacLoughlin）:《广播写作》(Writing for Radio: How to Write Plays, Features, and Short Stories that Get You on Air)。美国国家公共广播电台（NPR）在全国各地都设有广播电台，制作虚构类和非虚构类的广播节目。其他国家也是如此，比如英国BBC和加拿大CBC。

巴兹·麦克洛克林（Buzz McLaughlin）:《剧作家工作指南》(The Playwright's Process: Learning the Craft from Today's Leading Dramatists)。

威廉·帕卡德（William Packard）:《剧作家的艺术：创造剧场魔术》(Art of the Playwright: Creating the Magic of the Theatre)。

米尔顿·波尔斯基（Milton Polsky）:《你可以写作戏剧剧本》(You Can Write a Play!)。

斯蒂芬·索萨曼（Stephen Sossaman）:《写作第一部戏剧》(Writing Your First Play)。

杰弗里·斯威特（Jeffrey Sweet）:《戏剧家工具》(The Dramatist's Toolkit: The Craft of the Working Playwright)。

迈克尔·赖特（Michael Wright）:《戏剧写作过程》(*Playwriting in Process*: *Thinking and Working Theatrically*)。

散文化小说

相比写作电影和戏剧，写作散文化小说时遇到的技术性障碍明显少很多。有望成为小说家的读者可以很容易找到海量的小说文本，还可以把它们按照类型和主题归类。你很可能有自己的范例，因为每个人都有最喜欢的小说。以下是针对自我型作家挑选的一些书。这些书都是最近的作品，依次按照如下顺序排列：儿童、成人、悬疑小说、浪漫爱情（或者是业内人所称的"艳情小说"），还有一些提供作品出版的职业策略。你还可以通过书商的搜索引擎，按照关键词进行搜索，这几乎无限制地扩大了你的阅读范围。

文本精选：

特雷西·E·迪尔斯（Tracey E. Dils）:《如何写童书》(*You Can Write Children's Books*)。

芭芭拉·佐伊林（Barbara Seuling）:《畅销童书写作指南》(*How to Write a Children's Book and Get It Published*)。

阿龙·谢泼德（Aaron Shepard）:《童书写作完全手册》(*The Business of Writing for Children*: *An Award-Winning Author's Tips on Writing and Publishing Children's Books, or How to Write, Publish, and Promote a Book for Kids*)。

詹姆斯·N·弗雷（James N. Frey）:《超棒小说这样写：写出结构完整、剧情紧凑、让人欲罢不能的超完美小说！》(*How to Write a Damn Good Novel*: *A Step-By-Step No Nonsense Guide to Dramatic Storytelling*)。

詹姆斯·N·弗雷:《密钥：如何利用神秘力量写小说》(*The Key: How to Write Damn Good Fiction Using the Power of Myth*)。该书作者所著的"超棒"系列书籍还有另外一本关于神秘小说的。

哥谭作家工作坊（Gotham Writers' Workshop）:《小说写作实用指南》(*Writing Fiction: The Practical Guide from New York's Acclaimed Creative Writing School*)。

苏·格拉夫顿（Sue Grafton）以及美国悬疑小说家简·伯克（Jan Burke）、巴里·泽曼（Barry Zeman）主编:《悬疑小说写作》(*Writing Mysteries: A Handbook by the Mystery Writers of America*)。

帕特里夏·海史密斯（Patricia Highsmith）:《情节设置和悬疑小说写作》(*Plotting and Writing Suspense Fiction*)。

诺亚·卢克曼（Noah Lukeman）:《写好前五页：出版人眼中的好作品》(*The First Five Pages: A Writer's Guide to Staying Out of the Rejection Pile*)。

唐纳德·马斯（Donald Maass）、安妮·佩里（Anne Perry）:《写作突破性小说》(*Writing the Breakout Novel*)。

唐纳德·马斯:《小说家谋生之道》(*The Career Novelist: A Literary Agent Offers Strategies for Success*)。

利·迈克尔斯（Leigh Michaels）:《爱情小说写作》(*Writing the Romance Novel*)。

罗伯特·约瑟夫·雷（Robert Joseph Ray）、杰克·雷米克（Jack Remick）:《快速写作悬疑小说》(*The Weekend Novelist Writes a Mystery*)。

吉利恩·罗伯茨（Gillian Roberts）:《如何写作悬疑小说》(*You Can Write a Mystery*)。

丽贝卡·维亚德（Rebecca Vinyard）:《畅销爱情小说写作指南》（ Romance Writer's Handbook: How to Write Romantic Fiction and Get It Published ）。

卡罗尔·怀特利（Carol Whitely）:《创意写作完全手册》（ The Everything Creative Writing Book: All You Need to Know to Write a Novel, Short Story, Screenplay, Poem, or Article ）。

出版后记

甫一拿到这本书,你可能会感到迷茫,不知其所云。但这是一本与众不同的编剧书,它力图用最少的专业术语厘清一个最简单、最先期的剧本创作步骤——故事创意开发。在影视产业热门"IP"概念与改编创作大肆盛行的当下,原创力尤为缺失,因而更显现出其重要性。如何找到一个出色的故事创意?如何重振原创故事之雄风?读罢这本书,也许你会有所启发。

全书共分为六个部分。第一部分高度总结训练目标与技巧。第二部分要求读者深入观察生活,寻找创作兴趣点,着重强调创作者要认清自己的核心身份特征、挖掘艺术个性。授人以鱼不如授人以渔,第三部分提供一系列创意开发工具,条分缕析,帮助你塑造一个完整的故事创意。第四部分提供了创意的多种来源,提供大量习题与写作示例,分析其逻辑的合理性,提出颇具参考价值的宝贵建议,并把它们应用于纪录片、短片与剧情长片中。第五部分再次要求作者回顾"艺术个性",把握创作方向。第六部分则在创意基本成形的基础上,讲述修订与扩展故事大纲的要点。另外,本书独创的有趣概念同工具、方法融合,如"CLOSAT"训练法与卡片游戏法、"四顶帽子"、"结构盒子"等,寓教于乐,既适合独自学习使用,也适合团队合作与训练。

本书作者迈克尔·拉毕格的两本大部头著作《导演创作完全手册》和《纪录片创作完全手册》也由"电影学院"编辑部出版,其中虽有涉及剧本创作的内容,却都不如本书内容详细、具体。编校过程中,也参考了这两本书中的某些译法，以使译文准确。在编辑章后附有的深入阅读书单时，保留了书目的英文原名，对尚未出版的也进行了直译，方便读者参考与查阅，相信它会大大丰富读者的阅读视野。

本书在"电影学院"编辑部出版的编剧类图书中独树一帜，区别于剧本概论、理论与修改等主题，是目前唯一一本针对故事创意的编剧书，相信读者翻开此书也将耳目一新。

服务热线：133-6631-2326 188-1142-1266

读者服务：reader@hinabook.com

后浪电影学院

2016年3月

图书在版编目（CIP）数据

开发故事创意 /（美）拉毕格 (Rabiger,M.) 著；
胡晓钰，毕侃明译 . -- 北京：北京联合出版公司，
2016.3（2023.2 重印）
ISBN 978-7-5502-7031-2

Ⅰ . ①开… Ⅱ . ①拉… ②胡… ③毕… Ⅲ . ①电影编剧 Ⅳ . ① I053.5

中国版本图书馆 CIP 数据核字 (2015) 第 321477 号

Developing Story Ideas 2nd Edition, by Michael Rabiger
ISBN-13:978-0-240-80736-2
Copyright © 2006 by Taylor & Francis. All rights reserved.
Authorized translation from English language edition published by Focal Press, part of Taylor & Francis Group LLC. 本书原版由 Focal Press 出版公司出版，经其授权翻译出版。版权所有，侵权必究。
POST WAVE PUBLISHING CONSULTING (Beijing) Co.,Ltd is authorized to publish and distribute exclusively the Chinese (Simplified Characters) language edition. This edition is authorized for sale throughout Mainland of China. 本书中文简体翻译版权授权由后浪出版咨询（北京）有限责任公司独家出版。限在中国大陆地区销售。
No part of the publication may be reproduced or distributed by any means or stored in a database or retrieval system without the prior written permission of the publisher. 未经出版者书面许可，不得以任何方式复制或发行本书中的任何部分。
Copies of this book sold without a Taylor & Francis sticker on the cover are unauthorized and illegal. 本书封面贴有 Taylor & Francis 公司防伪标签，无标签者不得销售。

北京市版权局著作权合同登记号　图字 01-2016-0627

开发故事创意

著　　者：	[美]迈克尔·拉毕格		译　　者：	胡晓钰　毕侃明
出 品 人：	赵红仕		选题策划：	后浪出版公司
出版统筹：	吴兴元		编辑统筹：	陈草心
特约编辑：	徐小棠　李荣恩		责任编辑：	李　征
封面设计：	赵　瑾		营销推广：	ONEBOOK
装帧制造：	墨白空间			

北京联合出版公司出版
（北京市西城区德外大街83号楼9层　100088）
北京天宇万达印刷有限公司印刷　新华书店经销
字数 153 千字　690 毫米 × 960 毫米　1/16　19.5 印张　插页 4
2016 年 4 月第 1 版　2023 年 2 月第 7 次印刷
ISBN 978-7-5502-7031-2
定价：36.00 元

后浪出版咨询（北京）有限责任公司　版权所有，侵权必究
投诉信箱：copyright@hinabook.com　fawu@hinabook.com
未经许可，不得以任何方式复制或者抄袭本书部分或全部内容
本书若有印、装质量问题，请与本公司联系调换，电话 010-64072833